Ancienne avocate spécialisée dans les droits de l'homme ayant côtoyé des personnalités comme Snoop Dogg ou Winnie Mandela, **Alice Clark-Platts** se consacre désormais à l'écriture. Pour son troisième roman, *Les Sœurs du mal*, Alice Clark-Platts s'inspire d'un terrible fait divers survenu en 1993 : le meurtre de James Bulger, âgé de deux ans, par deux jeunes garçons, une affaire qui défraya la chronique et fascina l'opinion publique.

Ce livre est également disponible au format numérique

www.editions-hauteville.fr

Alice Clark-Platts

Les Sœurs du mal

Traduit de l'anglais (Grande-Bretagne)
par Emmanuelle Ghez

Hauteville

Hauteville est un label des éditions Bragelonne

Titre original : *The Flower Girls*

ISBN : 978-2-38122-135-9

Bragelonne – Hauteville
60-62, rue d'Hauteville – 75010 Paris

E-mail : info@editions-hauteville.fr
Site Internet : www.editions-hauteville.fr

À Tom, Constance et India.

Première partie

I

1997

Rose concentrait son attention sur l'ombre de sa sœur. Elle se découpait, noire et dentelée, sur l'herbe roussie par le soleil. La fillette sauta dedans, plongea ses sandales blanches dans la fraîcheur avant d'en ressortir d'un bond et de sentir à nouveau la brûlure du soleil.

Elle dansait dans l'ombre de Lila comme un lutin, sans détacher les yeux du sol, regardant l'herbe se changer en asphalte sous ses pieds. Elles dépassèrent les balançoires grinçantes où les enfants poussaient de petits cris stridents, projetant leurs silhouettes légères au-dessus du béton gris de l'aire de jeux, croisèrent ensuite le chêne monumental à l'ombre duquel se déployait l'auvent rouge et blanc du café ambulant, où étaient regroupées les mamans, des gobelets en polystyrène à la main. Elles tournèrent ensuite à gauche, vers le vieux cheval à bascule métallique qui couinait, à la selle blanchie par l'usure.

Elles enjambèrent les fissures du béton, puis Rose s'arrêta net sur la plateforme. Les yeux toujours rivés au sol, elle voyait les pieds de sa sœur sous la gueule du cheval, ses baskets rouges abîmées, l'une sur l'autre, les lacets défaits, effilochés. Plus haut, au bout de petites jambes à califourchon, elle aperçut les sandales fleuries d'une fillette, des orteils potelés comprimés sous une lanière, des chevilles grasses comme de la crème épaisse.

Rose leva la tête. Ses yeux se posèrent sur le visage inerte du cheval. La crinière métallique ondulait sous les doigts de l'enfant, qui s'agrippait aux cordes élimées servant de rênes.

— Où est ta maman ? lui demanda Lila.

Le regard de Rose glissa vers sa sœur. Les feuilles du chêne frémissaient doucement au-dessus de leurs têtes, une brise caressait leurs fronts humides.

— Tu aimes les bonbons ? poursuivit Lila. J'en ai, si tu veux.

Rose sentit un picotement dans sa lèvre supérieure. Sans dire un mot, elle se contenta d'attendre.

La petite fille gigotait sur sa monture. Elle portait un tee-shirt jaune orné d'une marguerite. Un short bleu ciel. Une barrette rose à paillettes dans les cheveux. Rose leva la main pour la toucher, la trouvant magnifique. Tout comme les mèches dorées qu'elle retenait.

La petite fille tourna la tête vers sa mère, qui buvait son café. Sa bouche s'ouvrit pour former un petit « oh ».

— Chuuut…, murmura Lila, faisant hésiter l'enfant. Tu sais où habitent les fées ? Dans un petit vallon, juste là-bas.

Elle désigna la clôture de l'aire de jeux, l'endroit où l'herbe descendait et où le terrain s'étendait à perte de vue.

— Juste là. Elles vivent dans de minuscules maisons. Sous des boutons d'or et des perce-neige. C'est fantastique.

Rose vit les yeux de l'enfant suivre les mouvements décrits par la main de sa sœur, ses cils s'écarter sous l'effet des noms merveilleux et farfelus qu'elle donna aux fées : *Titane*, *Toile d'araignée*, *Graine de moutarde*.

Elle se remit à danser et à sautiller à travers l'ombre de son aînée, qui reprenait son chemin. Elle se répéta les noms à voix basse : *Muguet*, *Jacinthe*, et son préféré : *Bouton de rose*.

Elles sautèrent sur le sol rugueux, foulèrent les pavés gris, franchirent le portail et retrouvèrent l'herbe jaunie par le soleil, les touffes qui leur éraflaient les mollets, piétinèrent les feuilles sur leur passage. Ensuite, elles descendirent la pente, vers la fraîcheur et la rangée de chênes qui montaient la garde, puis coururent jusqu'au bout du vieux sentier longeant le canal.

C'était leur destination.

Cette ravine de verdure, où les arbres murmuraient au-dessus d'elles, les observaient et attendaient.

Attendaient la suite.

2

C'est le jour du vingt-cinquième anniversaire de Hazel Archer que la deuxième fillette disparaît.

L'enfant est âgée de cinq ans, a la chevelure de Blanche-Neige et une bouche en bouton de rose formant une moue délicate. Elle a été aperçue pour la dernière fois à l'heure où le soleil déclinait, et où des ombres noires et mouvantes enveloppaient le littoral. La nuit a vite fait de tomber sur l'hôtel, perché sur un promontoire surplombant la Manche, couches de pierres sombres descendant vers la mer, là où les vagues frappent le rivage venteux, où les eaux rocailleuses font des va-et-vient tels de monstrueux pistons.

Hazel est dans sa chambre d'hôtel, assise devant la coiffeuse, quand l'alarme se met en marche. Jonny se rase dans la salle de bains tout en fredonnant un air. Evie est dans la chambre voisine, casque sur les oreilles, sans aucun doute, les yeux mi-clos, battant la mesure de ses ongles vernis.

Dans le couloir, on commence à frapper aux portes. Au début, Hazel pense qu'il s'agit du room service, qu'on offre un apéritif avant que les festivités du réveillon démarrent pour de bon. Mais les coups sont trop rapprochés et trop vifs. Aucun tintement festif ne résonne, aucun rire de surprise ni remerciement chaleureux. Au lieu de cela, un changement soudain d'humeur se produit. Une brume marine se répand dans le couloir à une vitesse folle, tandis que des projecteurs éclairent les chambres les unes après les autres.

Jonny ouvre la porte. Une serviette autour de la taille, des traces de savon sur les joues, ses courts cheveux noirs encore luisants. M. Lamb, le directeur de *Balcombe Court*, se tient dans le couloir. Un autre membre du personnel frappe aux portes d'en face. À l'intérieur de la chambre, tout n'est que confort douillet et couleurs douces : lit à baldaquin, fauteuils de velours, tables d'acajou aux pieds arqués. À l'extérieur, c'est une tout autre histoire : l'air est chargé de panique.

— Tout va bien ? demande Jonny.

M. Lamb est petit et trapu. Il s'agite sur place avec fébrilité, le souffle saccadé.

— Une petite fille a disparu, répond-il. Elle s'appelle Georgie. C'est arrivé il y a plus d'une heure, presque deux, maintenant.

Il sonde Jonny du regard, puis ses yeux glissent derrière son épaule, vers Hazel.

— Vous ne l'auriez pas vue, tous les deux ?

Jonny se tourne vers Hazel et ils échangent un regard. Au bout d'une seconde, ils secouent la tête, presque à l'unisson, bouche fermée, ne se montrant nullement déroutés.

— Non, dit Jonny. Nous n'avons pas bougé d'ici depuis environ une heure. Hein, Hazel ? Je n'ai vu aucune petite fille. Au déjeuner, peut-être, ajoute-t-il après un froncement de sourcils. Je crois l'avoir aperçue dans la salle à manger, plus tôt. C'est la fillette brune qui était avec son petit frère ?

Hazel écarquille les yeux, sa peau enduite de crème brille. Elle a les mains sur les genoux.

— Où a-t-elle été vue pour la dernière fois ? demande-t-elle.

M. Lamb secoue la tête avec impatience, pressé de poursuivre son enquête.

— Elle a cinq ans, dit-il en guise de réponse. Sa mère est dévastée. Si vous la voyez…

Jonny hoche la tête.

— Bien sûr, répond Hazel. Dites-nous en quoi nous pouvons vous être utiles.

— Nous pouvons participer aux recherches, propose Jonny.

— Oui, oui, acquiesce M. Lamb, levant les yeux vers le plafond comme s'il implorait les dieux. Une tempête se prépare, vous savez. Si elle est dehors…

Hazel regarde par la fenêtre à meneaux. Le ciel est d'un noir profond. *Balcombe Court* est isolé, presque en équilibre dans les airs, au-dessus de la mer. Si Georgie s'est perdue dehors, elle risque de tomber du promontoire. De se faire très mal.

— Vous pourriez interroger Evie, suggère Hazel. La fille de Jonny est dans la chambre à côté, explique-t-elle. Jonny, va la voir avec M. Lamb.

— Attendez, laissez-moi une minute pour m'habiller, dit-il en repartant vers la salle de bains.

Il en émerge quelques secondes plus tard, ébouriffé, en jean et tee-shirt, puis se précipite dans le couloir à la suite du directeur. Hazel se lève lorsqu'elle entend un grattement à la porte d'Evie, puis la voix de l'adolescente, et l'échange feutré qui s'ensuit. Elle se dirige vers la fenêtre et contemple les lumières jaunes de l'hôtel suintant sur le sol enneigé.

Elle scrute son reflet dans la vitre. Des arômes de viande rôtie, de légumes caramélisés et d'ail, de punch aux fruits et de vin rouge, montent depuis le rez-de-chaussée jusque dans la chambre, faisant naître en elle une nausée familière, celle qu'elle avait ressentie enfant, alitée à l'étage, sous l'emprise de la fièvre, pendant que sa mère faisait frire des oignons en bas. Elle appuie le front contre le carreau de verre froid et humide, encadré de plomb et d'histoire.

— Bon anniversaire, Hazel, murmure-t-elle. Bon anniversaire, mon trésor.

3

Les cris de la mère de Georgie Greenstreet transpercent l'hôtel comme de violentes trombes d'eau.

Hazel a revêtu sa robe rouge et chaussé ses escarpins à talons hauts. Jonny est en costume, et ils se tiennent devant la porte, l'un en face de l'autre, le visage tendu.

— Ils vont annuler le dîner, à mon avis, dit-il.

Hazel pince les lèvres, irritée par son acceptation passive du statu quo. Ils sont cloîtrés dans cette chambre depuis la visite du directeur, malgré les tentatives de la jeune femme pour persuader son compagnon de descendre s'informer, voir ce que font les autres clients de l'hôtel. Mais il s'est montré catégorique, préférant attendre les instructions de M. Lamb.

— Inutile de les déranger, a-t-il dit. Ils ont suffisamment de problèmes à gérer comme ça.

Hazel tente de chasser un sentiment qui l'habite depuis peu – quelques semaines à peine, depuis qu'ils ont planifié ce voyage et convaincu Evie de les accompagner : cette crainte que ce trait de caractère consistant à ne pas vouloir importuner les gens la conduise plus tard au ressentiment, à des accès de colère, à frapper les poings contre un mur imaginaire, à force de le voir aussi nonchalant.

Pourtant, en l'observant, planté devant elle dans sa chemise blanche impeccable et sa cravate gris perle, elle se sent enveloppée d'une force, d'une carapace la protégeant de son passé et des risques de l'avenir. Même habillé, elle imagine sa solidité, son étreinte musclée. Est-ce cela, le mariage ? se demande-t-elle. Un équilibre permanent entre désir et impatience ? Ils n'ont pas encore sauté le pas, mais cela ne saurait tarder, semble-t-il, et Jonny ne lui a jamais laissé penser que c'était exclu. C'est un allié, elle le sait. Il a accepté des fardeaux qu'aucun autre homme n'aurait portés. Même auprès d'Evie, sa fille d'une précédente union, il a imposé Hazel avec enthousiasme et fierté.

Malgré tout, elle est certaine qu'il pressent le danger de cette situation. La disparition d'une fillette. Elle se tourne vers le miroir, y cherche son visage parfaitement maquillé, se demande ce que les autres penseront en la voyant. Comment elle sera jugée. Son cœur s'agite dans sa poitrine, pris entre un sentiment infantile d'injustice et la crainte de ce qui va suivre. Quoi que dise Jonny, ils devraient être en bas, à chercher quoi faire, à chercher à savoir ce que prévoit la direction de l'hôtel.

— Ils vont appeler la police ? demande-t-elle, le regard inquiet.

— Les gardes-côtes, pour commencer, suppose-t-il, les mains dans les poches, adossé à la porte. Si Lamb dit vrai et qu'une tempête se prépare, ils vont probablement fouiller la plage en priorité. Les orages sont particulièrement violents, dans le coin. Personne n'a envie de s'aventurer près de la mer en cas de tempête.

Jonny s'arrête de parler et inspire, comme si une pensée venait de lui traverser l'esprit. Une fois de plus, Hazel ressent cette pointe d'irritation devant sa lenteur. Il prend son visage entre ses mains.

— Oh, ma chérie, tu es inquiète ? À cause de la police ?

Hazel se force à ravaler son agacement. Ses mains tremblent lorsqu'elle les pose sur les épaules de Jonny.

— Bien sûr que je suis inquiète. Qu'est-ce que tu crois ? répond-elle, fermant brièvement les yeux. Une enfant de cinq ans qui a disparu. C'est…

Elle secoue la tête, incapable de finir sa phrase.

— Ça va aller, la rassure Jonny. Je te le promets. Tu n'as aucune inquiétude à avoir. Je suis là, d'accord ?

Hazel s'appuie contre son torse, respire son parfum, sent cette carrure robuste, forte comme du chêne, qui la maintient debout. Mais, au moment de se redresser, elle se rend compte, avec la puissance d'un coup de fouet, que des faisceaux bleu électrique balaient les murs. Elle comprend alors que ses peurs se sont matérialisées, et sa tête commence à tourner au rythme des lumières qui décrivent des cercles autour de la chambre depuis l'extérieur.

Ils se tournent ensemble vers la fenêtre et aperçoivent les phares aveuglants des voitures de police qui se sont garées en silence dans la neige.

4

Les arbres de Noël scintillent obstinément devant l'entrée de l'hôtel, sous la pluie glaciale qui transperce à présent le ciel comme des griffes. L'inspectrice Lorna Hillier gare son véhicule le plus près possible de la porte, après un dérapage contrôlé.

La liste des choses à faire défile dans sa tête à vive allure. Condamner les issues ; consulter la vidéosurveillance, s'il y en a une ; vérifier l'emploi du temps des clients de l'hôtel ; fouiller toutes les cachettes possibles ; croiser les registres de la police avec la liste de toutes les personnes présentes dans l'établissement, pour débusquer d'éventuels délinquants sexuels ; élaborer un plan de recherche en liaison avec les gardes-côtes ; juger de la nécessité d'une alerte enlèvement. Des mots comme « meurtre » ou « enlèvement » clignotent dans sa tête. Les yeux de la policière passent du mur à la fenêtre. Elle tend l'oreille, à l'affût, tandis que le temps se dégrade dangereusement.

— L'orage ne nous aide pas, dit-elle à M. Lamb, qui l'accueille dans le hall.

Ils sont devant la cheminée, et leurs ombres dansent sur les lambris d'acajou. Derrière eux, des sapins de Noël de plus de deux mètres de haut se dressent face à la réception.

— Ça va rendre les recherches pratiquement impossibles, déplore Hillier en levant la tête vers le plafond. Les parents sont en haut ?

— Oui, avec leur bébé. Ils sont dans tous leurs états.

— Rien d'étonnant. Combien de clients y a-t-il dans l'hôtel ? demande-t-elle, scrutant les deux couloirs partant de la réception, supposant l'existence d'autres issues, de recoins où un enfant pourrait se cacher ou avoir été caché. Et combien de personnes travaillent ici ?

— Je vais vous fournir une liste complète, lui propose le directeur, nerveux dans son costume de tweed, se hissant sur la pointe des pieds.

Il mesure à peine deux centimètres de plus qu'elle, et ça le chiffonne, remarque Hillier.

— Souhaitez-vous rencontrer les parents maintenant ? demande-t-il.

Elle lève les yeux vers lui, remarque son air abattu.

— Oui, et ensuite j'aimerais parler aux autres clients. Vous pourriez peut-être les réunir dans le salon ? Et... le chef ? dit-elle, regardant son petit carnet à spirale. Au téléphone, vous m'avez dit qu'il avait aperçu Georgie aux alentours de 15 heures ?

— Elle est venue voir les chatons, explique M. Lamb. On les a trouvés dans un carton près de la plage. De toute évidence, quelqu'un avait l'intention de s'en débarrasser. Marek, le sous-chef, les a amenés ici. Il les a mis dans l'arrière-cuisine.

D'un mouvement de tête, le directeur désigne le mur derrière Hillier.

— Marek a dit que la petite est venue pour les voir, il les lui a montrés, et ensemble ils leur ont donné du lait. Ensuite, elle est partie.

Il soupire avec tristesse.

— Pour aller où ?

Le directeur hésite.

— Je ne sais pas, finit-il par répondre. Personne ne le sait.

— Depuis combien de temps Marek… Marek comment ?

— Kaczka.

— Depuis combien de temps travaille-t-il à *Balcombe Court* ?

— Dix-huit mois. C'est un bon gars. Et pourquoi dirait-il l'avoir vue s'il avait… ?

Hillier ne relève pas, elle se contente de prendre des notes. Elle lève le nez de son carnet quand l'agent Tom Ellis entre dans l'hôtel en secouant sa veste trempée.

— Rien à signaler, répond-il avant même qu'elle ne lui pose la question. Les gars passent les lieux au peigne fin. Ils fouillent toutes les chambres, tous les endroits que vous nous avez indiqués.

Il pointe le menton vers le directeur.

— Bon, dit Hillier, haussant la voix pour couvrir le vacarme de la pluie frappant les vitres comme des tirs de mitrailleuse. Monsieur Lamb, réfléchissez bien, s'il vous plaît. Connaissez-vous d'autres endroits où Georgie aurait pu se faufiler ? Si elle avait voulu explorer les lieux, aurait-elle pu trouver une cachette ? C'est un vieux bâtiment, il doit y avoir plein de recoins amusants pour une gamine de cinq ans…

— J'ai beau me creuser la cervelle…, répond-il, d'une voix qui trahit son état d'agitation. Hormis les endroits dont je vous ai déjà parlé… La fosse à charbon, les dépendances… Je ne vois rien d'autre. Je suis navré.

Hillier hoche la tête et redresse les épaules.

— D'accord. Allons voir M. et Mme Greenstreet, dit-elle, tournant les talons et entraînant Ellis avec elle. En attendant, vérifiez les emplois du temps de tous les membres du personnel et de tous les clients de l'hôtel. En particulier celui du sous-chef, Marek Kaczka. C'est la dernière personne à avoir parlé à Georgie. Ensuite, j'aimerais m'entretenir avec tous les pensionnaires.

5

La pluie poursuit son vacarme pendant que les policiers fouillent l'hôtel de fond en comble. Ils font entrer les bourrasques cinglantes avec eux, un froid qui se mêle impudemment à la chaleur de la réception et au parfum des aiguilles de pin. Les notes douces de piano diffusées par les haut-parleurs se noient dans ce remue-ménage accentué par le bruit des semelles trempées. On dirait que la tempête a soufflé le bâtiment, l'a retourné comme une crêpe, et qu'il se débat pour se redresser.

Max Saunders observe les allées et venues de la police depuis son poste de surveillance, une alcôve située dans un des couloirs proches de la réception. Assis là, un verre de whisky-gingembre et un exemplaire du *Times* devant lui, il observe la scène par-dessus ses lunettes.

Il lève la tête quand le personnel de l'hôtel accompagne les policiers sous les hautes voûtes médiévales du hall, les conduisant dans le salon, où les rideaux de velours cachent les nuages de glace, qui attendent, denses et moutonneux.

Balcombe Court.

D'abord château saxon, puis foyer de la peste bubonique, ensuite relais de poste avant de devenir un joyau de la Riviera anglaise. Et bientôt, le lieu où se situera l'action de *La Fille du boucanier* ? Comment avait-il appelé ça, son agent ?

Une fiction historique à rebondissements. Tout doit avoir de fichus rebondissements de nos jours, déplore Max, qui replie son journal et se lève. Pourquoi diable ne pouvait-il pas simplement écrire une bonne vieille histoire à l'ancienne ?

Il part dans la direction opposée au salon, vers les salles de billard, où les lampes basses ne font rien pour dissiper la puissante noirceur du Devon. Il croise les bras autour de lui, sent son téléphone portable dans sa poche de chemise. Il devrait appeler la maison, parler à Alison. Leur souhaiter à tous une bonne année. Ça lui semble malvenu, pourtant, avec la disparition de l'enfant. Il consulte sa montre. La petite est introuvable depuis maintenant trois heures. Ça le rend malade.

Il tourne autour des tables de billard, son verre au bout de son bras ballant.

Où es-tu, Georgie ? pense-t-il. *Es-tu encore vivante, ou flottes-tu quelque part au milieu des eaux glaciales du littoral ? Es-tu en train de sombrer dans les fonds marins parmi des fantômes de pirates ?*

Il n'a vu la fillette que deux ou trois fois. Un petit lutin joyeux et sautillant, débordant d'énergie. Elle a un petit frère, un bébé blond potelé qui a toujours l'air de mâchouiller un morceau de pain mouillé. Georgie, elle, a les cheveux bruns, des yeux noirs en amande et une bouche comme un joli nœud rouge sur le sommet d'un cadeau. Les Greenstreet ont l'air de gens charmants, avec cette ombre permanente sous les yeux caractéristique des parents de très jeunes enfants. Ils portent cette anxiété en eux, a remarqué Max. À l'affût du moindre bibelot contre lequel Georgie pourrait se cogner, de la moindre nappe que le bébé pourrait attraper. Max a toujours considéré la parentalité comme une tentative permanente d'avancer à contre-courant. Alison et lui ont traversé cette phase avec Polly et Grace, mais les filles sont des adolescentes à présent, aussi méprisantes avec eux que des nobles faisant l'aumône à des paysans.

Il frémit bien qu'il ne fasse pas froid dans la pièce et se dirige vers la fenêtre sans raison, sondant l'extérieur glacial par-delà son reflet. Il lève les deux mains, touche la vitre du bout des doigts, suit le trajet de la pluie qui s'écoule de façon ininterrompue. Il sent la chaleur de son souffle, le calme inquiétant de son soupir. On dirait que le temps s'est suspendu pendant un millième de seconde. Il y a une fraction de silence au milieu du crépitement de l'eau contre le verre. On dirait que l'averse a cessé, que le ciel s'est épuisé, a renoncé pour rentrer chez lui. Puis il se fend de nouveau de part en part, avec un éclair boursouflé et un bruit de déchirure.

À présent, il comprend.

La glace vient d'abord lentement. Posément, avec des dents pointues. Puis elle transperce le sol de ses lances. Max a soudain le souffle court devant ce spectacle. La grêle tombe au hasard, ses éclats de cristal se fracassent dans l'obscurité. Il appuie les doigts contre la vitre comme s'il aspirait à sortir, cherchait à tâtons le sommet de la falaise où les gardes-côtes balaient les lieux avec les faisceaux de leurs lampes torches. Il ferme brièvement les yeux, et le visage de ses filles s'impose à son esprit. Il prend alors la mesure de la gravité de la situation. Si cette fillette n'est pas retrouvée rapidement, elle risque de mourir.

Piégée sous la pluie gelée, dans la tempête de glace.

6

Un mugissement de corne de brume est charrié par le vent. Vient ensuite le bruit de navires se querellant avec les vagues, livrant bataille aux rideaux de glace déversés par le ciel. Ce vacarme provoque chez Hazel un brusque accès de claustrophobie et une peur panique, tandis qu'elle descend l'escalier avec Jonny pour se rendre au salon.

Dehors, la blancheur a métamorphosé le jardin. Les débris de glace recouvrent tout. Un baril d'eau devient un bonhomme de neige sans tête, un tissu complexe de neige et de reste de grêle pend entre les branches nues des pommiers comme un collier de diamants.

La tension dont l'air est chargé produit un crépitement de cellophane. Malgré cela, le salon se maintient courageusement dans le calme moelleux d'une pièce chaleureuse un soir un réveillon. Hazel tient fermement la main de Jonny. Si seulement elle pouvait se boucher les oreilles, oublier le bruit de la tempête, ravaler la bile qui lui brûle la gorge… Elle pourrait alors s'imaginer que leurs vacances se déroulent comme prévu : une virée dans le Devon pour fêter son anniversaire, un séjour dans l'hôtel où Jonny venait enfant. Ils ont emmené Evie avec eux, espérant que le voyage les rapprocherait. Hazel n'a que onze ans de plus que la fille de

Jonny, et même si personne n'a daigné aborder le sujet, il pèse sur eux de façon évidente.

L'adolescente les a suivis au salon, maquillée, chancelant sur des talons que seule une jeune fille de quatorze ans oserait porter pour un interrogatoire de police. Hazel et Jonny s'asseyent calmement sur une causeuse, sous une des fenêtres fouettées par la grêle. *Balcombe Court* affiche complet pour le nouvel an. Une quarantaine de résidents sont réunis, l'air grave et la mine sombre. Devant eux se dresse M. Lamb, mains croisées dans le dos, oscillant d'avant en arrière sur ses pieds, attendant que les clients et le personnel se posent comme des oiseaux sur une branche au crépuscule.

Max est sorti de la salle de billard et traverse nonchalamment le salon. Il touche son paquet de cigarettes dans sa poche de pantalon et s'adosse au mur du fond, promenant son regard entre clients et employés de l'hôtel, observant leur anxiété muette, leur bavardage nerveux. Il est le premier à remarquer l'inspectrice Hillier lorsqu'elle entre, l'œil vif et brillant, ses boucles brunes retenues en chignon serré. Elle doit avoir un peu moins de cinquante ans. Avec une énergie vibrante, elle scrute les visages l'un après l'autre, avec la même intensité dont Max a fait preuve.

— Nous avons de bonnes raisons de penser que Georgie Greenstreet n'est plus à l'intérieur de l'hôtel, commence-t-elle, leur laissant quelques secondes pour digérer l'information. Nous avons fouillé le bâtiment de fond en comble, malheureusement sans succès, reprend-elle, tournant la tête vers la fenêtre au moment où un éclair fend le ciel en deux. Comme vous pouvez le voir, et l'entendre, le temps est désastreux. Les garde-côtes affirment que les recherches doivent être suspendues jusqu'à demain matin.

À ces mots, une vague d'inquiétude traverse la pièce. Une étincelle saute du feu de cheminée et atterrit sur le tapis aux pieds de Hillier. Elle la piétine de sa chaussure noire à lacet, sans quitter des yeux son auditoire.

— Je sais que vous avez envie d'aider, poursuit-elle. Mais, à l'heure actuelle, on ne peut pas faire grand-chose. Il faut d'abord que le jour se lève et que la tempête se calme. Dans l'immédiat, nous vous demandons simplement de nous fournir, à l'agent Ellis et à moi, toutes les informations possibles concernant vos déplacements de cet après-midi et de ce soir. Ensuite, nous n'avons d'autre choix que d'attendre.

— Comment va Mme Greenstreet ? demande une dame âgée assise dans un coin. La pauvre femme…

— Elle est très touchée par votre sollicitude, répond Hillier. Et elle va bien, étant donné les circonstances.

— Madame l'agent, intervient un homme en maillot de rugby coloré. Je suis un ancien militaire. L'orage est violent, c'est vrai, mais il s'agit d'une enfant en bas âge… On ne peut pas suspendre les recherches. Si elle est dehors en ce moment…

Hillier lève les mains, paumes vers le haut, pour le faire taire. Elle a l'air calme, mais Hazel perçoit une lueur dans ses yeux. Une expression qu'elle reconnaît. Plongeant au plus profond, avec des tentacules si longs et si puissants qu'ils atteignent des zones sombres, des endroits secrets qu'on croyait bien cachés. Ce regard lui coupe le souffle. Une fatigue intense la terrasse d'un seul coup. Elle lâche la main de Jonny, sent sur elle son regard gêné, mais l'évite. C'est tout ce qu'elle peut faire pour rester debout et ne pas flancher, pour se rendre invisible.

— Comme je l'ai dit, continue Hillier, nous apprécions votre sollicitude, mais nous vous demandons de suivre nos consignes. Nous voulons éviter que d'autres personnes ne se perdent dans la tempête. C'est extrêmement dangereux. Laissez faire les professionnels. Et que personne ne quitte l'hôtel pour le moment.

— Comment ça ? demande l'homme au maillot de rugby. On est coincés ici ?

Hillier lui sourit.

— Le temps vous aurait confinés à l'intérieur de toute façon, monsieur. Mais si vous devez absolument partir demain, je vous demanderai de ne le faire qu'après avoir répondu à nos questions et nous avoir communiqué vos coordonnées complètes.

Hazel reprend la main de Jonny dans la sienne et s'y cramponne.

Hillier examine à nouveau les membres de l'assistance, un à un.

— Bon, dit-elle d'une voix claire. L'agent Ellis et moi-même allons vous appeler, chacun votre tour. Je vous remercie.

En la voyant se tourner pour partir, Max pense à un soldat, et se demande si cette femme n'est pas une ancienne militaire. Il observe les clients, qui se renfoncent dans leurs sièges avec gêne. L'homme au maillot de rugby fait des gestes à sa femme avec une moue de dégoût. Des femmes âgées, rassemblées en petit groupe, semblent au bord des larmes. Le couple devant la fenêtre est immobile et silencieux. Leur fille adolescente semble plongée dans un ennui profond, elle mâche un chewing-gum et regarde ses ongles.

Le visage de la femme ne lui est pas totalement inconnu, sans qu'il puisse mettre un nom dessus. Ça le titille comme une démangeaison. Il y a quelque chose d'enfantin dans sa façon de s'agripper à son compagnon. Elle est jolie, mais d'une apparence frêle et délicate, un genre de beauté qui ne l'a jamais vraiment séduit. Elle a un nez retroussé, moucheté de taches de rousseur, et des cheveux brun foncé coupés à la garçonne. Ses yeux, en revanche, sont dignes d'une héroïne de la Cinecittà, et ses lèvres ont la moue suave d'une Ingrid Bergman. Menue et douce : le genre de fille qu'Alison étiquetterait tout de suite comme une « petite poupée ».

Tout le contraire d'Alison, avec ses gènes scandinaves et sa carrure de vachère. Elle est sûrement à la ferme de Coventry en ce moment. Il consulte sa montre. Ils doivent être attablés pour le dîner, et Alison va hausser les sourcils en voyant le numéro de Max s'afficher sur son téléphone. Elle va le montrer à Rachel, et sa sœur va lui adresser un regard triste, lui frotter le bras et lui resservir du vin. Son nom sera couvert de boue, ce soir.

Il s'est excusé un millier de fois, a expliqué que s'il ne respectait pas le délai, il ne serait pas payé. Et ensuite ils seraient en retard pour le règlement des frais scolaires, et cela entraînerait une pénalité. Et non, il ne peut pas écrire dans la maison des parents d'Alison, parce qu'elle est envahie par la famille, une horde hurlante se disputant à toute heure du jour et de la nuit, si bien qu'il ne s'entend plus penser. Malgré les dépenses (déductibles d'impôt), il est obligé de venir écrire ici, à *Balcombe Court*, où se déroule l'intrigue de *La Fille du boucanier*. C'est une évidence pour lui, mais pas pour Alison, qui place la famille au-dessus de tout, et même, apparemment, de la nécessité de fournir un toit à cette même famille.

Ainsi, deux jours après Noël, Max a fait sa valise, jeté sa sacoche d'ordinateur par-dessus son épaule, puis a quitté leur maison de la banlieue de Birmingham et pris trois trains pour se rendre dans cette zone reculée du Devon. Il soupire et arrête de ruminer. Il effleure de nouveau son paquet de cigarettes et décide de braver le froid pour s'en griller une.

Hazel remarque à peine son absence ; plongée dans ses pensées, elle ne voit personne. Elle regarde fixement son pouce, scellé à celui de Jonny.

Ce regard.

Le regard que la policière lui a lancé juste avant de tourner les talons. C'est un regard qui renvoie Hazel vers un passé lointain, sur le chemin longeant le canal.

Et soudain, c'est comme si un abîme s'ouvrait sous ses pieds, comme si tous les beaux rêves qu'elle s'était bâtis au fil des ans – avec Jonny, son travail, ses collègues – s'apprêtaient à partir en fumée. De la même manière que les bateaux pirates échoués contre les rochers au bas du promontoire où se dresse l'hôtel, ses trésors seront découverts, dispersés, pillés… Et ensuite une tempête de calomnies se déchaînera.

Et Jonny ? Aura-t-il la force d'affronter cette épreuve ? Pressent-il lui aussi ce qui est sur le point d'arriver ? Elle se fait toute petite, se roule comme du papier à cigarette, le cœur brûlant, battant toujours mais endommagé. Elle est entrée dans cette pièce chargée de ce lourd fardeau. Mais Jonny ? Il ne peut pas comprendre ce qu'elle éprouve. Comment le pourrait-il ? Peut-il être sûr qu'il restera, quand tout sera étalé au grand jour et ruissellera, marquant une empreinte dans les rochers pour l'éternité ?

Ce regard.

Au fond du ravin, derrière le parc.

Près des saules surplombant le talus, leurs branches jaillissant vers le sol comme les jets d'une fontaine vert citron.

Les rires lointains des enfants courant sur l'aire de jeux, le soleil sur leurs visages, le vent dans leurs cheveux.

C'est le regard par lequel tout a commencé. Le regard qui signifiait que, à partir de cet instant-là, tout devait être caché. Gardé secret.

Son secret.

Son passé.

7

L'un après l'autre, les clients de l'hôtel entrent dans la pièce où Hillier et Ellis sont assis derrière une pile de documents et deux tasses de café en train de refroidir. Ils s'installent. Certains sont nerveux, d'autres impertinents. La plupart affichent un air curieusement coupable et témoignent d'un besoin désespéré de convaincre Hillier qu'ils sont blancs comme neige.

Hillier, dans la police depuis quinze ans, n'est nullement surprise par cette attitude ; elle en fait régulièrement l'expérience et y avait même été confrontée précédemment, au cours des sept années durant lesquelles elle a été avocate pour la Cour martiale de la Royal Navy. Elle la connaît bien, cette bête sale et sauvage qui attaque sans prévenir ceux qui n'ont rien à se reprocher, car, pour une raison mystérieuse, il s'agit là de leurs pensées les plus sombres, celles que les gens sont particulièrement soulagés de ne jamais avoir traduites en actes. Hillier est certaine que des pulsions criminelles sont tapies en chacun. Mais seuls ceux qui y cèdent plongent réellement dans la culpabilité. Les autres balaient vite ce sentiment, remerciant Dieu ou toute autre instance guidant leur conduite morale de leur avoir permis de se contrôler.

Ainsi, Hillier est assurée que la plupart des pensionnaires qui se présentent devant Ellis et elle n'ont aucune idée de ce qui est arrivé à Georgie Greenstreet.

La plupart d'entre eux.

Deux personnes, cependant, éveillent sa curiosité.

Le premier est le sous-chef, Marek Kaczka. Il est presque minuit à présent, l'heure du crime. Un 31 décembre, de surcroît, ce qui signifie que le commissariat de Brixham fonctionne au ralenti, avec une équipe réduite, étant donné le faible budget alloué aux heures supplémentaires. Ses collègues sont sûrement occupés par les bagarres d'ivrognes et les échauffourées caractéristiques de cette période de l'année. Instinctivement, Hillier sent que Kaczka a un casier, qu'il a commis une infraction quelconque par le passé, mais elle ne pourra pas remonter aussi loin cette nuit. Alors elle fait preuve de patience et le laisse suer un peu. Elle l'interroge de façon superficielle, partant du principe que son récit sera émaillé de mensonges.

La deuxième personne qui l'intrigue est la jolie jeune femme, petite et frêle, qui entre dans la pièce avec son compagnon et évite soigneusement son regard.

Hazel Archer.

Son visage lui est familier. Un vague souvenir bourdonne à ses oreilles comme une mouche exaspérante et insaisissable. Son comportement est étrange. Est-elle d'une nature glaciale ou a-t-elle totalement verrouillé ses émotions parce que la peur la paralyse ? Le couple affirme avoir passé l'après-midi ensemble, seuls ou avec la fille de l'homme, Evie. Ils sont arrivés hier à l'hôtel. Aujourd'hui, c'est l'anniversaire de Hazel. Ils sont venus ici pour le fêter, en même temps que la nouvelle année, et sont terriblement inquiets pour la petite Georgie.

Mais quelque chose sonne creux dans leurs déclarations. Il y a une lueur dans les yeux de la jeune femme qui intrigue la policière. Cet instinct, elle l'a acquis après des centaines de nuits passées à interroger des ivrognes, des prostituées et des cambrioleurs, à faire le tri dans une foule de gens pour trouver ceux qui méritent réellement son attention : les vrais criminels. Hillier a refusé toute promotion, a choisi de rester inspectrice pour la majeure partie de sa carrière. Et c'est précisément cela qui justifie sa décision : ce moment très précis, cette vibration, aussi rare soit-elle, est ce qui la motive le plus. Elle laisse volontiers la gestion, les problèmes de budget et de personnel à ses supérieurs. En tant qu'enquêtrice, sa responsabilité première consiste à se rendre sur une scène de crime. C'est l'étape qu'elle savoure le plus : cette seconde où le chasseur place son œil dans le viseur de son fusil, vers l'animal qui frémit dans le buisson. Lorsqu'elle se retrouve face au masque de l'innocence et éprouve la certitude, au plus profond de son être, qu'on lui ment. La culpabilité de Hazel Archer dans la disparition de Georgie Greenstreet reste à déterminer. Mais Hillier sent, sans l'ombre d'un doute, que cette femme a quelque chose à se reprocher.

La policière soupire et la congédie pour le moment, puis range ses papiers, l'esprit bruissant de tout ce qu'elle a glané cette nuit.

Une à une, les lumières s'éteignent, d'abord à l'étage inférieur, puis au-dessus, tandis que les pensionnaires de l'hôtel vont se coucher, les yeux cernés, s'interrogeant sur la fillette disparue, se demandant où elle a bien pu passer.

Ellis installe des chaînes à neige sur la voiture, puis ils s'enfoncent dans la campagne du Devon, Hillier au volant.

Elle ne regarde pas derrière elle, tandis que les contours flous de *Balcombe Court* se fondent dans la nuit spectrale.

Elle reviendra demain, à la première heure.

8

Le 1er janvier démarre péniblement à South London. Du café, encore du café, une douche tour à tour brûlante et glaciale. Joanna Denton se mord la lèvre et ferme les yeux, accueillant la douleur et l'inconfort. C'est ce qui fera passer la gueule de bois. Caféine et châtiment corporel.

Hier, au club, elle a enchaîné les shots de tequila, dans l'espoir d'embrumer son esprit jusqu'à l'oubli. Mais le brouhaha a eu raison d'elle, si bien qu'elle s'est éloignée de la piste où ses amis sautaient comme des diables à ressort sur du House of Pain.

Ouais, ça résume bien la situation, a-t-elle pensé.

Alors elle a quitté la boîte. Elle a marché seule sur les quais, les chaussures aussi imbibées qu'elle, a respiré l'air givré de Londres et regardé crépiter les lumières de la ville. Au moment de s'éloigner de la Tamise, ses habituelles pensées l'habitaient. La peur que sa vie soit insignifiante comparée à celle de ses amis. Tandis qu'ils croulent sous les invitations – à des fêtes, des dîners, des inaugurations de galeries, des anniversaires d'enfants, des vacances à la mer – Joanna survit tout juste. Elle se lève chaque matin pour se battre contre des avocats mieux payés qu'elle, travaillant dans de plus beaux bureaux et qui ont, contrairement à elle, un compagnon ou une compagne pour les soutenir à la maison, écouter avec empathie le récit de leur journée tout en se servant d'innombrables verres de vin rouge.

Où est son bonheur ? s'est-elle demandé pour la énième fois, les pieds gelés. L'espace d'un instant, levant les yeux vers un réverbère cassé, elle a eu envie de pleurer. Qu'est-ce qui donne du sens à sa vie ? Dans quoi s'épanouit-elle, en dehors de la colère qui lui sert d'armure depuis tant d'années ?

Elle a séché ses larmes avec agacement. À quoi bon pleurer ? Elle ne peut pas oublier son travail. Elle ne peut rien faire d'anodin, d'inconsidéré, car elle est irrémédiablement rattrapée par le combat quotidien qu'elle s'est imposé. Elle pense en permanence à ces gens qui sèment la peine et le chaos sur leur passage. Ces criminels qui, dans leur égoïsme ou leur folie, s'insinuent dans l'esprit d'autres êtres pour le mettre sens dessus dessous, qui les changent de façon irréversible, si bien qu'ils ne retrouveront jamais leur âme d'avant *l'événement*.

Enfin rentrée chez elle, Joanna n'aspirait qu'à dormir mais ne pouvait s'empêcher de penser à la pile de paperasse qui l'attendait sur son bureau, et de ressasser le souvenir qui hante chacun de ses jours.

L'image de la petite fille de deux ans, Kirstie Swann.

Sa nièce.

Sauvagement assassinée dans le ravin d'un canal désaffecté. Battue à mort et laissée là, à se décomposer, pendant que sa meurtrière rentrait chez elle pour le dîner.

Joanna pense sans cesse à elle.

La tueuse de Kirstie.

Au fait qu'on ne la laissera jamais sortir de prison, et ce grâce à elle, Joanna Denton.

Elle s'habille en vitesse, enfile un jean et des bottes plates ; un vieux sweat à capuche de la fac sur un simple tee-shirt blanc. Sa seule concession à la vanité consiste à brosser ses longs cheveux bruns et à les attacher en chignon, et la voilà qui sort d'un pas vif pour prendre la ligne nord montant vers Borough, où se situent les locaux de La Main dans le sac. Comme c'est le jour de l'an, la ville est en sommeil. Le café où elle achète son croissant quotidien est fermé et le métro désert ; les rangées de sièges vides, hantés par les fantômes des voyageurs habituels, s'étirent à côté d'elle.

Joanna arrive au bureau après avoir trouvé un *Prêt à manger* ouvert dans la station Borough et acheté un café et une pomme. Son estomac ne peut plus rien tolérer. La tequila poursuit ses remous incessants, et elle a l'impression qu'elle risque de vomir à tout moment.

Elle ne s'attendait pas à trouver Will, mais il est venu. La porte n'est pas verrouillée et son vélo encombre le minuscule couloir du petit local qu'ils louent. Joanna et Will se sont rencontrés à l'université de Manchester il y a vingt ans, à l'occasion de leur premier TD de droit des contrats. Ils sont devenus amis dans un bar étudiant, où ils buvaient des pintes et partageaient leurs projets d'avenir. Tous deux aspiraient à quitter le nid familial pour tenter leur chance à Londres. Will travaillerait pour un cabinet d'avocats de la City, apprendrait les fusions et les acquisitions, et – comme Joanna le lui faisait remarquer – passerait des nuits blanches pour faire gagner de l'argent à une poignée d'hommes en costume qui connaîtraient à peine son nom. Elle, de son côté, se formerait dans un cabinet du centre-ville spécialisé dans l'immigration et le droit pénal, pour gagner environ le quart du salaire de Will.

Joanna le taquinait en lui disant qu'il deviendrait un vendu, gâcherait sa vie à remplir les poches de gens qui ne méritaient pas de profiter de ses neurones.

— Et toi ? lui demandait-il. Comment comptes-tu changer le monde, coincée à Shepherd's Bush pour aider des hordes de criminels ?

Joanna ne répondait pas. Pelotonnée sur le vieux fauteuil en cuir, elle gardait le silence, le bras sur l'accoudoir, une cigarette entre les doigts, laissant la cendre tomber lentement dans le cendrier posé au sol.

Ensuite, juste avant qu'ils obtiennent leur diplôme, elle a reçu le coup de fil qui a changé sa vie. Comme prévu, elle est partie travailler à Londres.

Mais elle n'est pas devenue avocate.

Pendant tout le procès de la tueuse de sa nièce, Joanna est restée assise à côté de sa sœur, lui tenant la main. Elle s'est assurée que celle-ci se nourrissait correctement, l'a aidée à se lever pour quitter la salle d'audience lorsque cela devenait trop dur. Par la suite, elle a commencé à travailler pour La Main dans le sac.

C'est une minuscule association qui fait du lobbying pour le gouvernement au nom des victimes. Les membres de l'association travaillent en relation étroite avec l'organisme Soutien aux victimes, servent d'intermédiaire entre les victimes et la police, et militent sans relâche pour des sanctions plus lourdes, à la mesure de la gravité des crimes. Finalement, l'ancien patron de Joanna a pris sa retraite et la jeune femme a hérité de la direction. À cette époque, Will s'est marié et, à la naissance de sa fille, a démissionné de son cabinet d'avocats de la City pour venir travailler avec Joanna. Cela signifiait des revenus bien moins élevés, mais, au moins, martelait-il, il verrait davantage sa famille et aurait bonne conscience.

Les vieilles habitudes ont la vie dure, cependant, et l'addiction au travail est difficile à dompter.

— Je ne reste pas longtemps, dit-il en entendant Joanna monter l'escalier vers le bureau exigu qu'ils partagent. Lucy passe la journée chez ses parents avec Jemina, alors je suis venu ici pour une heure ou deux avant de les rejoindre pour déjeuner.

— Je t'aurais pris un café si j'avais su, réplique Joanna. Merci, Will. Il y a tellement à faire, poursuit-elle en regardant les piles de documents qui s'entassent sur son bureau. Il nous faut vraiment une secrétaire.

— C'est compromis, avec notre budget. Et ta soirée, alors ?

— Oh, sympa. J'ai trop bu, répond-elle avant de prendre une gorgée de café. Il n'y a pas assez de caféine dans le monde aujourd'hui.

— Pourquoi tu n'es pas restée au lit ? demande Will en connaissant la réponse. Un jour de repos, ça ne te ferait pas de mal.

Joanna s'assied à son bureau et se penche vers son ordinateur pour l'allumer.

— Si, ça peut faire mal, dit-elle. Souviens-toi de Mo Farah, William. N'oublions jamais Mo.

Will se fend d'un grand sourire et retourne à son écran. Joanna a lu un jour que le champion olympique Mo Farah s'entraînait systématiquement le jour de Noël, quand tous les autres athlètes se reposaient, si bien qu'il avait un jour d'avance sur eux.

— De toute façon, j'ai cette émission de radio aujourd'hui. Tu te souviens ? Le débat du premier de l'an sur la justice et les peines ?

Joanna prend une autre gorgée de café avant de cliquer sur le site Web de la NBC, puis pousse une exclamation.

— Je n'y crois pas !

Sa voix est lourde comme du plomb. La jeune femme fait pivoter son écran vers Will pour le lui montrer. C'est le troisième titre de la page, après l'annonce de la liste des gens sur le point d'être décorés par la reine et l'accident d'un bus à Wolverhampton. Joanna scrute le visage de Will pendant qu'il lit.

— Merde, dit-il enfin.

— Ouais, répond-elle, frottant ses paumes contre son visage avant de regarder le plafond. Tu m'ôtes le mot de la bouche.

9

— On ferait mieux de partir, déclare Hazel.

Leur chambre est d'une blancheur aveuglante, à cause du manteau de neige à l'extérieur.

— Ça me fait penser à un poème, dit-elle, passant les mains sur son visage. Le nom de l'auteur m'échappe, mais j'ai toujours l'image en tête. Il parle de la neige comme de l'hiver qui plie son linge. Mais, ici, c'est différent, tu ne trouves pas, Jonny ? Ça a des allures de nœud de vipères. Avec ce qu'on vit en ce moment.

Elle se tourne vers lui. Il est assis sur le lit, torse nu, cheveux en bataille.

— On est coincés ici et les serpents s'enroulent autour de nos chevilles. C'est dingue de rester alors que, de toute évidence, ils vont m'accuser, me pointer du doigt. Dire que je suis forcément impliquée, d'une façon ou d'une autre. Et…

Elle le regarde, l'air affolé.

— Je veux partir. Sortir d'ici.

— On ne peut pas, lui répond-il en soutenant son regard.

Le petit matin est calme, le soleil d'hiver dépasse à peine l'horizon. Les bruits de l'hôtel sont étouffés : ici et là, un cliquetis de couverts, l'odeur du café montant dans les étages. L'air est immobile, figé dans un bourdonnement atonal et tranquille qui se prolonge avec langueur ; puis le personnel commence à s'affairer, et la journée à prendre de la vitesse.

— Si on part, dit Jonny, on passe pour coupables. C'est évident. On doit rester et voir comment les choses évoluent. S'ils retrouvent la petite.

Hazel tend les bras vers lui et ouvre les paumes comme si elle lui présentait la chambre.

— Mais tout ça, Jonny, ça va disparaître. Tu ne comprends pas. Tu n'étais pas là. Moi, si. Une fois que les gens sauront… Tout ça, ma vie telle qu'elle est maintenant… On va me la reprendre.

Jonny inspire profondément, repousse les couvertures et sort du lit. Il attire Hazel vers lui. Elle laisse retomber ses bras avec mollesse, comme une poupée de chiffon inerte.

— Tu ne peux pas te cacher éternellement, dit-il dans ses cheveux.

— Mais, en restant ici, insiste-t-elle en le poussant, je suis foutue. La disparition d'une enfant, ça va tout de suite me retomber dessus. Ils vont m'attaquer, nous attaquer. Dire que je suis coupable.

— Mais on sait que c'est faux.

Hazel le regarde.

— Ça n'a pas d'importance. Une fois que la presse sera là – et les journalistes vont venir, crois-moi –, on aura des meutes de chiens à nos trousses.

Sa voix devient aiguë.

— Tu ne sais pas comment c'était. Pour mes parents. Pour nous tous. Ils ne lâcheront pas l'affaire.

— Mais si, la rassure Jonny d'une voix ferme. Ils seront bien obligés. Rien ne te relie à cette fille, à ce qui est arrivé ici. C'est juste…

De colère, il lui saisit les cheveux à pleines mains.

— Je reconnais que le timing est épouvantable. Je suis désolé.

Hazel s'efforce de sourire, sans conviction. Elle se rend compte que Jonny n'est pas sur la même longueur d'onde. Il espère que cet événement n'est qu'une aberration, une anomalie qui passera en une nuit, comme une poussée de fièvre. Il ne se rend pas compte que rien ne sera plus jamais comme avant pour eux.

— Oh, mon Dieu, Jonny, dit-elle, lui tournant le dos pour regarder la neige à nouveau. Que le ciel nous vienne en aide !

Max s'est levé, lui aussi ; il est assis au bureau de sa chambre, l'air absent devant son écran d'ordinateur. Il a passé une mauvaise nuit, a regardé le plafond en pensant à Alison et à ses filles.

Et à Georgie.

Est-elle dehors ? Cette idée le hante. Pelotonnée près des rochers, essayant de se réchauffer. Ou bien est-elle retenue quelque part contre son gré ? Petite Georgie, appelant sa maman en pleurant, ne comprenant pas pourquoi elle lui a été arrachée. Finalement, il s'est levé et a fait les cent pas dans la chambre. Des souvenirs de Polly et Grace à la naissance, bébés joufflus et costauds, ont circulé dans sa tête. Cette dépendance absolue, sans notion de peur, ni d'insécurité. Il les revoit se dandinant, avec leurs grands yeux et leurs cheveux en bataille. Il se rappelle leur parfum de talc, de lait, de shampoing à la lavande.

À présent, il fait jour et la nuit passée n'est plus qu'un rêve. Le nouvel an est arrivé comme une apparition. Max entend le bruit des pelles tandis que le personnel déblaie l'allée.

Ils essaient de ramener l'hôtel à la réalité, d'exorciser les spectres qui flottaient hier au-dessus de ses murs médiévaux.

Balcombe Court est déjà peuplé de fantômes. Max a mené son enquête. Des cochers sans tête. Des gargouilles gloutonnes dévorant les entrailles de jeunes filles. Des amours perdues et des marins morts. Des pirates pendus, écartelés, découpés en morceaux. Cet endroit a tout vu.

Et, à présent, l'esprit de Georgie Greenstreet le hante. Un demi-esprit, en fait, les appelant d'où qu'elle soit, vivante ou morte ou entre les deux. Max se frotte le visage et boit une longue gorgée de café instantané préparé avec la minuscule bouilloire de la chambre avant de s'envoyer une rasade de Gaviscon, pour dissiper les brûlures d'estomac qui le plient en deux depuis des semaines. Il faut qu'il se mette au travail. Enfant disparu ou pas, il a mille cinq cents mots à écrire aujourd'hui. Sa date butoir n'est pas moins menaçante que la veille, et s'il veut rentrer auprès d'Alison et des filles à la mi-janvier, il faut qu'il termine son livre.

Il ouvre le document et regarde le dernier paragraphe qu'il a tapé, hier au déjeuner, avant de refermer son ordinateur, puis d'aller dans la salle à manger pour étendre ses jambes et commander un sandwich. Il a alors vu Georgie, assise avec ses parents, attaquant une assiette de spaghettis à la bolognaise. La salle était quasiment déserte. Hormis les Greenstreet, il n'y avait que les gens qu'il avait vus la veille, blottis sur la causeuse près de la fenêtre. La jolie jeune femme qui lui fait à présent penser à Ingrid Bergman, son compagnon et l'adolescente.

Max fronce les sourcils puis ferme les yeux. Où a-t-il déjà vu cette femme ? Peut-être à Londres, quand il travaillait pour un magazine littéraire, il y a quelques années ? L'amie d'un ami ? Il appuie le doigt contre son front, se creuse la cervelle, avant de soupirer et de renoncer. La mémoire ne fonctionne jamais sur commande, alors il dirige de nouveau ses pensées vers *La Fille du boucanier* et la scène sur laquelle il butait, quand Constance Mandeville découvre qu'elle est promise à Jago d'Aubert alors qu'elle aime Santo Perowne.

Max commence à taper en remuant les lèvres, réécrivant la scène depuis le début, changeant le lieu pour choisir cette fois-ci le sommet de la falaise, où Santo redescend vers son bateau, abandonnant Constance après avoir appris ses fiançailles. Tandis qu'il monte à bord, Constance, dans son chagrin et son désespoir, lui jette une fleur. Elle choisit une rose.

Les mains de Max hésitent au-dessus du clavier, tout son corps se paralyse tandis que le souvenir ricoche sur lui.

Il réduit la fenêtre de son texte et ouvre une page Internet pour effectuer une recherche rapide.

Il tape « Rose ». Puis « Meurtre ».

10

Hillier et son équipe débarquent à l'hôtel dans une cacophonie de portières qui claquent et de bottes crissant sur la neige. L'inspectrice est la première à pénétrer dans l'air vicié du hall d'accueil, où elle ôte son gros blouson noir et ses gants.

Les murs lambrissés de *Balcombe Court* rendent l'atmosphère oppressante aujourd'hui, tandis que les guirlandes lumineuses du sapin scintillent dans l'obscurité. Hillier ne prête attention à rien de tout cela. Après avoir prié la réceptionniste de prévenir M. Lamb de l'arrivée de la police, elle se dirige droit vers l'escalier pour aller voir les parents de Georgie Greenstreet.

La direction de l'hôtel fait tout son possible pour maintenir une apparence de normalité. Le petit déjeuner a été servi comme d'habitude, et les clients sont autorisés à circuler librement, bien que la rigueur du temps limite les activités extérieures.

— Les gens demandent à partir, annonce M. Lamb, apparaissant derrière Hillier.

L'air stressé, il presse le pas pour la rattraper dans le couloir de l'étage.

— Que dois-je leur dire ?

Hillier s'arrête et se tourne vers lui.

—Ils ne peuvent pas s'en aller pour le moment. Laissez-moi parler à Jane Greenstreet, la tenir au courant de ce qui s'est passé dans la nuit. Pas grand-chose, à vrai dire. Mais il y a deux ou trois personnes que j'aimerais interroger à nouveau, et elles ne doivent pas quitter l'hôtel avant que j'aie eu l'occasion de les interroger. Alors attendez un peu avant de leur donner le feu vert, d'accord ?

Il acquiesce d'un hochement de tête et recule.

—Faites savoir à Mme Greenstreet qu'elle peut commander tout ce qu'elle veut dans le menu. Aux frais de la maison, bien entendu.

Un instant plus tard, Hillier frappe à la porte des Greenstreet, l'ouvre lentement quand Declan, le mari, l'invite à entrer. Sa femme est assise sur le lit à baldaquin, les genoux repliés contre la poitrine. Les rideaux sont à moitié tirés, si bien que Hillier aperçoit les contours de leur plus jeune enfant endormi dans son berceau.

Voyant la porte ouverte, Jane Greenstreet déplie ses jambes dans la direction de Hillier. Son visage est dévasté, baigné de larmes, ses cheveux négligemment attachés pendent dans son cou.

—Vous l'avez retrouvée ? lance-t-elle d'une voix enrouée.

—Chut, fait Declan en montrant le berceau.

Mais Jane ne l'écoute pas, elle traverse la chambre pour se planter devant Hillier.

—Alors, vous l'avez retrouvée ?

L'inspectrice incline la tête.

—Je suis désolée. Les gardes-côtes ont envoyé les hélicoptères dès l'aube. Vous les entendez sûrement. Les bateaux sont partis également, et une battue a commencé sur la plage. Nous mettons tout en œuvre, je vous le promets, madame Greenstreet.

— Ça fait trop longtemps. Elle doit être transie de froid, affamée, terrifiée…, s'affole Jane d'une voix aiguë en se griffant le visage. C'est insupportable. Je ne peux pas l'imaginer comme ça. Je ne peux pas…

Hillier regarde Declan, pâle et immobile, apparemment incapable de réconforter sa femme.

— Avez-vous consulté un médecin ? lui demande-t-elle calmement.

Il hoche la tête, sortant de sa torpeur et avançant vers Jane pour la reconduire vers le lit.

— Un des clients de l'hôtel est venu. Ils lui ont donné des médicaments.

— Je sais que c'est dur, dit Hillier en jetant un coup d'œil au berceau. Mais vous devez prendre soin de vous et de Charlie. Essayez de vous reposer. Nous mettons tout en œuvre pour retrouver Georgie, répète-t-elle. Faites-nous confiance. Nous savons ce que nous faisons.

— Et l'alerte enlèvement ? demande Declan à voix basse. Vous l'avez lancée ?

Hillier secoue la tête.

— La disparition de Georgie ne remplit pas les conditions pour ce type d'alerte. Du moins pas à l'heure actuelle, répond-elle. Étant donné les conditions météo, il semble peu réaliste qu'une personne extérieure à l'hôtel se soit introduite dans le bâtiment la nuit dernière, et encore moins qu'elle ait enlevé un enfant. Je n'exclus rien, mais le dispositif de l'alerte enlèvement n'est lancé que dans des circonstances bien précises, quand le public est en mesure de nous aider à retrouver un enfant disparu. Nous n'avons pas encore établi le fait que Georgie a quitté le périmètre de l'hôtel. Nous devons exclure la zone de la plage et des environs, ce que les gardes-côtes sont précisément en train de faire. Il est plus pertinent de nous concentrer sur les clients de l'hôtel et le personnel que sur le voisinage de l'établissement. Faites-moi confiance, nous savons ce que nous faisons.

Jane Greenstreet écarte les cheveux de son visage et la sonde du regard.

— Vous me le promettez ? demande-t-elle, au désespoir.

— Juré, insiste Hillier avant de tourner les talons pour quitter la chambre

À l'étage supérieur, depuis sa fenêtre, Hazel a vu arriver Hillier et son équipe. Elle est assise, les bras croisés autour de son buste, et frissonne. Jonny et Evie sont descendus prendre le petit déjeuner, mais elle ne peut rien avaler. Voir la police a fait renaître en elle une peur viscérale et brûlante. Elle sent la panique monter en elle, essaie de la contenir, mais n'y arrive pas. Ses yeux sont rivés sur l'horizon, à l'endroit où le bord de la falaise rejoint le ciel, où la blancheur de la neige est presque indissociable du gris pâle au-dessus. Là-bas, au-delà de la bruyère enneigée, s'étend la mer argileuse, vert bouteille, déchaînée. Est-ce là-bas que Georgie se trouve ? se demande-t-elle.

Oh, Georgie, reviens ! supplie-t-elle. *Reviens, pour qu'on en finisse avec ce cauchemar. Où es-tu, Georgie ? Où es-tu ?*

Les larmes aux yeux, elle se tourne, aperçoit sa valise ouverte. Elle la pose sur le lit et commence à y mettre des affaires. Les siennes, celles de Jonny, peu importe. Si elle arrive à sortir d'ici, elle pourra trouver une solution. Elle peut prendre la voiture, retourner à la civilisation, où il y a du bruit et où la neige a fondu, où elle pourra réfléchir. Elle referme la valise d'un coup sec, la traîne sur le sol. Ensuite, elle ouvre la porte et sort dans le couloir. Elle bouillonne, sue sous son pull-over et son jean, tire maladroitement la valise derrière elle. Elle appellera Jonny plus tard, lui dira où elle est allée. Une auberge sur l'autoroute où personne ne pourra la trouver, où personne ne saura qui elle est.

La valise cahote sur la moquette, puis Hazel atteint la dernière volée de marches avant la réception. Elle marque un arrêt, reprend son souffle, tend l'oreille. Elle a les clés de voiture dans la main et leur véhicule est garé à dix places de la porte d'entrée. Bizarrement, elle les a comptées à leur arrivée, avant-hier. Comme si elle avait pressenti cette fuite. Comme si elle savait qu'elle ne serait jamais en sécurité nulle part, qu'elle devrait s'échapper à nouveau, un jour ou l'autre.

Maintenant, il ne lui reste plus qu'à atteindre la voiture, et à prier pour qu'ils aient déblayé l'allée. Ils l'ont sûrement fait, décide-t-elle, sinon, comment la police serait-elle parvenue jusqu'ici ?

Hazel commence à descendre sa valise derrière elle. Pourquoi l'a-t-elle prise ? Quelle idiote. Elle n'a pas besoin de vêtements. Son portefeuille et ses clés de voiture auraient suffi. Trop tard, maintenant. Elle continue, en essayant de faire le moins de bruit possible. Elle contourne le petit palier au milieu de l'escalier, et s'immobilise en percevant un bruit au-dessus. Elle attend et voit un client quitter le bureau de la réception. Elle entend la réceptionniste pianoter sur son clavier d'ordinateur. La fille essaiera-t-elle de l'arrêter ? Lui demandera-t-elle où elle va avec sa valise ? Quelle idiote de l'avoir prise, se répète-t-elle. Peut-elle la laisser là, dans l'escalier ? Descendre d'un pas tranquille, les mains libres, et passer la porte ?

— Bonjour, dit une voix douce dans son oreille.

Hazel se fige sur place.

— Vous partez déjà ?

Elle est trop terrifiée pour se retourner ; pour voir ce qu'elle imagine – ce qu'elle sait – être un policier, derrière elle. Que va-t-elle dire ? Comment se sortir de ce cauchemar ? Sa gorge est sèche, les larmes jaillissent à nouveau aux coins de ses yeux.

— Je ne partirais pas, si j'étais vous, continue la voix. Ça paraîtra suspect et vous le savez pertinemment, Rose.

11

1997

La petite fille s'est arrêtée de pleurer. Son visage, qui était fripé et couvert de morve depuis une heure, semble apaisé. Elle a crié jusqu'à l'épuisement. Sa petite poitrine se soulève encore, tandis qu'elle reprend son souffle en hoquetant, les yeux écarquillés devant Lila et Rose.

Les sœurs encadrent le bébé comme des poules un poussin, la poussent dans les buissons, s'entassent dans un espace dont elles seules ont connaissance, où personne n'est venu avant elles. Le mouvement déclenche à nouveau les pleurs de l'enfant, mais Lila et Rose affichent des visages euphoriques, leur cœur gonfle dans leur poitrine, cogne fort alors qu'elles prennent conscience de la présence de ce petit être à leurs côtés.

Elles ne l'ont jamais formulé par des mots, ce jeu consistant à prendre le bébé. Comme à leur habitude, l'idée leur est venue tout naturellement, sans qu'elles aient besoin de se parler. C'est un enchantement, un sortilège qui, une fois jeté, les oblige avec la même force que la cloche de la récréation ou leur refus obstiné de manger des brocolis. En sautillant dans le jardin, en ouvrant le portail et en traversant le terrain de jeux sur la pointe des pieds, Lila et Rose avaient la certitude qu'elles y trouveraient un bébé, un gros bébé potelé avec un sourire délicieux et des paumes ouvertes. Le bébé voudrait jouer avec elles, ça aussi, elles le savaient. Elles iraient alors dans leur cachette secrète, le ravin au creux de la verdure, là où le canal courait autrefois sous le saule. Là où la terre est sombre, froide et humide, où les feuilles forment une tonnelle, parfaite pour se cacher.

La plupart du temps, elles jouent « à l'école », et parfois « à samedi soir », un jeu qu'affectionne Lila, mais que Rose a du mal à comprendre sans oser l'avouer. Lila fait semblant de se maquiller, ensuite se fâche avec « papa » (incarné par Rose), et enfin part furieuse en déclarant qu'elle ne reviendra plus jamais ; le bébé n'a qu'à pleurer toute la nuit, elle s'en moque. C'est à cela qu'elles ont commencé à jouer cet après-midi. Sauf que le bébé n'a pas voulu pleurer. Alors Lila lui a violemment pincé le bras, juste au-dessus du coude. Ensuite, les cris ne se sont plus arrêtés.

Bientôt, pourtant, Rose a faim et s'ennuie un peu, elle commence à chercher autour d'elle quelque chose d'autre à faire. Lila est occupée à se regarder dans « le miroir » et à se mettre du « mascara ». Le bébé continue de sangloter et dégage une odeur qui rappelle à Rose les toilettes de l'école. Le soleil décline très légèrement, et quelque chose a changé. C'est comme si l'énergie de l'après-midi s'était envolée, emportant l'enthousiasme avec elle, le simple plaisir d'être là, dans la lumière tachetée, sous les arbres, sans la surveillance d'un adulte.

— On rentre, dit Rose.

Mais Lila ne l'écoute pas, elle murmure, mime avec les mains toutes sortes de choses qu'elle seule comprend.

— On rentre, insiste Rose. Je m'ennuie.

Le bébé suce ses doigts à présent, pour se calmer, les yeux encore écarquillés et humides. Elle commence à se balancer d'avant en arrière, les jambes tendues devant elle.

— Il est chiant, ce bébé, dit Rose. Je veux rentrer à la maison.

Elle se met à piétiner, saisit une branche basse et la tire vers le sol, puis la lâche et la laisse remonter dans un claquement, si bien que le bébé s'arrête de bouger un moment et regarde en l'air, la bouche ouverte et l'air surpris.

Lila se tourne alors vers Rose, le visage sombre.

— Tu gâches toujours tout, dit-elle.

— Je veux jouer.

— Non, lui rétorque Rose.

Lila se lève, menton baissé.

— Je veux jouer, répète-t-elle.

— Je veux rentrer, réplique sa sœur.

Soudain, la fillette se remet à pleurer. Des sanglots lourds, grinçants, qui égratignent l'âme même de leur précieux abri. Elle est en train de tout gâcher.

C'est un son ignoble, désespéré, qu'il faut, à un moment donné, faire cesser.

12

L'événement eut lieu à l'été 1997, un été indolent, innocent, peu de temps avant la mort de Lady Diana. Un repère temporel qui l'ancra dans les mémoires. Le meurtre provoqua l'incrédulité générale et le choc. Et ensuite, six semaines plus tard, à Paris, cet accident de voiture aggrava le chagrin de la nation, et la vie se teinta d'irréalité ; tout ce qui semblait acquis se désintégra, laissant les gens perdus, ne sachant plus ce qu'ils devaient croire.

Kirstie était la fille unique de Debbie et Robert Swann. Ils vivaient à Grassington, au nord du Yorkshire, dans une maison mitoyenne à la périphérie du parc national. Le 15 juillet, Debbie, enceinte de cinq mois, emmena Kirstie à l'aire de jeux du quartier, à quelques pas de chez eux. Là, elle retrouva son amie Christine et les deux femmes bavardèrent près de la buvette. Debbie surveillait Kirstie qui s'amusait dans un minuscule labyrinthe à l'intérieur du parc. Elle tournait le dos à sa fille, le temps de payer son café, quand cela se produisit. Lorsqu'elle se retourna vers l'aire de jeux, la petite avait disparu.

Debbie était dans le parc depuis moins d'une demi-heure.

Au début, elle lutta contre son accès de panique, le jugeant excessif. Elle fouilla le labyrinthe, courut à l'autre bout du parc où la gueule du vieux canal se trouvait autrefois, regarda sous les bancs, la balançoire, le manège, cria son nom. Comme la petite ne reparaissait pas, Debbie se mit à pleurer. Elle sortit de l'aire de jeux, marcha jusqu'à la rangée de chênes, cria encore le nom de sa fille, cherchant désespérément un éclair de cheveux blonds. Christine partit dans l'autre sens, et bientôt toutes les autres mamans s'étaient jointes aux recherches, lâchant sur l'asphalte leurs gobelets de polystyrène.

Ensuite, la police arriva et se déploya sur les prairies entourant le parc. Le père de Kirstie, Robert Swann, fut contacté. Il accourut auprès de sa femme, la trouvant à terre, le souffle court et le visage blême. On appela les secours pour forcer Debbie à s'asseoir et à se reposer, car on craignait que son état de stress ne mette en danger son enfant à naître.

Les recherches se poursuivirent pendant deux jours. Le nom de Kirstie, crié sans cesse, retentit à travers tout le village. Les journalistes affluèrent. Les vingt-deux premières heures qui suivirent la disparition, Debbie refusa de quitter le parc, restant recroquevillée sur une chaise en métal à côté de la buvette, priant pour que sa fille reparaisse, suppliant un dieu auquel elle n'avait jamais cru, lui promettant tout et n'importe quoi pour avoir le droit de revoir sa fille. Finalement, elle accepta de bouger, quand les secouristes l'informèrent que le rythme cardiaque de son bébé à naître ralentissait et que, si elle ne s'hydratait pas, il risquait de mourir.

Assommée par le chagrin, Debbie fut emmenée en ambulance vers l'hôpital le plus proche, tandis que Rob resta, marchant des kilomètres à travers la bruyère des Dales. Des centaines de policiers, une multitude de mamans, ainsi qu'une foule de villageois volontaires avancèrent en rangs austères, cherchant des traces de l'enfant disparue. Au crépuscule, la pluie se mit à tomber.

Le deuxième jour de la battue, ils découvrirent le corps de Kirstie. Il avait été enseveli sous un monticule de branches et de feuilles, dans un ravin couvert de verdure, à cinq cents mètres de l'aire de jeux. Elle avait succombé à un traumatisme crânien causé par un objet contondant. Ses bras et ses jambes étaient couverts d'égratignures. Son lobe d'oreille droit était mutilé et son bras gauche fracturé. Les inspecteurs de police firent un rapport à la presse, déclarant, avec stupéfaction, que selon eux Kirstie avait été torturée pendant plusieurs heures avant d'être assassinée. Une torture qui avait consisté à lui lacérer les bras et les jambes et à lui arracher un morceau d'oreille avec les dents.

Le lendemain, Lila Bowman, dix ans, fut arrêtée pour l'enlèvement et le meurtre de la fillette.

Lila et sa sœur de six ans, Rose, avaient été vues par plusieurs personnes sur l'aire de jeux. Une fois tous les témoins oculaires interrogés, l'abominable réalité s'imposa aux enquêteurs : les fillettes avaient enlevé Kirstie. Le fait divers fit les gros titres des tabloïds. On les surnomma les Flower Girls. Lila la blonde et Rose la brune.

Les sœurs étaient issues, d'après les descriptions de la police, d'une famille « normale ». Leur mère était secrétaire dans un cabinet dentaire, et leur père dirigeait une petite agence de voyages. Ils n'étaient pas riches, mais jouissaient d'un logement convenable, et rien dans leur vie n'aurait laissé penser que leurs filles seraient capables de commettre un crime aussi odieux.

L'école primaire de St Michael, que les filles fréquentaient, publia une déclaration selon laquelle elles n'étaient pas des éléments perturbateurs en classe et qu'elles avaient des amis. Il s'agissait de fillettes ordinaires. On parla beaucoup du fait que Lila avait serré son hamster dans les mains jusqu'à l'étouffer, quelques mois avant le meurtre de Kirstie. Amy Bowman, sa mère, avait expliqué, tremblante, à la police, que c'était faux. L'animal s'était échappé de sa cage, avait rampé sous l'oreiller de Lila dans la nuit, si bien qu'elle avait dormi dessus sans le savoir, l'étouffant involontairement. Mais, à ce stade, la vérité n'intéressait personne. Lila était l'incarnation de la perversion et devait payer pour son crime.

La fillette clama son innocence, racontant à la police et aux services sociaux qu'elles voulaient juste jouer avec Kirstie, la sortir de l'aire de jeux pour l'emmener vers le canal désaffecté. Il n'y avait rien de mal à ça, si ? Leur maman les laissait souvent jouer là-bas. Lila expliqua que « le bébé », comme elle avait décrit Kirstie, lui avait plu. Elle ne lui aurait jamais fait de mal. Mais, tandis qu'elles descendaient le talus, la fillette avait trébuché et s'était cogné la tête. Lila et Rose avaient pris peur, craignant d'avoir des ennuis, elles l'avaient alors laissée sur place pour courir chez elles. Elles étaient montées jouer dans leur chambre, jusqu'à ce qu'Amy les appelle dans la cuisine pour le goûter. Lila ignorait d'où venaient les marques sur les bras et les jambes de Kirstie, et ce qui était arrivé à son oreille. Peut-être un animal, avait-elle suggéré. Ou un homme, qui s'en était pris à elle.

Lorsque la police interrogea Rose, celle-ci resta mutique. Dans une interview qu'il donna plusieurs années après, l'un des agents présents ce jour-là décrivit une enfant en état de choc, aux yeux « grands comme des soucoupes », assise sur une chaise, ses petites jambes pendant au-dessus du sol. Elle se contenta de secouer la tête de façon répétée, sans desserrer les lèvres. Au bout d'une heure de cajoleries par les services sociaux et sa mère, qui fut autorisée à s'asseoir avec elle, Rose révéla finalement qu'elle ne se souvenait de rien. Elle se rappelait être allée au parc avec Lila, mais la suite semblait avoir été absorbée par un trou noir.

À l'époque, Lila avait dix ans, on estima donc qu'elle était en mesure d'être jugée pour le meurtre de Kirstie. Rose, en revanche, était trop petite. À six ans, elle était en dessous de l'âge légal minimum de la responsabilité pénale. Un an et quatre jours après la découverte du corps de Kirstie Swann, Lila Bowman fut jugée coupable d'enlèvement et de meurtre, et condamnée à la détention. Le juge décida de surcroît qu'elle ne serait éligible à la liberté conditionnelle qu'à partir de ses dix-huit ans. Rose et ses parents changèrent d'identité et déménagèrent dans un lieu tenu secret, à l'abri de la presse et de tous ceux qui les avaient connus avant.

Joanna vit depuis avec les conséquences de ce drame. C'est un fil rouge qui part de Kirstie, traverse sa sœur Debbie, s'insinue dans son travail. Même si Lila est en prison, la punition de cette fille ne lui paraîtra jamais assez lourde, au vu des ravages que son crime a causés.

En 2005, à dix-huit ans, Lila se présenta pour la première fois devant le comité de probation. Joanna ne dormit pas durant toute la campagne qu'elle organisa pour maintenir derrière les barreaux celle qui avait torturé et assassiné sa nièce. Elle donna des interviews, avec Debbie et Rob, à la télévision, à la radio, dans les journaux, clamant haut et fort que Lila ne devrait jamais être autorisée à sortir de prison.

La décision finale fit le tour des médias du monde entier. Au vu des tortures sans pareil que Kirstie avait subies, du déni obstiné de Lila quant à sa responsabilité et du tollé public soulevé par l'éventualité d'une libération au bout de seulement sept ans, la liberté conditionnelle lui fut refusée. Lila fut retirée du centre pour jeunes délinquants et incarcérée dans une prison pour femmes.

La Main dans le sac poursuivit son lobbying sans relâche. En 2000, quand la Cour européenne des droits de l'homme refusa au ministre de l'Intérieur de l'époque le droit de fixer les peines, les membres de l'association choisirent à la place de faire pression sur le procureur général pour maintenir la coupable en détention. Apprenant qu'elle avait obtenu la permission de préparer un diplôme en développement des structures d'aide à l'enfance, ils s'assurèrent que la nouvelle soit publiée dans tous les journaux à scandale, si bien que Lila fut rapidement inscrite à une formation moins controversée. La campagne contre sa libération conditionnelle se poursuivit, et, en 2010, elle lui fut refusée une deuxième fois.

Debbie donna naissance à son fils Ben quatre mois après la mort de Kirstie. Aujourd'hui âgé de dix-neuf ans, il est aussi engagé que ses parents et sa tante dans ce combat. À chaque anniversaire de la mort de la fillette, Joanna, l'association et au moins un des deux parents s'expriment à la télévision ou dans la presse, pour rappeler combien cette tragédie a bouleversé leur vie. Si Lila est libérée avant d'avoir purgé une peine minimum de trente-cinq ans – la peine normalement requise pour un meurtre d'enfant avec violence – ce sera comme si elle n'avait jamais été punie. Où est la justice pour Kirstie – pour eux tous – là-dedans ?

Dans leurs bureaux, Joanna regarde Will tout en se mordillant les ongles jusqu'au sang.

— Il faut qu'on leur dise que ça n'est pas raisonnable, déclare-t-elle après un long silence. Je vais consulter le procureur général sans tarder.

— Ouais, répond-il, tournant de nouveau les yeux vers le site de la BBC. Mais…

Joanna se lève d'un bond et se dirige vers la fenêtre, pour regarder la rue étroite au-dessous. D'ordinaire, elle est agitée par le marché aux fruits et légumes, et l'odeur des gombos frits flotte dans l'air. Le jour de l'an, en revanche, le quartier est désert, seul un pigeon passe en se dandinant au milieu de la route. Elle le regarde bouger, et repense aux jours qui ont suivi la découverte du corps. Tout ce qu'elle pouvait faire alors, c'était convaincre Debbie de respirer, de garder son calme, de contenir l'hystérie qui la rongeait, dans l'intérêt de son enfant à naître.

— Mais quoi ? demande Joanna, se tournant de nouveau vers Will. Je veux dire, elle ne peut pas demander au comité de réexaminer sa demande. On a déjà traversé tout ça. Encore et encore, pas vrai ?

Elle le regarde fixement. Will se renfonce dans son siège, l'air affligé.

— Je crois qu'on doit se préparer au pire, cette fois-ci, dit-il, s'empressant de lever les deux mains quand Joanna essaie de reprendre la parole. Oui, je sais. Mais dix-huit ans est une durée acceptable. C'était une enfant quand elle est arrivée en prison. Elle a presque trente ans aujourd'hui. Je crains que tu ne prennes pas en compte le fait que certaines personnes pourraient trouver cela suffisant, estimer qu'elle a payé sa dette.

— Elle a torturé Kirstie à mort, crache Joanna. Elle lui a lacéré les bras et les jambes si profondément que ma nièce se serait vidée de son sang jusqu'à en mourir si elle ne l'avait pas achevée avant par des coups. Elle lui a arraché un morceau d'oreille. Elle n'a jamais exprimé de remords, n'a jamais avoué sa culpabilité. Tu veux vraiment qu'une personne comme ça soit autorisée à se promener librement dans la rue ? Qu'elle rôde dans les aires de jeux ? A-t-on la moindre preuve de sa réhabilitation ? Elle n'est même pas fichue de demander pardon pour ce qu'elle a fait, parce qu'elle ne le regrette pas, poursuit-elle d'un ton cinglant. Elle n'en a rien à cirer. Et pendant ce temps Debbie et Rob doivent vivre avec les conséquences de ses actes, chaque jour de leur vie. Les membres du comité sont compétents. Plus que compétents. Ils sont capables de décider si un prisonnier peut être libéré sous condition. Et, dans le cas de Lila, ils ont dit qu'elle était, je cite, « pas inoffensive ». Mais ça ne suffit pas, apparemment. Parce qu'elle a tout son temps. Elle peut rester assise toute la sainte journée, et contester une à une les décisions de justice !

Joanna jette son gobelet de café dans la corbeille et ramasse son sac à dos d'un geste vif.

— Il faut que j'appelle ma sœur. J'espère qu'elle n'a pas encore vu les infos.

13

— Rose… Rose, murmure Max en regardant Hazel droit dans les yeux. Ça y est, je sais qui vous êtes.

Il se tient devant la fenêtre de sa chambre, qui donne sur l'arrière de l'hôtel, la petite plateforme de livraison et les champs enneigés qui s'étendent au-delà de la mer. Hazel se trouve à l'autre bout, le dos contre la porte, prête à fuir si nécessaire, observant une distance prudente. Elle regarde cet homme et sent un filet de sueur couler sur sa poitrine. Max est aux aguets, il a des allures de limier. Les traits de Hazel, au contraire, sont crispés, sous contrôle ; seuls ses yeux brillants la trahissent, les yeux d'un renard au début de la traque.

— S'il vous plaît, dit-il posément. Je ne veux ni vous contrarier ni vous effrayer. Je suis ici pour faire des recherches pour mon roman. Je suis écrivain. Je me suis installé dans cet hôtel pour écrire parce que l'histoire de mon livre se déroule ici, dans le Devon.

Il est conscient de la maladresse de ses mots. Ils sont tendus comme des ballons prêts à éclater. Il faut qu'il les contienne, pour ne pas effaroucher la jeune femme. La convaincre de rester ici, dans sa chambre.

—Je suis justement en train d'écrire une scène, continue-t-il en faisant mine de ne pas remarquer l'anxiété de Hazel. Il y est question d'une rose.

Il agite la main comme si c'était hors de propos.

—En fait, ça a fait tilt dans mon esprit. J'étais sûr de vous avoir déjà vue quelque part, mais je n'arrivais pas à me rappeler où, vous voyez ? Pourtant, j'ai la mémoire des visages. Depuis toujours. Et voilà que ça m'est revenu !

Il claque des doigts.

—Rose Bowman. La sœur de Lila Bowman. Vous êtes une des Flower Girls.

Il la regarde, se frotte le torse.

—J'ai tapé votre nom sur Google, et j'ai trouvé votre photo, de quand vous étiez petite. Avec votre sœur.

Il secoue la tête.

—C'est dingue que je n'aie pas fait le lien tout de suite. Mais bon, vous êtes plus âgée. Plus grande. Enfin, vous n'avez pas tellement changé. Vos traits…

Il la dévisage.

—J'ai raison, n'est-ce pas ? Vous êtes Rose Bowman.

Hazel l'observe, silencieuse et blême. Au bout d'un moment, elle acquiesce lentement de la tête.

—Je le savais ! s'écrie-t-il.

Il se balance en arrière sur les talons, presque triomphant. Ensuite, il croise de nouveau son regard et tousse nerveusement. À présent qu'il a obtenu sa réponse, il est déconcerté, ne sait que faire de cette satisfaction. Le silence se poursuit, retombe lourdement sur la chambre. Hazel le laisse s'installer. Ça hurle dans sa tête, mais elle parvient à faire taire ce vacarme. Il y a peut-être une lueur d'espoir là-dedans. Quelque part dans cet hôtel, elle a encore un peu de pouvoir.

—Alors…, commence-t-elle. Qu'allez-vous faire ?

Max est encore plus dérouté.

—Ce que je vais faire ? À quel propos ?

Une fois de plus, Hazel ressent cette pointe d'irritation. Ce que les gens sont bêtes. Peut-il vraiment ignorer ce qui s'offre à lui ?

—À propos de Georgie ? précise-t-elle. De la police. Qu'allez-vous leur dire, maintenant que vous savez ?

Dehors, un oiseau pousse un cri rauque. Un moteur de voiture vrombit au loin. Max se frotte la nuque, son visage passe de l'inquiétude à l'hébétude, puis se crispe de nouveau en l'espace de quelques secondes.

Est-ce qu'il comprend, maintenant ? se demande Hazel. *Est-ce qu'il voit l'occasion qu'il a devant lui ?*

—Oh, dit Max, faisant un pas en avant puis reculant rapidement en la voyant se figer. Oh, mon Dieu. Ce n'est pas vous, tout de même ? Pour la petite ?

La sueur perle sur son front.

—Vous n'avez pas…

—Non ! crie Hazel. Ce n'est pas ce que je voulais dire ! Jamais je ne ferais une chose pareille. Je n'ai rien fait.

Elle ferme les yeux et reprend ses esprits.

—Ce n'est pas moi, la coupable. Ce n'était pas moi à l'époque, et ce n'est pas moi maintenant.

Max a soudain l'air triste.

—Je n'avais pas pensé à cela, marmonne-t-il en regardant le tapis.

—Je n'ai pas touché à cette fille, répète Hazel d'une voix un peu plus ferme. Mais écoutez… Max, c'est ça ? Si la police découvre mon identité… Mon Dieu, si la presse me démasque, s'ils viennent ici…

Ses yeux se remplissent de larmes. Elle tend les mains vers lui, et son corps frêle, ses cheveux courts ajoutent à sa vulnérabilité.

Comme elle devait être petite, à l'époque, songe Max.

— Je suis fichue, murmure-t-elle.

Quelque chose change sur son visage.

— Mais vous étiez en train de vous enfuir, lui fait-il soudain remarquer. Vous aviez votre valise. Vous vouliez partir.

— Vous n'auriez pas fait la même chose, à ma place ? réplique-t-elle d'une voix chevrotante, une larme roulant sur sa joue. Cette policière, Hillier. Je sais qu'elle m'a reconnue. Je le sais. Elle va me faire arrêter en un clin d'œil. Je suis déjà passée par là, Max.

Maintenant, c'est elle qui avance d'un pas.

— Jugée par les médias. Par le public. Ils décident de votre culpabilité avant même que vous ayez pu prononcer un seul mot. Ils ont voulu faire rétablir la peine de mort pour nous. Pour Lila et moi.

Elle déglutit, joint les deux mains en prière.

— Je vous le jure – sur la tombe de ma mère –, je n'ai fait aucun mal à cette fillette. J'ai voulu partir parce que j'avais peur.

Elle ferme de nouveau les yeux.

— Comprenez-moi.

Max la regarde, la sonde, essaie de distinguer le vrai du faux.

Hazel s'avance un peu plus vers lui.

— Je n'ai jamais été jugée, poursuit-elle. J'avais six ans. Vous imaginez, un peu ? J'étais à peine plus grande que Georgie.

Max secoue la tête.

— Non, j'ai du mal à l'imaginer, répond-il d'une voix plus faible.

Hazel hoche la tête.

— Tout était… Bon sang, quand j'y repense. À cause de ma sœur, de ce qu'elle a fait, nous avons tous été salis. Abîmés.

Sa voix monte dans les aigus, l'émotion lui noue la gorge.

— Ça nous a tous tués, dit-elle dans un début de sanglot. Finie, Rose Bowman… Mon ancienne vie s'est terminée ce jour-là.

Elle pousse un soupir saccadé, reprend son souffle, puis regarde Max avec des yeux angoissés.

— Ne me faites pas revivre ça, Max. Je vous en supplie.

Il reste silencieux, médite. Des picotements au bout des doigts. Il n'en revient pas de se trouver en face de cette femme. Cette paria. À un moment, après Lady Diana et Lila Bowman, c'était la troisième personne la plus célèbre du monde. Il se souvient des photos, des interviews, des centaines de gens vociférant devant le palais de justice, des larmes désespérées des parents de Kirstie Swann, de la mère enceinte, regardant la caméra avec une tristesse hébétée. Il pense à ses propres filles, à l'enfant qui a disparu. À la mère de celle-ci, qui pleure à l'étage. Et aux journalistes, qui vont bientôt fondre sur l'hôtel comme des vautours. À la policière, Hillier. Il pense à tout cela en étudiant le visage de Hazel, qui l'implore de ses beaux yeux de ne pas la mettre en danger.

— Il est temps de descendre, dit-il enfin. Je suis désolé. Mais vous devez révéler à la police qui vous êtes.

Hazel secoue la tête, lâche un profond soupir.

— Si je fais ça, je suis morte.

— Mais non, voyons, réplique-t-il d'une voix plus ferme à présent. On va juste clarifier les choses, dissiper les soupçons, et ensuite vous pourrez rentrer chez vous. Tout va bien se passer, vous verrez. Mais vous devez vous montrer honnête avec la police. Si vous prenez la fuite, vous risquez d'aggraver votre cas.

Hazel ne répond pas. Les larmes ruissellent sur ses joues.

— Venez, insiste Max, mal à l'aise à l'idée d'avoir amené une femme dans sa chambre et de l'avoir fait pleurer. Je promets de vous aider. Je suis sûr que tout va bien se passer.

— Non, ce n'est pas vrai, lance-t-elle dans un souffle. Vous ne savez pas ce que vous faites.

— Si, je le sais, persiste-t-il. C'est la bonne chose à faire, j'en suis persuadé.

— Mais vous ne savez rien de… Oh, à quoi bon ?

Hazel est à bout de forces. Elle sent ses genoux se dérober, craint de s'écrouler.

— Je ne sais rien de quoi ? demande-t-il en avançant vers elle, lisant soudain une peur nouvelle sur son visage. Qui redoutez-vous ? Ce n'est ni la presse ni la police, en fait ?

— Non, pas eux, admet Hazel d'une voix tremblante. Quelqu'un d'autre. Que je ne connais pas.

Max est perplexe.

— Qui donc ?

Hazel s'accroupit et fouille dans son sac à main. Elle en sort son téléphone portable et regarde l'écran pendant quelques secondes, puis tend l'appareil à Max d'un geste brusque.

— Je n'en ai parlé à personne, dit-elle. Je ne savais pas quoi faire.

Max regarde le téléphone et lève ensuite les yeux vers Hazel.

— Qui vous a envoyé ça ? demande-t-il.

Elle agite la tête de droite à gauche, l'air fébrile, le visage baigné de larmes.

— Je ne sais pas, dit-elle. Je n'en ai aucune idée.

14

Hillier examine avec méfiance Marek Kaczka, tandis qu'il s'assied en face d'elle, les genoux serrés, une mèche brune en travers des yeux, le reste de sa chevelure noué en queue-de-cheval courte. Elle lui donne la petite vingtaine. Barbe naissante, regard ténébreux.

Il doit plaire aux femmes, se dit-elle.

Hillier a reçu le dossier complet du jeune homme dans la matinée et en a grincé des dents. Il y a deux ans, il a été arrêté pour agression sexuelle sur mineure. Il fréquentait une fille de Brixham, et quand l'école de cette dernière a rapporté les faits, il s'est défendu en prétendant qu'il la croyait plus âgée.

Elle avait à peine quinze ans.

Malgré les plaintes de l'école, les parents n'ont rien fait. Trois jours après son seizième anniversaire, les charges ont été abandonnées, faute de preuves. Mais les infractions de ce genre, en général, ne sont que la partie émergée de l'iceberg. Hillier a vu la photo de la fille dans son uniforme d'écolière. De toute évidence, cet homme les aime très jeunes.

Jeune à quel point ? Voilà ce qui reste à déterminer.

Le temps est compté pour l'inspectrice. C'est le jour de l'an, et Georgie a disparu depuis douze heures. La police criminelle et les équipes scientifiques vont arriver d'un moment à l'autre, ralenties par la tempête qui fait rage.

Le trajet est long depuis Torquay. Pour l'heure, c'est l'affaire d'Hillier. Et elle aimerait garder la main. Retrouver Georgie avant d'être écartée de l'enquête. Elle espère juste que la découverte d'un corps ne va pas changer la donne avant qu'elle puisse nommer un suspect.

Marek est nerveux, c'est évident, même s'il tente de le dissimuler sous une forfanterie déplaisante, épaules redressées et bouche entrouverte.

— Racontez-moi l'après-midi d'hier, dit-elle, stylo levé au-dessus de son carnet. Vous avez dit avoir pris votre service à 15 heures ?

Marek hoche la tête.

— La soirée s'annonçait longue, avec le réveillon.

— Qu'avez-vous fait en arrivant ?

Hillier aboie les questions, pour maintenir la tension de l'échange. Elle veut le brusquer, le mettre mal à l'aise.

Mark repousse sa mèche et déglutit.

— Je suis allé directement à la cuisine, j'ai commencé par éplucher les carottes. Karen, la serveuse, était sur la plage un peu plus tôt et elle avait trouvé un carton près des rochers qui mènent à la presqu'île. Elle va courir là-bas tous les jours.

À son ton, Hillier croit deviner quelque idylle entre Marek et cette fille. Ses soupçons de pédophilie s'estompent l'espace d'une seconde. Sans s'effacer tout à fait.

— Dans le carton, il y avait des chatons. Trois. Ils étaient attachés ensemble avec de la ficelle, et quelqu'un avait mis des pierres au fond. Karen était choquée. Elle a pensé qu'on avait voulu les noyer, vous voyez. Et peut-être que la personne qui voulait faire ça avait changé d'avis. Qu'elle avait préféré les laisser mourir de faim sur la plage plutôt que de les tuer.

Marek croise les jambes, se détend au fur et à mesure de son récit.

Hillier le trouve même volubile. Il semble aimer le son de sa propre voix. Bien. Qu'il continue.

— Alors elle les a amenés à l'hôtel. Quand je suis arrivé et que je les ai vus, je savais que le chef ne serait pas content. On n'a pas le droit de faire entrer d'animaux dans la cuisine, et elle avait mis le carton avec les chatons juste devant le frigo à légumes. Alors on a décidé de les cacher dans la réserve, là où on conserve les produits secs comme la farine et les haricots. Je leur ai donné du lait, je les ai détachés et je les ai mis au chaud.

— Vous êtes un gars costaud, fait remarquer Hillier.

— Et alors ?

— Alors j'ai du mal à vous imaginer prendre soin de fragiles petites boules de poils.

Marek s'autorise un sourire.

— Oui, eh bien, Karen les aimait tellement…

— Et vous aimez Karen ?

Il hausse les épaules.

— Ouais. Je veux dire, pourquoi pas ? Elle est mignonne. On s'entend bien.

Hillier hoche la tête.

— Et ensuite ? le presse-t-elle.

— Karen en a sûrement parlé aux clients. À certains, en tout cas. Dans la salle à manger, avant de rentrer chez elle et avant que j'y aille. Ou après, je ne sais pas. Elle ne travaillait pas ce soir-là.

Il soupire.

— Je n'y ai plus vraiment pensé. Je travaillais, j'étais occupé à tout préparer pour le soir.

— À éplucher les carottes ?

— Ouais, c'est ça. Et, à un moment, j'ai entendu du bruit près de la porte. Je me suis retourné, et elle était plantée là. Georgie.

— Où étaient les autres ?

— Dans les parages. Tout le monde était débordé. Ça courait dans tous les sens, alors personne ne l'a remarquée. Sauf moi, parce que je me trouvais devant la porte. J'ai compris tout de suite ce qui l'avait attirée là. Le chef était à l'autre bout, du côté des frigos, et je ne voulais pas qu'il la repère et qu'il soit au courant pour les chats, alors j'ai mis mon doigt sur mes lèvres, comme ça, mime-t-il.

Ce doigt posé sur ses lèvres pleines et humides provoque chez Hillier un frisson.

— Et ensuite je lui ai montré le garde-manger et je lui ai fait signe de venir par là. Elle est mignonne, pas vrai ? Elle ressemble à ma nièce, Alicia.

Il décoche un regard vers la poitrine d'Hillier, comme s'il comparait l'image d'une enfant à celle d'une adulte. Il esquisse une moue.

— Donc, elle est entrée dans le garde-manger, poursuit-il, elle s'est mise à genoux et elle a commencé à caresser les chatons, à jouer avec eux.

— Quelle heure était-il ?

— Je ne sais pas. Trois heures de l'après-midi, peut-être.

— Et combien de temps est-elle restée ?

— Je ne sais pas. Je l'ai laissée là pour retourner à mon poste. Et puis le temps a filé. J'ai terminé les carottes et j'ai attaqué les pommes de terre pour le gratin. Alors… je ne sais pas combien de temps elle est restée.

— Vous avez dû la voir partir, pourtant ? demande Hillier.

— Non. Écoutez, je suis désolé. J'étais occupé. Je n'ai pas regardé l'heure.

Est-ce possible ? se demande Hillier.

La consultation de l'horloge ne fait-elle pas partie du travail en cuisine ? Planifier le service, chronométrer les étapes pour que tout soit parfait ? Son instinct la pousse à ne pas le croire.

— Et l'avez-vous revue ?

— Non, répond-il en baissant les yeux, ses longs cils touchant presque ses joues. La pauvre gamine. Je ne sais pas où elle est allée après ça.

— Vous n'êtes pas novice dans le domaine, pourtant, n'est-ce pas ?

Marek plisse les yeux.

— Qu'est-ce que vous voulez dire ?

— Vous le savez très bien, Marek. Vous les aimez jeunes, n'est-ce pas ? Les filles.

— C'était totalement innocent, proteste-t-il en se raidissant sur sa chaise.

La colère se lit sur son visage.

Hillier remarque ses poings, contractés sur ses cuisses. Il est fort.

— Elle m'a dit qu'elle avait dix-sept ans. Et elle avait l'air d'en avoir vingt.

— Vraiment ? Ce n'est pas écrit dans le dossier. Elle m'a plutôt l'air d'une préadolescente, dans son uniforme d'écolière.

— Je ne l'ai jamais vue en uniforme, réplique-t-il sèchement. Et je n'ai jamais été inculpé. C'était un malentendu. Ça n'a rien à voir avec ça. Je ne suis pas un putain de pédophile.

Hillier hausse les sourcils.

— C'est la vérité !

— Peut-être, dit-elle. Avez-vous une petite amie ?

— Pas en ce moment, non. Et de toute façon, ça ne vous regarde pas.

Hillier commence à rassembler ses papiers, donnant le signal que l'entretien est terminé.

— Et les chatons ? dit-elle en se levant.

Marek semble troublé.

— Les chatons ?

— Où sont-ils maintenant ? lui demande l'inspectrice en le toisant. Toujours dans le garde-manger ?

— Je ne sais pas, répond-il, dérouté par cette question inattendue.

— Vous n'êtes pas allé les voir depuis le début de votre service hier soir ?

— Si. Enfin, non.

Il fronce les sourcils, comme si ce détail le sidérait lui-même.

— Je ne crois pas. Je suis sûr que Karen a… Ou quelqu'un d'autre…

— Karen était repartie, vous vous souvenez ? C'est vous qui nous l'avez dit. Et vous avez caché les chatons dans le placard. Alors, si vous ne les avez pas nourris depuis que Georgie est allée les voir, ils doivent être affamés.

Hillier le transperce du regard à présent, remarquant la sueur sur son front.

— Si on allait voir ? ajoute-t-elle, se dirigeant vers la porte et lui faisant signe de la suivre.

15

Le premier mail était tombé environ deux mois avant que Hazel et Jonny se rendent à *Balcombe Court*. C'était un mercredi matin et la jeune femme avait, comme à son habitude, consulté son iPhone sur le chemin du travail. Elle traversait le pont de Waterloo, le visage fouetté par le vent, sous un soleil légèrement voilé. Les taxis noirs et les bus rouges roulaient lentement, tandis que le vendeur de rue du *Big Issue*, d'ordinaire survolté, se montrait plus discret.

Elle avait sorti son portable de son sac à main en passant devant le sans-abri, avait culpabilisé pour son salaire, la chance qui lui était donnée de travailler comme secrétaire juridique dans un bureau chauffé et confortable. Ensuite, elle avait cliqué sur sa messagerie, cherchant une excuse pour regarder ailleurs.

Et là, son cœur avait fait un bond dans sa poitrine.

Elle s'était arrêtée net sur le trottoir, provoquant la collision d'un autre passant contre son dos, si bien que son téléphone manqua de lui glisser des mains et d'atterrir sur le bitume.

—Attention, avait grogné l'homme avant de la contourner en pestant.

Hazel lui avait à peine prêté attention, les yeux toujours rivés sur l'écran.

L'adresse de l'expéditeur était rose.bowman@gmail.com.

Son nom. Son ancien nom. La vue de ces lettres, formant ces mots, son ancienne identité, celle qu'elle était avant, lui fit l'effet d'un coup de poignard.

Sans réfléchir, elle ouvrit le message.

Je sais qui tu es, Flower Girl.

La vision de Hazel se brouilla, et elle se décala vers le parapet, inspirant de grandes bouffées d'air, le regard perdu sur l'eau scintillante.

Qui était l'auteur de ces mots ?

Personne ne savait qu'elle était une des Flower Girls. Personne, hormis ses parents – et sa mère n'était plus de ce monde. Personne.

Les Bowman avaient quitté le Yorkshire l'année du procès. Avant cela, ils avaient vécu dans différents hôtels, sous de faux noms. Après l'arrestation de Lila, leur maison avait été recouverte d'insultes, leur boîte aux lettres maculée d'excréments. À la suite du verdict, un cocktail Molotov avait été fracassé contre leur porte d'entrée, la mèche allumée. Avant et pendant le procès, la famille avait été bombardée de lettres et d'affiches. Internet n'en était qu'à ses balbutiements, si bien que les agressions en ligne leur avaient été épargnées. Mais, une fois le procès terminé, la police leur avait conseillé de déménager et, comme pour Maxine Carr, la femme la plus honnie d'Angleterre, ou les meurtriers de James Bulger, on leur attribua, pour leur propre sécurité, de nouvelles identités.

Le Parlement avait même approuvé cela par un vote, et le ministère de l'Intérieur avait financé leur déménagement et l'établissement de leurs nouveaux papiers. Toutes les personnes concernées par cette affaire avaient été prévenues : si elles venaient à être démasquées, on leur ferait du mal.

Lila avait été transférée vers une unité sécurisée, dans le plus grand secret, immédiatement après le verdict. Au début, les Bowman avaient envisagé de descendre vers le sud, pour se rapprocher de leur fille. Mais, en faisant leurs bagages, le père de Hazel avait subi une grave attaque cardiaque. Sa femme Amy l'avait trouvé une heure plus tard, inanimé sur le sol, la radio allumée. Gregor subit un triple pontage et un remplacement de valve, et aucun des trois ne vit Lila pendant plus de six semaines.

Le temps de changer leurs identités et de tout organiser, presque quatre mois s'écoulèrent sans qu'Amy – bourrée d'antidépresseurs – voie sa fille aînée. La famille choisit une ville entre Newcastle et Berwick. Loin de Londres et du Yorkshire, de tous les endroits où des gens pourraient se rappeler leurs visages et le crime qui avait fait d'eux des parias, ils se firent appeler les Archer. Amy devint Louise. Gregor devint Duncan.

Et Rose devint Hazel.

On proposa un nouveau boulot au père de famille, et les Archer prirent peu à peu leurs marques dans cette nouvelle vie. Ils s'intégrèrent à leur petite communauté, furent acceptés.

Un soir, sortie de sa chambre pour s'asseoir dans l'escalier, incapable de trouver le sommeil, Hazel avait surpris une conversation entre ses parents. Elle les voyait dans l'embrasure de la porte. Ils se trouvaient devant le feu de cheminée, et la télévision était allumée, mais ni l'un ni l'autre ne la regardait.

— Elle me manque, dit doucement Gregor. Amy ?

Il s'était tourné vers sa femme, qui avait gardé les yeux dans le vide.

— Regarde-moi, avait-il insisté. Elle est là-bas, en train de dormir je ne sais où. Enfermée, toute seule. Pendant le procès, et après, je me suis laissé emporter. J'étais en colère contre elle. Ma fille…

Ensuite, il s'était interrompu, avait remué sur son fauteuil.

— Maintenant, le temps a passé et… Je crois qu'on devrait organiser une visite. Aller la voir. On pourrait lui écrire, aussi. Maintenant que les choses sont à peu près rentrées dans l'ordre. Amy ?

— Rose, avait-elle répondu avant de secouer la tête devant sa propre erreur. Je veux dire… Hazel… Elle n'a que sept ans. Elle a une chance de vivre une vie normale. Personne ici n'a besoin de savoir ce qui s'est passé.

Son mari avait froncé les sourcils, puis il s'était penché. Le feu avait éclairé son visage sérieux.

— Oui, mais Lila ? avait-il insisté. Est-ce que Hazel n'aura pas envie de voir sa sœur ?

— Elle n'a pas parlé d'elle. Pas à moi, en tout cas. Et à toi ?

Gregor n'avait pas répondu.

— Pas une fois depuis qu'on est arrivés ici, avait persisté sa femme. Je crois… Je crois qu'elle est traumatisée par cette histoire.

— Alors tu veux dire qu'on ne devrait plus jamais voir Lila ?

— Pas jamais.

Amy avait dégluti avec difficulté, comme si les mots étaient des pierres dans sa bouche.

— Attendons simplement que Hazel ait grandi. Que cette histoire soit un peu plus loin derrière nous. Et puis… Lila a Toby.

Gregor s'était renfrogné en entendant le nom de son frère avocat, qui avait essayé d'aider leur fille aînée. Pendant le procès, il lui avait dit des choses que Gregor n'oublierait jamais. Ou ne pardonnerait jamais. Des choses qu'il n'avait pas répétées à sa femme.

— Je ne supporterais pas de vous perdre, avait-elle continué. Ni toi ni elle. On a déjà tellement perdu. Beaucoup trop. Je suis à bout.

Elle avait pincé les lèvres, les yeux rivés sur les flammes.

— On a besoin de temps pour se remettre. Il faut qu'on se sente de nouveau en sécurité, Gregor.

Elle avait ensuite posé une main sur l'accoudoir de son fauteuil, et Hazel avait vu, depuis son perchoir sur les marches, que les articulations de sa mère étaient blanches.

Tandis que le feu déclinait, Gregor avait regardé sa femme. Il voulait aller vers elle et la prendre dans ses bras. La sentir proche de lui à nouveau. Ensuite, il avait eu envie de lui hurler dessus : cette conclusion lui brisait le cœur – du moins ce qu'il en restait. Que sa Lila, quoi qu'en dise la presse, la justice et la police, restait sa petite fille, qu'il l'aimait de tout son être et que la perspective de ne pas la voir tous les jours, ou au moins toutes les semaines, était aussi dévastatrice pour lui que l'idée qu'elle ait tué ce bébé, Kirstie Swann.

Mais Amy s'était éloignée de lui. Depuis longtemps. Et, à dire vrai, sa fille Lila lui était également devenue étrangère, un fantôme, laissant un espace vide à la place de celle qu'il avait cru si bien connaître. Ce vide avait été rempli par autre chose – des pensées et des images terribles, et s'il était vraiment honnête avec lui-même, il ne savait plus qui était sa Lila.

Alors il s'était tu, avait attendu que le feu ne soit plus qu'un tas de braises, que les braises deviennent des cendres froides, et que vienne le moment d'aller se coucher.

Et ils n'avaient plus jamais vu Lila.

Ils n'avaient pas voulu cela. Mais ils se trouvaient si loin de Londres, et leurs lettres leur revenaient souvent intactes. Le temps passa, et l'envie d'entrer en contact avec elle s'étiola peu à peu. Un mois s'écoula entre deux lettres, puis une année. Et ensuite, ce fut comme si Lila était morte. La ville dans laquelle ils vivaient devint une île, un refuge, leur monde. Un monde qu'ils n'avaient pas envie de quitter, qu'ils avaient peur d'ébranler.

Hazel alla au lycée, puis à l'université d'Édimbourg. Elle suivit une formation de secrétaire juridique et partit s'installer à Londres, où elle fut engagée par le cabinet de droit immobilier Peller & Gerrard, où elle travaille à présent depuis huit ans. Et, pendant tout ce temps, elle ne parla à personne de son passé, de sa véritable identité.

Sa mère était décédée trois ans plus tôt. Hazel n'arrivait pas à en parler, ne voulait pas y penser. Cette perte lui avait causé une douleur cuisante, comme si on lui avait arraché une couche de peau. Depuis, son père s'étiolait. Il avait une poignée de nouveaux amis, sa nouvelle maison, et n'exprimait aucun besoin. Hazel lui parlait une fois par semaine. Mais elle était seule la plupart du temps, sans personne à qui se confier, personne sur qui se reposer.

Jusqu'à ce que Jonny entre dans sa vie.

Les événements passés – concernant Kirstie et Lila – restent vivaces dans la mémoire de Hazel. Ils ne la quittent jamais, ce sont des démons, des ombres qui la suivent, s'asseyent sur ses épaules, omniprésents. Mais elle refoule ce souvenir, essaie de ne pas y penser, car le fait de se remémorer ce douloureux épisode de son passé lui ferait trop de mal. Le visage de Kirstie s'est figé dans sa tête comme le masque de Méduse, et Hazel s'est déjà changée en pierre. Affronter directement ce qui est arrivé à la fillette ce jour-là pourrait fissurer cette coquille, et les émotions afflueraient en elle, incontrôlables, comme le sang dans ses veines. Cette idée la terrifie.

Elle s'y est habituée à présent, après dix-neuf de cohabitation. Elle supporte ce souvenir comme un handicap, qu'elle ne peut jamais oublier mais qui ne l'empêche pas de vivre. Il faut juste être prudente, ne pas attirer l'attention.

Elle chasse également Lila de son esprit. Elle ne peut pas penser à sa sœur. Celle-ci n'est plus qu'une ombre sur un négatif. Elle existe, mais n'a pas de substance. Elle passe furtivement dans la tête de Hazel, à certains moments : lorsqu'elle rentre chez elle dans le froid, après quelques verres de vin, lorsqu'elle imagine une petite fille avec des couettes sur la plage ou sur le tapis de leur minuscule chambre rose.

Mais Lila Bowman a disparu. Hazel l'a effacée de sa vie comme on supprime un fichier, avec toutes les autres images de ce jour, près du canal désaffecté. C'est comme si Lila et la petite Rose n'avaient jamais existé.

Sauf que quelqu'un, quelque part, sait que Hazel est la sœur de Lila.

Quelqu'un sait que Hazel est une des Flower Girls.

16

— Il faut que je voie Jonny, dit Hazel à Max. Je ne sais pas où il est. Il doit être avec Evie quelque part…

Elle balaie la pièce du regard comme s'il pouvait se matérialiser devant elle.

— Est-ce qu'il est au courant ? Il sait qui vous êtes ? lui demande Max.

Hazel hoche la tête, puis baisse les yeux sur son téléphone, qu'elle tient serré dans la main. Le fond d'écran affiche un cliché de Jonny et elle, pris sur le pont de Waterloo au coucher du soleil, le Parlement derrière eux. Ils s'étaient photographiés après un dîner à l'Oxo Tower, pour fêter leurs six mois de relation. Ils avaient mangé des coquilles Saint-Jacques, un steak, bu des litres de vin rouge, et sur le chemin du retour, alors qu'ils marchaient sur le pont, Jonny s'était arrêté, avait regardé le fleuve, tandis qu'un bateau-taxi passait en dessous. Et, pour la première fois, il lui avait dit qu'il l'aimait.

— Il le sait depuis un bout de temps. Quasiment depuis qu'on est ensemble, murmure-t-elle. Mais pas Evie. Je n'ai jamais trouvé le bon moment pour le lui dire. C'est déjà assez dur pour moi de me rapprocher d'elle sans… ça.

Max se mord la lèvre.

— Ce n'est pas facile, en effet, dit-il, plissant le front à la mesure de l'euphémisme.

Hazel ferme les yeux, repensant à sa rencontre avec Jonny dans un bar près de la gare de Waterloo. À ce moment-là, elle n'aurait jamais imaginé lui faire cette révélation. Même plus tard, alors qu'ils se fréquentaient depuis quelques mois, qu'ils avaient couché ensemble, connaissaient leurs films préférés respectifs, avaient eu leur première dispute. Même à ce stade-là, elle ne lui avait toujours rien dit.

Mais cette nuit-là sur le pont, lorsqu'il prononça ces trois mots, qui furent un élément déclencheur, une révolution – car elle l'aimait, elle aussi –, alors elle sut que le moment était venu. Elle ne l'avait pas prévu, n'avait jamais cru possible de confier son secret à qui que ce soit. Comment pouvait-elle ne serait que commencer à mettre en mots quelque chose dont elle n'avait jamais osé parler avant ? Révéler que Hazel Archer était, en réalité, Rose Bowman. Un nom gravé dans la conscience collective pour toujours. Au même titre que Dennis Nilsen. Fred West. Myra Hindley.

Mais en regardant l'eau couler sous le pont, elle sut qu'elle devait le faire. Que si elle ne disait pas la vérité à Jonny, ils n'auraient aucun avenir ensemble. Ils n'auraient rien.

Elle suggéra qu'ils aillent dans un bar, où ils trouvèrent un coin tranquille. Jonny était encore euphorique après sa déclaration. Hazel restait silencieuse, réservée. Ils prirent place autour d'une petite table avec une bougie collée dans une bouteille de gin, la cire s'écoulant sur le goulot. Il faisait si sombre qu'ils voyaient à peine les autres clients. Il n'y avait pas de réseau, alors Jonny, pour une fois, dut résister à l'envie de consulter son iPhone. Il n'était pas idiot. Il avait compris que quelque chose n'allait pas chez Hazel, et craignait vraisemblablement que son silence ne soit la conséquence de sa déclaration, s'inquiétait d'avoir été trop direct, de l'avoir effrayée.

Elle lui prit les mains par-dessus la table, leurs verres encore pleins, tandis qu'ils étaient déjà enivrés. Il la regarda et elle sentit les muscles de son visage se contracter comme si elle ne pouvait cacher son désir pour lui.

— J'ai quelque chose à te dire, commença-t-elle. Quelque chose de difficile. Je n'en ai jamais parlé à personne.

Il lui adressa un sourire incertain, demandant à être rassuré.

— Je t'écoute.

Hazel secoua la tête et regarda ses mains sur la table. Les ongles qu'elle avait soigneusement vernis en rose avant de sortir. Son cœur martelait sa poitrine. Allait-elle vraiment faire cela ?

— Tu te souviens des Flower Girls ? se lança-t-elle.

Il hocha la tête, l'air confus.

— La plus âgée, Lila Bowman..., dit-elle. Elle est allée en prison. Elle y est toujours, en fait. Tu te souviens de ce qui est arrivé ?

— Elle a tué un bébé, c'est ça ? Ça fait des années. Dans un vieux canal, au nord. Avec sa sœur. Sauf que, si je me rappelle bien, dit-il, son verre suspendu dans l'air, la plus jeune n'a pas été punie.

— Non, elle était trop jeune. Elle avait six ans, c'est en dessous de l'âge légal pour la responsabilité criminelle. En plus, elle était innocente. Elle n'a pas fait de mal à la petite fille. C'est sa sœur qui a agi.

Jonny porta son verre à ses lèvres.

— D'accord. Et alors ?

Hazel suivit de l'index une ligne dans la fibre du bois.

— La plus grande, Lila... C'est ma sœur.

— Quoi ?

— Lila Bowman est ma sœur.

Il fronça les sourcils.

— Ta sœur ? Mais… ça veut dire… ?

— Oui, dit Hazel, se forçant à croiser son regard. Je suis Rose. Rose Bowman. J'avais six ans. C'est moi, l'autre Flower Girl.

Elle plongea dans ses yeux et, soudain, il lui sembla loin, comme s'il s'était retiré dans un endroit glacial et inaccessible.

— Mais j'étais innocente, poursuivit-elle, la gorge nouée, enfonçant davantage son ongle dans le bois, jusqu'à ce qu'une écharde lui perce la peau. Je ne suis pas celle dont ils ont parlé dans les journaux. Je ne suis pour rien dans le meurtre de cette petite fille. Je porte ce secret depuis des années. Toute seule. Mais je suis quelqu'un de bien. Je n'ai rien fait de mal. C'est juste que… tu viens de me dire que tu m'aimes. Et si tu le penses vraiment, alors tu dois savoir ça. On ne peut pas avoir de secrets l'un pour l'autre. Rien ne peut se mettre en travers de nous. Rien. Alors je te dis tout.

Elle essuya ses larmes.

— Et j'espère que tu peux l'accepter. Crois-moi quand je te dis que je ne suis pas mauvaise. Je suis quelqu'un de bien. Vraiment.

Il la regarda longuement. Ensuite, il se leva de table et s'éloigna dans l'obscurité du bar, où elle ne pouvait plus le voir. Elle attendit cinq, dix, quinze minutes, mais il ne revint pas. Elle n'avait plus les idées claires. Toute pensée cohérente lui semblait interdite. Elle regarda ses larmes s'écraser sur la table et, enfin, ôta l'écharde de son doigt. Elle inspira profondément, se leva, se dirigea vers les toilettes, cria le nom de Jonny dans les W-C pour hommes. Aucune réponse.

Voilà, c'est fini, pensa-t-elle.

Elle retourna vers le bar, régla la note, puis sortit et le trouva sur le trottoir, en train de fumer une cigarette, alors que, à sa connaissance, il ne touchait plus au tabac depuis quinze ans.

— Je suis tellement désolée, dit-elle. Je comprendrais que tu préfères me quitter et ne plus jamais me revoir.

Jonny la regarda, sa cigarette pendant entre ses doigts, le souffle figé dans le froid de la nuit. Il ne dit rien pendant un moment, puis jeta son mégot avant de l'écraser du pied.

— Tu sais, depuis le début, il me semblait t'avoir déjà vue. Ton visage m'était familier. Mais..., dit-il avec un rire amer, je mettais ça sur le compte de mes sentiments pour toi. Le fait qu'on était destinés à être ensemble.

Il marqua un arrêt, se passa une main dans les cheveux.

— C'est toi, alors ?

— Tu me demandes si je l'ai tuée, c'est ça ? répondit Hazel d'une voix calme.

C'était le nœud du problème. Leur relation dépendrait de la réponse à cette question.

Jonny hocha la tête, quelque chose d'énigmatique dans les yeux. Elle pouvait sentir le pouls battre dans son cou, imaginer le tambour de son cœur dans sa poitrine.

— Ça changerait quelque chose, si je l'avais fait ? Parce que j'étais là. Alors...

Elle avait parlé d'un ton las, comme si cette conversation s'était déjà déroulée dans sa tête des centaines de fois. Lorsqu'elle rêvait de rencontrer un homme avec qui elle aurait réellement envie de partager sa vie, et qui voudrait être avec elle, malgré la part d'inacceptable en elle.

— Je n'étais pas en âge d'être jugée. J'avais à peine six ans. En plus, je n'ai jamais réussi à me souvenir de ce qui s'est passé ce jour-là.

Ils restèrent silencieux un moment, et, pour une fois, Londres était calme. Les voitures, les taxis, les bus semblaient appartenir à un autre monde. Les sons qu'ils produisaient étaient étrangement lointains. Hazel et Jonny n'étaient que tous les deux, se regardaient, se demandaient où était la vérité.

— J'ai besoin de le dire parce que c'est important, dit-il. À bien des égards.

Hazel hocha la tête. La prise de conscience et le soulagement tombaient lentement sur elle, comme une légère ivresse un soir d'été. Elle sourit à Jonny et tendit les mains.

— Si tu peux me croire, dit-elle, laisse-moi te dire, ici et maintenant, que je ne l'ai pas fait.

Elle vit alors une sorte de désir dans ses yeux.

— Je ne l'ai pas fait, poursuivit-elle. J'étais une enfant. J'ai suivi ma grande sœur. Quand les choses ont dégénéré... Comme tu le sais, je n'ai pas compris ce qui se passait. Ça m'a tellement affectée que je me suis repliée sur moi-même. Je ne me souviens toujours de rien. Sauf de ça, affirma-t-elle avec conviction en lui prenant les mains et en l'attirant à elle. Je sais que je n'ai pas fait de mal à ce bébé. Je ne l'aurais jamais fait, j'en étais incapable. Je n'aurais jamais pu retrouver le sommeil si j'avais commis un acte pareil. Bien sûr, les gens pensent différemment, c'est pour ça que j'ai vécu ainsi, sous une fausse identité. Et personne n'est au courant. À part toi. Personne. Je ne l'ai jamais dit à personne d'autre. Mais quand tu m'as dit que tu m'aimais, c'était incroyable. Et je ressens la même chose, Jonny. Alors j'ai pensé que tu devais savoir.

Elle s'arrêta de parler, cherchant un signe sur son visage, de l'écoute, de la compréhension.

— Mais je ne t'en voudrais pas, vraiment, si tu voulais mettre fin à notre relation.

Elle attendit, dans un état de tension extrême, le souffle court.

Ensuite, un taxi s'arrêta devant eux, et ses phares éclairèrent la pénombre.

— Prends le taxi, dit-elle.

Voilà. Il s'en va, pensa-t-elle de nouveau. *Il ne peut pas rester avec moi après ça.*

Ce qu'elle avait toujours redouté était en train d'arriver. Elle serait bientôt seule à nouveau. C'était peut-être mieux. Elle prendrait un autre taxi. Elle écouterait de la musique. Boirait du vin. Et demain, elle se réveillerait, libérée de ses espoirs. Parce qu'espérer, c'était attendre. Et elle ne pouvait plus vivre avec ça.

Il lui prit alors la main. Ils grimpèrent ensemble dans le taxi, Jonny mit son bras autour d'elle, et Hazel ne s'était jamais sentie autant aimée et protégée.

— On va le chercher, alors ? demande Max dans la chambre d'hôtel. Votre mari, Jonny ?

— Ce n'est pas mon mari, répond Hazel. Il est descendu dans la salle du petit déjeuner avec Evie. Je ne sais pas où il est maintenant. C'est un vrai cauchemar.

Elle ferme les yeux et se passe une main dans les cheveux.

— Descendons le chercher, propose Max en avançant vers la porte devant laquelle se tient Hazel. Ce n'est pas un cauchemar. Il faut juste régler ça.

— Et les mails ? dit-elle, morte d'inquiétude, faisant un pas de côté pour le laisser atteindre la porte. Vous les avez vus. Ils viennent d'une personne – de plusieurs, peut-être – qui signe sous le nom de Rose Bowman. Ils m'ont envoyé des fleurs fanées. Des cartes anonymes. Ils savent où je vis. Je ne sais pas qui m'observe, qui me suit, ce qu'on me veut. C'est terrifiant.

— Eh bien…, commença-t-il, s'arrêtant la main sur la poignée. Je ne sais pas quoi vous dire à ce sujet. Mais ça n'a rien à voir avec ce qui se passe maintenant, à mon avis. Je crois que si on va voir la police, qu'on leur explique qui vous êtes, vous serez beaucoup plus détendue. Il faut tout révéler. Écoutez, Hazel.

Max lui tend une main et elle recule.

— Désolé… Je suis désolé. Mais vous cacher ainsi ne vous aidera pas. Je comprends que vous ayez peur que des inconnus vous envoient des mails au nom de Rose Bowman. Il faut que ça cesse. Nous devons en parler à la police. Ensuite, vous serez plus tranquille.

Il la regarde avec un tel sérieux qu'elle ne peut pas s'en empêcher : elle sent une bouffée d'optimisme la traverser.

— Vous le croyez vraiment ?

— Oui, je le crois.

Il tourne la poignée, ouvre la porte sur les lumières vives du couloir, essayant de faire fi du martèlement dans sa tête. L'adrénaline court en lui, car une pensée terrible et délicieuse vient de lui traverser l'esprit.

Il est sur le point de devenir célèbre.

17

Sur le seuil du garde-manger, Hillier et Marek regardent la boîte en carton vide posée sur l'étagère. Il n'est pas question qu'ils pénètrent dans la pièce, sous peine d'altérer d'éventuelles preuves criminelles. Cependant, ils peuvent voir tout l'intérieur de l'espace. La marchandise est entassée contre les murs, de longues rangées de boîtes et paquets portant les étiquettes « mélasse », « poudre de moutarde », « bicarbonate de soude ». Une odeur piquante flotte dans l'air, un mélange d'épices, de poussière et de vieux papier. Au niveau de son épaule, Hillier aperçoit un charançon qui rampe lentement sur une étagère métallique. Sous les arômes de nourriture flottent d'âcres effluves d'urine.

— Ils ont dû s'échapper, dit Marek en désignant la porte ouverte de la cuisine. Se tirer d'ici.

— Vraisemblablement, confirme Hillier en croisant les bras.

Elle sait que les chatons ne sont plus dans l'hôtel, puisque l'établissement a été passé au peigne fin hier. En réalité, elle voulait étudier la réaction de Kaczka devant ce qui pourrait bien être une scène de meurtre. Elle imagine déjà les experts, qui ne devraient pas tarder, prélever des traces d'ADN, utiliser leurs ultraviolets pour déceler des éclaboussures de sang. Elle se détourne de la boîte vide pour diriger son regard vers le couloir étroit qui court entre les plans de travail de la cuisine.

— Où est la porte qui ouvre sur l'extérieur ? demande-t-elle.

Marek recule immédiatement du pas de la porte, soulagé d'échapper à la vue et à l'odeur du garde-manger exigu, et à la proximité de Hillier.

— Par là.

Il pointe le doigt dans la direction opposée, désignant l'autre extrémité de la rangée d'ustensiles de cuisine en acier inoxydable étincelant. Là se trouve une porte sur laquelle est inscrit le mot « sortie ». Une grosse horloge à chiffres romains est accrochée au-dessus. Hillier y consulte l'heure, puis regarde sa propre montre, remarquant que celle de la cuisine retarde d'environ une demi-heure.

— Et la seule issue est... ? poursuit-elle sans parler de l'heure.

— Par le restaurant, répond-il.

Il lui montre un passage derrière le plan de travail rutilant, où elle peut apercevoir les nappes blanches de la salle à manger.

— Quand Georgie a quitté le garde-manger, elle a pu soit traverser la cuisine – où, sans doute, vous étiez nombreux en train de préparer le dîner –, soit, plus probablement, passer par là, dit-elle en montrant le passage. Et donc sortir par le restaurant.

Elle prend elle-même ce chemin, remuant les lèvres comme si elle décrivait les mouvements de la fillette de cinq ans. Elle quitte la cuisine et entre dans la salle à manger fraîche et vide, que les clients ont désertée après le petit déjeuner. Il y a deux portes ici : une qui mène à l'intérieur de l'hôtel, l'autre à l'extérieur, par laquelle les dîneurs qui ne sont pas des résidents de l'établissement accèdent au restaurant.

Marek traîne nerveusement les pieds derrière elle, levant par réflexe son index et son majeur vers ses lèvres, un geste faisant comprendre à Hillier qu'il a besoin d'une cigarette. Elle sent son odeur corporelle, l'arôme amer de l'adrénaline. Le bourdonnement d'un hélicoptère résonne au-dessus d'eux, signe que les recherches se poursuivent le long du littoral. Le téléphone de l'inspectrice tinte bruyamment, et elle fronce les yeux en découvrant le message.

— Je peux y aller, maintenant ? demande Marek, boudant comme un enfant. J'ai besoin d'une clope.

Tandis que Hillier y réfléchit, on frappe timidement à la porte du restaurant. Elle lève les yeux et voit Max Saunders – l'écrivain, se souvient-elle – et Hazel Archer, dans la pénombre.

— Excusez-moi de vous déranger, dit Max.

— Oui ? fait la policière tandis que Marek s'écarte et recule vers la cuisine.

— Est-ce qu'on pourrait vous parler ? demande Max.

Il est en tenue décontractée : pantalon de velours côtelé et pull en laine beige foncé. Hazel a les traits tirés, le visage crispé. Ses cheveux sont brossés en arrière. Elle n'est pas maquillée, et la méfiance se lit dans ses yeux noirs ; elle est incapable de soutenir le regard d'Hillier.

Que font-ils ensemble ? se demande-t-elle. *Qu'ont-ils donc à me dire ?*

— Bon, vous pouvez y aller, monsieur Kaczka, dit-elle à Marek qui s'éclipsait déjà.

Elle regarde l'étrange couple sur le pas de la porte et leur fait signe d'entrer, puis s'assied à l'une des tables de la salle à manger. Il fait froid dans la pièce, la blancheur des nappes et la cheminée sombre accentuent le manque de chaleur. Les étroits vases en verre qui ornent les tables sont vides. Il règne une impression d'absence et de néant.

— Asseyez-vous, dit Hillier, dont la voix perce le vide, tandis qu'elle pousse les couverts pour poser les coudes sur la table. Que puis-je faire pour vous ?

Ils approchent en silence et Max tire une chaise à Hazel avant de s'installer à son tour. Il la regarde, mais Hazel, tête baissée, ne dit pas un mot.

— Hazel ? l'encourage-t-il finalement. Dites à l'inspectrice Hillier ce que vous m'avez expliqué.

Il lui parle comme à une enfant, d'un ton doux et ferme à la fois.

La policière sent son cœur bondir dans sa poitrine. Elle pose les mains sur la nappe en lin. Elle dévisage la jeune femme, toujours incapable de soutenir son regard.

— Qu'y a-t-il ? demande doucement Hillier. Que voulez-vous me dire ?

Les doigts de Hazel sont entrelacés devant elle sur la table. Elle lève les yeux. Et ensuite elle commence à parler.

18

— Ce n'est pas moi, dit Hazel, les joues en feu sous le regard de la policière. Je ne sais pas ce qui est arrivé à la petite fille, mais je n'ai rien à voir là-dedans, je le jure. Il faut me croire.

Max hoche la tête, respire calmement, posément. Inconsciemment, Hillier adopte le même rythme de respiration, régulier, sous contrôle. L'hélicoptère continue de fendre le ciel au-dessus d'eux, ses vibrations traversent la pièce de plus en plus bruyamment, puis diminuent lorsqu'il repart vers la mer. Hillier espère qu'Ellis, comme convenu, est sur la plage en train de coopérer avec les gardes-côtes. Elle sait que des policiers en uniforme sont postés devant l'hôtel, formant un barrage contre les quelques voitures qui ont réussi à gravir les routes enneigées, ces véhicules pleins de journalistes aux yeux perçants et de photographes avides d'images sensationnelles.

La peur de la jeune femme est palpable. Les vérifications que Hillier a faites ce matin sur les fichiers informatiques de la police nationale n'ont rien donné, et pourtant Hazel et Marek tournent dans sa tête comme des requins-pèlerins. Elle est certaine que l'un ou l'autre est lié à la disparition de l'enfant.

— Hazel, dit-elle d'une voix apaisante. Pourquoi me dites-vous que vous n'avez rien à voir avec ce qui est arrivé à Georgie ? Pourquoi pensez-vous que l'on vous soupçonne ?

Hazel hésite devant le gouffre qui s'ouvre devant elle. Elle déglutit et fait un pas vers le bord.

— Mon nom est Hazel Archer, dit-elle. Mais quand j'étais petite… quand j'avais six ans…

Elle marque un silence et ferme les yeux.

— Mon nom était Rose Bowman. Rose Bowman.

Elle rouvre les yeux et croise enfin le regard de la policière.

Hillier ne peut s'en empêcher. Elle recule.

Rose Bowman. Les Flower Girls.

Regarder Hazel est comme plonger dans les yeux d'une personne à laquelle on a pensé et parlé pendant des mois, sans jamais l'avoir rencontrée. Pourtant, elle a soudain le sentiment de la connaître, et même de la comprendre totalement. Elle a tellement discuté de cette femme avec ses collègues policiers, avec sa famille, tellement analysé le cas dans ses cours de criminologie. Elle a versé des larmes pour Kirstie Swan quand son petit corps a été découvert, extrait du sol humide, couvert de lacérations, victime d'actes de torture qui dépassent l'entendement.

Rose et Lila. Lila et Rose.

Ces noms. Si beaux et si terribles en même temps. Habités par le mal. Des fillettes en apparence si normales, issues d'une famille ordinaire. Leurs parents avaient été aussi choqués que le reste du monde par la barbarie dont avaient fait preuve leurs chères têtes blondes.

Le mal.

Hillier n'avait utilisé ce mot qu'une ou deux fois au cours de sa carrière. Pour Hindley et Brady peut-être. Levi Bellfield.

Et pour les Flower Girls. Lila et Rose Bowman. Elle avait utilisé le mot « mal » à leur propos, et elle l'avait pensé.

L'inspectrice sort de sa torpeur, incrédule, consciente de n'avoir rien dit depuis la révélation de Hazel et d'avoir la bouche entrouverte, les lèvres sèches.

C'était donc ça.

Ce sentiment de déjà-vu qui l'avait saisie devant le visage de la jeune femme. Elle l'avait réellement déjà vu. Les Flower Girls faisaient la une de la presse après le drame. Leurs visages étaient devenus les plus célèbres d'Angleterre, et cette affaire avait eu un retentissement médiatique dans le monde entier. Lila, qui regardait droit vers l'objectif, sans honte, avec un air de défi. Et Rose, les yeux baissés, les lèvres pincées, ses cheveux bruns encadrant son visage. Elles avaient l'air minuscules, d'une fragilité incongrue au milieu d'une telle monstruosité. Ces visages innocents, associés à des mots comme « meurtre » ou « torture ». Hillier se rappelle son sentiment de l'époque : tout cela lui paraissait insensé.

— Je vois, dit-elle finalement.

Elle baisse brièvement les yeux sur ses mains, sur la bague ancienne de sa mère qu'elle porte à l'annulaire. Elle s'éclaircit la voix, l'esprit en ébullition. Comment gérer une telle situation ? Rien, dans son expérience, ne l'a préparée à cela. Elle regarde Max, cherchant quelque chose sur quoi s'appuyer pendant un moment.

— Et vous, monsieur ? Monsieur Saunders, c'est ça ?

Max hoche à nouveau la tête ; sa présence est bizarrement sécurisante dans cette pièce froide. Sa carrure apporte de la chaleur, et son teint rosé est rassurant, comparé à la beauté glaciale de Hazel.

— Vous connaissez Mlle Archer ?

— Eh bien, son visage m'était familier. Mais elle a grandi, bien sûr. Et à moins de faire le lien par association d'idées, ça ne revient pas immédiatement… Mais ensuite ça m'est revenu d'un coup, après le petit déjeuner. J'ai trouvé les photos sur Internet, j'ai relu les articles. Et puis, bien évidemment, il y a eu aussi toutes ces histoires dans la presse à propos de la remise de peine de Lila Bowman. Les apparences changent, mais…

Il fait un geste en direction de Hazel.

— Une fois qu'on a compris, on le voit.

Hillier se tourne à nouveau vers la jeune femme et sait qu'il a raison. L'image de cette fillette de six ans se superpose sur les traits de Hazel. Une seule photo de Rose Bowman avait été publiée, et ensuite, à cause de son âge et du fait qu'elle ne serait pas jugée, la justice avait interdit toute autre identification la concernant. Le monde ne connaissait les deux sœurs qu'à travers les esquisses de Lila réalisées durant le procès, sa photo d'identité judiciaire, et l'unique portrait de Rose qui avait été communiqué, où on la voyait en uniforme d'écolière.

— Je suis allé la voir, continue Max, et elle était dans tous ses états. Inquiète, comme vous pouvez l'imaginer, inspecteur Hillier. Elle avait peur d'être considérée comme la principale suspecte dans l'affaire.

La voix de l'écrivain est pleine de logique et de compassion.

La policière incline la tête, réfléchit.

— Vous avez une preuve de votre véritable identité, je suppose ? demande-t-elle à Hazel, préférant s'assurer qu'elle n'a pas affaire à une malade mentale cherchant à attirer l'attention sur elle.

— Oui, répond docilement Hazel. Et Jonny…

Elle regarde autour d'elle comme pour le faire apparaître.

— Mon compagnon. Je ne sais pas où il est. Mais vous pouvez lui poser la question. Il est au courant.

Une larme coule sur sa joue gauche.

— C'est le seul à savoir. En plus de mon père.

Elle lève la tête, l'air soudain horrifié.

— On n'aura pas à l'impliquer, hein ? Je vous en supplie. Il est âgé. Il a déjà tellement souffert. Je ne veux pas qu'il entende parler de tout ça…

Hillier se frotte le nez.

— Chaque chose en son temps, vous voulez bien ?

Elle tourne la tête vers la fenêtre, regarde le paysage immaculé et le nuage de vapeur qui s'échappe des conduits de la cuisine.

— Bon, d'après ce que vous m'avez dit hier, vous étiez avec votre compagnon toute la soirée, au moment où Georgie a disparu. Avec l'adolescente – Evie ? C'est la… fille de votre compagnon, c'est bien ça ?

— Oui. On était descendus sur la plage dans l'après-midi. Jonny passait ses étés ici quand il était petit. Il voulait me montrer la côte. Ensuite, on est rentrés à pied jusqu'à l'hôtel, et Evie est allée dans sa chambre pendant qu'on prenait le thé au bar. Il faisait froid, on était mouillés à cause de la pluie. Plus tard, on est montés se changer pour le dîner. C'était mon anniversaire hier, ajoute-t-elle en se mordant la lèvre. On est venus ici pour le fêter.

Hazel jette un coup d'œil furtif à Max, rappelant soudain à Hillier la présence de cet homme dans la pièce.

— Monsieur Saunders, merci infiniment d'avoir facilité cet entretien, dit la policière en se levant. Peut-être pourriez-vous nous laisser, maintenant ?

Max se lève à contrecœur, mourant d'envie d'en apprendre davantage, mais se rendant compte que son temps en première ligne est écoulé. Il s'en va après une petite tape réconfortante sur l'épaule de Hazel. L'inspectrice lui rend à peine le léger sourire qu'il lui adresse.

— Ce n'est pas juste, tout ça, se plaint Hazel une fois qu'il a quitté la pièce. Je ne suis plus cette petite fille, à supposer que je l'ai été un jour. Je suis une adulte. J'ai vécu depuis. Je ne suis pas ma sœur, non plus. Je ne suis pas elle.

Hillier se replonge dans ses souvenirs de 1997, le moment de l'arrestation des Flower Girls. Seule Lila a été officiellement jugée et condamnée. Mais Rose n'a pas pour autant été épargnée. Son âge a voulu qu'elle ne soit pas reconnue légalement responsable. Elle observe Hazel, qui s'est enfoncée dans son siège, assommée par le désespoir. Un cri de mouette s'élève au-dehors, ramenant Hillier au présent.

— Mais vous étiez là, n'est-ce pas ? Même si vous n'avez pas été jugée. Vous étiez là quand Kirstie Swann a été sauvagement assassinée.

L'inspectrice recule légèrement et considère la femme devant elle : épuisée, presque immatérielle.

— Alors dites-moi, Hazel. Dites-moi pourquoi je ne devrais pas vous voir comme le suspect numéro un dans la disparition de Georgie Greenstreet ?

19

— Bienvenue au « Daily Talk Show » avec Jeremy Williams. C'est le jour de notre traditionnel débat polémique du nouvel an. Cette fois-ci, nous allons parler justice et condamnation, et de l'acharnement de la célèbre Flower Girl, Lila Bowman, à contester la récente décision du comité de probation de la maintenir incarcérée. C'est, si je ne m'abuse, sa troisième demande, et elle a été, comme les deux premières, rejetée. Elle n'a jamais expliqué son geste au moment du meurtre de Kirstie Swann. Elle a toujours gardé le silence sur ce qui s'est réellement passé ce jour-là. Rien dans cette demande ne pourra consoler les parents de Kirstie, Debbie et Rob, c'est certain. Mais cela soulève néanmoins une question : peut-on considérer que Lila Bowman a purgé sa peine et qu'elle devrait être libérée ? Mon invitée aujourd'hui est Joanna Denton, de l'association La Main dans le sac, qui a mené la campagne « Justice pour Kirstie ». Joanna est la sœur de Debbie Swann et la tante de la petite Kirstie. Joanna, tout d'abord, j'aimerais vous demander comment votre famille et vous avez vécu les années qui ont suivi cet événement tragique ? Comment va votre sœur Debbie ? Et que pensez-vous de l'intérêt médiatique qui est donné à Lila Bowman et aux Flower Girls ?

— Merci, Jeremy. Et merci pour votre invitation. J'aimerais dire tout d'abord que Debbie est une femme incroyablement forte. Elle a été obligée de l'être. Tout le monde dans la famille – y compris elle et surtout elle – a appris que la seule façon d'obtenir justice pour Kirstie est non pas d'oublier nos sentiments, ce qui serait impossible, mais de les mettre de côté, pour nous battre pour Kirstie, et nous assurer que sa meurtrière ne puisse jamais s'en prendre à quelqu'un d'autre.

— Je vois. Et donc, que pensez-vous de l'argument soulevé par la défense de Lila Bowman, avançant que le comité de probation a tort de lui refuser une libération et qu'une peine de dix-huit ans est plus que suffisante ? D'autant plus que Lila n'avait que dix ans lorsqu'elle a été incarcérée. N'est-ce pas assez ?

— Non, répond Joanna, catégorique. Ce n'est pas assez. Lila Bowman est une dangereuse criminelle. Une personne qui a torturé à mort un autre être humain devrait passer le reste de ses jours derrière les barreaux. Si l'on examine les autres tueurs d'enfant au profil similaire – Ian Brady, Ian Huntley, Myra Hindley –, ils ont tous écopé de la condamnation à perpétuité et ont purgé leur peine jusqu'à la fin de leur vie. Pourquoi serait-ce différent pour Lila Bowman, sous prétexte qu'elle était enfant au moment de son jugement ? Ce sont Debbie et Rob qui sont condamnés à vie. Ce sont eux qui doivent vivre chaque jour de leur existence avec le fait que leur fille leur a été arrachée de la façon la plus sauvage et la plus abominable qui soit. C'est ça, la perpétuité. Il serait scandaleux que Lila Bowman soit libérée maintenant.

— Je comprends votre argument. Mais certains vous rétorqueront que, au moment du crime, la vie de Lila s'est bel et bien terminée. Elle a été privée de sa liberté pendant dix-huit ans. N'est-il pas préférable pour la société qu'elle commence à apporter sa contribution ? Qu'elle amorce sa réinsertion et fasse amende honorable, plutôt que d'épuiser l'argent public ? À quoi bon l'enfermer pour le restant de ses jours ?

— Elle n'est pas réhabilitée, conteste sèchement Joanna. On lui a refusé à trois reprises la libération conditionnelle. Elle se bagarre avec ses codétenues, elle est agressive. Elle dépasse les bornes, Jeremy. Elle ne s'est jamais excusée et n'a jamais avoué son crime. Et, honnêtement, je n'ai pas envie que quelqu'un comme elle se promène librement dans mon quartier. Je préfère la savoir hors d'état de nuire, dans un endroit où on peut la contrôler.

— OK, vous avez de bons arguments, là. Merci, Joanna. De toute évidence, c'est un sujet épineux. Maintenant, nous allons prendre des appels. J'ai Derek de Sanderstead en ligne. Derek, quel est votre sentiment sur cette affaire ?

— Bonjour, Jeremy. Eh bien, je pense qu'on aurait dû la pendre dès le début.

Jeremy lance un regard consterné à Joanna, qui reste impassible.

— Vous auriez fait pendre une enfant de dix ans ? lance le présentateur.

— Non, dit Derek. Je l'aurais d'abord fait enfermer, et une fois qu'elle aurait atteint l'âge de comprendre son geste, je l'aurais fait exécuter.

— Merci, Derek. Joanna, êtes-vous d'accord avec ça ? La peine de mort est-elle la seule punition appropriée pour ce genre de crime ?

— Je ne vais pas discuter de ça ici, Jeremy. Je ne suis pas là pour débattre de la peine de mort, mais pour discuter du cas spécifique de Lila Bowman et savoir si la peine qu'elle a déjà purgée en prison peut racheter le meurtre sauvage qu'elle a commis.

— D'accord. Mais, visiblement, c'est une question à portée hautement émotionnelle. Les crimes impliquant des enfants tirent sur la corde sensible. Ne pensez-vous pas que cela influence nécessairement notre jugement sur la punition ?

— Une fois de plus, Jeremy, je ne suis pas ici pour débattre de criminalité et de sanctions en général. Mon opinion, que bien d'autres partagent, est que Lila Bowman n'a pas été suffisamment punie pour son implication dans l'assassinat de Kirstie Swann. Ma nièce avait deux ans. Kirstie n'a pas pu vivre sa vie à cause de Lila. Elle a subi d'abominables tortures, a souffert au-delà de ce qu'on peut imaginer. Mettre celle qui a perpétré ces horreurs dans un environnement confortable où elle serait dorlotée, aurait un poste de télévision, une tablette, une éducation, une piscine… Tout ce dont Kirstie a été privée. Elle est morte. Elle nous a été arrachée avant d'avoir pu vivre sa vie.

— Alors, d'après vous, quelle serait la punition la plus appropriée ? Prenons un autre appel. J'ai Carol, de Leeds. Carol, que pensez-vous du discours de Joanna ? Lila Bowman a-t-elle eu la peine qu'elle méritait, selon vous ?

— Non, je ne le crois pas, Jeremy. Je vivais à Grassington, là où la pauvre petite Kirstie a été tuée, et je peux vous dire que personne n'oubliera jamais cette tragédie. Nous étions là, Joanna. Je ne sais pas si vous vous souvenez de nous. Mais j'étais triste pour vous tous. Nous n'oublierons jamais cette gamine, ni Debbie et Rob. Nous prions pour eux tous les jours. Cette Bowman est le mal incarné. Elle est vicieuse et devrait passer sa vie derrière les barreaux. Ce qu'elle a fait à cette pauvre petite fille… Je ne peux même pas l'imaginer. Nous avons participé aux recherches quand elle a disparu. Toute la ville a participé. Nous sommes restés dehors jusqu'à minuit. C'était déchirant. Penser que Lila Bowman sera relâchée, et qu'elle pourra aller et venir parmi nous, ça me fait froid dans le dos. Je me moque de ce que ces idiots peuvent dire. Elle est foncièrement mauvaise et je suis d'accord avec l'auditeur précédent. Elle aurait dû être pendue.

— Merci, Carol. Visiblement, ce sujet déclenche les passions. Donc, vous étiez là quand Kirstie a disparu ? Comment était-ce ? Ça devait être affreux ?

— Oh, oui, Jeremy. Au début, on a pensé qu'elle s'était perdue. Ou qu'elle avait trébuché. Qu'elle s'était endormie et qu'elle s'était réveillée dans le noir et ne retrouvait plus son chemin. Mais, les heures passant, ceux qui faisaient les recherches étaient de moins en moins optimistes. On a pensé à un tordu, un pédophile. Je ne voulais pas l'imaginer. Et ensuite…

— Joanna, vous hochez la tête. Voulez-vous intervenir ?

— Oui… Bonjour, Carol. La raison pour laquelle nous sommes si bouleversés, c'est que Kirstie n'a pas été enlevée par un tordu, comme vous le dites. Ni par un vieil homme triste. Elle a été enlevée pas une enfant. Une *enfant*. Et qu'est-ce qui peut pousser une gamine à faire ça ? À attirer une fillette dans un lieu secret, à la garder là pendant des heures, puis à la frapper, à la lacérer, à la torturer… Le médecin légiste a dû consulter le dossier dentaire de Kirstie pour l'identifier, tellement elle était défigurée. Qu'est-ce qui peut pousser une gamine de dix ans à faire ça ? Vous pouvez me le dire ?

— Le mal, répond Carol. Le mal.

20

Chaque fois qu'il voit les briques rouges de la prison, Toby Bowman ne peut s'empêcher de penser aux immeubles de bureaux des années 1980. Il se gare à quelques rues et marche sous une bruine légère – le mois de janvier est fidèle à sa triste réputation.

Il fait toujours une chaleur étouffante dans la zone d'accueil, et, sachant cela d'expérience, Toby enlève sa veste avant de s'asseoir, en bras de chemise, son éternelle pile de dossiers sur les genoux, bien décidé, comme d'habitude, à optimiser son temps d'attente.

Il est exceptionnellement court le jour de l'an. Normalement, les visites ne sont pas autorisées les jours fériés, mais à l'approche de l'audience de sa cliente, l'avocat s'est vu accorder une dérogation. Il règne ici une atmosphère oppressante, chargée de ressentiment, mais la salle d'attente est étonnamment calme. D'ordinaire, elle est bondée de gens renfrognés, avachis sur leurs chaises, d'énormes sacs plastique à leurs pieds. Aujourd'hui, seul le grincement du distributeur vient rompre le silence. Ni éclats de voix, ni nez qu'on mouche, ni pleurs d'enfants.

Toby essaie de se concentrer sur les documents qu'il a reçus du conseiller juridique de Lila Bowman, concernant sa demande récente au comité de probation. Il parcourt rapidement ces papiers, posés sur son ventre rebondi. Deux auréoles de transpiration assombrissent sa chemise au niveau des aisselles, et son crâne chauve est luisant. Son ventre gargouille, mais il refuse d'acheter une barre chocolatée, se concentrant plutôt sur les arguments légaux qui se trouvent sous ses yeux ; il doit perdre une bonne dizaine de kilos avant son opération de la prostate. Il est tellement absorbé par sa lecture que le gardien doit appeler son nom deux fois avant que Toby lève la tête.

Il fourre rapidement ses dossiers dans sa sacoche, puis se dirige vers la barrière de sécurité, qui se dresse comme la porte d'un château. Il laisse son sac et sa veste dans un casier, pose sa montre sur un plateau en plastique, passe le scanner sans encombre. Le gardien au visage austère le fait passer sans un signe, malgré le fait que Toby vienne tous les mois depuis dix ans. À vrai dire, dès que les gens apprennent que cet homme représente Lila Bowman, ils le traitent de façon glaciale, voire franchement hostile. L'avocat franchit trois autres portes, puis pénètre dans un couloir blanc, interminable, où flotte une odeur de moisi. Sur l'un des murs est épinglé un poster sur lequel on peut voir un coucher de soleil au-dessus de l'océan, avec les mots « Croyez en vous et vous aurez fait la moitié du chemin ». À chacune de ses visites, Toby se demande comment une citation de Theodore Roosevelt peut avoir la moindre influence sur les prisonniers. Il doute qu'ils aient entendu parler de lui, et quand bien même ce serait le cas, la bêtise de cette affirmation le désespère un peu plus.

La sonnette retentit, puis la porte gris acier s'ouvre devant lui dans un cliquetis. Il entre dans une longue pièce étroite où sont alignées des petites tables, sur plusieurs rangées, avec une chaise de chaque côté. Lila est déjà installée. Elle attend, les jambes écartées, ses bras tatoués croisés sur sa poitrine. En avançant vers elle, sourire aux lèvres, il se demande si elle aura la force de surmonter cette nouvelle épreuve.

Le visage de Lila a des allures fantomatiques. De profonds cernes noirs soulignent ses yeux noisette. Ses cheveux blonds sont relevés en chignon sur le sommet de son crâne. Ses doigts sont tachés de nicotine, et son regard est un fusil pointé sur son avocat.

— Comment ça va, Toby ? dit-elle en se penchant en arrière avec un rictus sinistre.

Elle fait tourner une cigarette éteinte entre ses doigts. Fumer est autorisé dans les cellules et la cour.

— Fait chier ! ajoute-t-elle en regardant sa clope. C'est le moment où j'en ai le plus besoin. Quand je te parle. On pourrait imaginer qu'on est dans un bar, ironise-t-elle. C'est ce que je connais de plus approchant, de toute façon.

Toby hoche la tête et s'assied. Il se garde bien de préciser que, depuis dix ans, il est interdit de fumer dans les bars.

— Bonne année. Comment ça va, Lila ?

— Ouais, bonne année. Très drôle, répond-elle. Je vais bien. Mon lit à baldaquin me manque, comme d'habitude.

— Je suis venu le mois dernier, ils ne t'ont pas dit ? Pour Noël. Mais on t'avait refusé toute faveur, apparemment. Qu'est-ce qui s'est passé ?

Lila hausse les épaules.

— Une petite nouvelle m'a provoquée.

— Ils m'ont dit que tu avais été mise à l'isolement.

Lila continue de jouer avec sa cigarette. Elle est maigre – trop maigre –, et Toby pressent qu'elle lui cache quelque chose. Il se mord la lèvre et se penche vers elle. Elle détourne le regard.

— Lila, écoute. Il faut que tu y mettes du tien. Si tu continues à te bagarrer, ça va devenir de plus en plus difficile pour moi de t'aider. Chaque fois qu'on se présente devant le comité de probation, ils nous déroulent une longue liste d'infractions et me disent que tu es toujours violente, agressive, dangereuse.

— Eh bien, je le suis peut-être, déclare Lila, lèvres serrées.

— Non, soupire Toby. Et ça n'aide personne si tu te comportes en gamine boudeuse. Pas vrai ?

Les lèvres de Lila tressaillent alors légèrement.

— Tu es une jeune fille intelligente, avec beaucoup à donner. Et je veux t'aider. Ce n'est pas normal que tu sois encore ici. Enfermée.

Il se gratte la nuque, passablement agacé par sa propre odeur, sa faim, la colère qui monte en lui. Bon sang, ce qu'il déteste la prison.

— Tu as repris les cours ?

Lila hoche la tête.

— J'ai pris deux semaines de retard à cause de… tu sais, la punition. Mais je vais me rattraper. Désolée, oncle Toby.

Elle le regarde et ses yeux s'adoucissent, perdant cet éclair glacial qui empêche habituellement tout élan amical, toute tentative pour la mettre de son côté.

— Je veux que le monde voie ce que je vois, ajoute l'avocat. Vraiment. Nous allons faire appel de la décision du comité, comme tu le sais. Et je crois, cette fois-ci, que nous avons des chances. Ce n'est pas une tentative aveugle. Mais beaucoup de gens sont encore en colère. Si tu avais entendu la sœur de Debbie Swann – cette Joanna Denton de La Main dans le sac, à la radio ce matin. Cette femme est dérangée… Mais bon, il faut que tu coopères. Tous nos efforts tomberont à l'eau si tu fais l'idiote. Il faut que tu penses aux semaines à venir. À la demande de révision. Si la cour nous l'accorde, nous aurons une audience. Nous pouvons apporter la preuve que tu n'es pas un danger pour la société, contrairement à ce qu'affirme l'opinion publique. C'est ce que tu veux, n'est-ce pas ?

Lila soupire, met la cigarette éteinte dans sa bouche.

— À quoi bon ? Personne ne va me croire. Ils veulent me garder enfermée à vie.

— Je pourrais te mentir. Te dire que ce n'est pas vrai, mais tu connais la vérité aussi bien que moi. Mais ça vaut la peine de se battre, tu ne crois pas ? Pour ta liberté ?

Lila le regarde un long moment.

— Seulement si on considère que je la mérite.

21

Un hurlement perce soudain l'atmosphère paisible de la salle du restaurant où Hillier et Hazel sont encore assises, l'une en face de l'autre. Un son primitif, animal, qu'on croirait sorti des forêts enneigées. Lorsqu'il se rapproche, Hazel se raidit dans son siège. La porte, que Max avait refermée en toute discrétion, s'ouvre grand, claque contre le mur et fait trembler les photographies sépia du Devon.

— Où est-elle ? rugit Jane Greenstreet, le regard fou, le souffle saccadé, tout en s'avançant vers Hazel. Qu'est-ce que vous lui avez fait, sale pute ? Et vous ! hurle-t-elle en voyant Hillier. Vous laissez ce monstre entrer ici. En sachant qui elle est. Ce qu'elle a fait. Vous la laissez venir et prendre mon bébé.

Jane sanglote à présent. Elle se frotte le visage, une douleur infinie dans le regard.

— Comment pouvez-vous ? Comment pouvez-vous ?

Hazel et Hillier sont stupéfaites. Derrière Jane se trouve Max, bouche bée, horrifié. À côté de lui, Declan Greenstreet tend les mains, comme s'il voulait retenir son épouse mais ne pouvait s'y résoudre, parce qu'un bouclier invisible entoure sa femme, une armure de chagrin empêchant toute intervention. Derrière l'homme se trouve Ellis. Hillier n'aime pas son expression. Il n'essaie pas d'arrêter Jane, il la laisse exorciser sa rage.

— Madame Greenstreet, dit la policière en se levant.

C'est trop tard. Jane se jette déjà sur Hazel, lui attrape les cheveux, la tire vers le sol. Elle est allongée sur elle, lui assène des coups de poing dans la poitrine, enfonce ses doigts dans son visage, lui hurle dessus.

— Où est-elle ? Où est-elle ? Dis-moi où elle est, connasse !

Hillier et Ellis mettent un millième de seconde avant de réagir. Ils plongent alors en même temps pour écarter Jane. La mère de Georgie est hystérique, ses mots incompréhensibles, elle bat l'air de ses poings fermés. Hazel est toujours au sol, sur le dos, les bras devant la tête. Elle respire lourdement, mais ne dit rien. Quand Ellis parvient enfin à immobiliser l'attaquante en la tenant par la taille et la conduit à l'autre bout de la salle à manger, Hillier s'agenouille devant la victime.

— Ça va aller ? lui demande-t-elle. Laissez-moi vous aider.

Hazel se redresse, puis écarte les bras de son visage, révélant trois longues griffures rouges sur son front et ses joues.

— Mais à quoi pensiez-vous ? Laisser Mme Greenstreet s'approcher pendant que j'interrogeais Hazel ? s'agace l'inspectrice.

— Comment j'aurais pu deviner ? répond-il mollement. Vous ne m'avez pas dit que la sœur de la criminelle la plus célèbre du monde passait ses vacances ici, à *Balcombe Court*.

— Épargnez-moi votre impertinence, le coupe Hillier. J'ai vingt ans d'expérience de plus que vous, alors un peu de respect, vous voulez bien ?

Elle soupire, puis se laisse tomber sur une chaise du restaurant désert. Jane et Declan sont remontés dans leur chambre, et Hazel a été emmenée derrière le bureau de la réception, où on commence à soigner ses blessures. Jonny est apparu à la fin de l'esclandre, a aidé sa compagne à se relever et l'a éloignée des Greenstreet.

— Comment Jane a-t-elle su que Hazel était Rose Bowman ? demande Hillier d'une voix lasse.

Ellis fait la moue.

— Euh, laissez-moi deviner. Marek Kaczka ?

Le policier hoche la tête.

— Ouais, logique. C'était l'occasion rêvée de se faire oublier. Il a dû nous épier depuis la cuisine. Putain de merde ! crie l'inspectrice en tapant du poing sur la table. Quel bordel !

— La police scientifique et le lieutenant Gordon vont arriver d'une minute à l'autre, rappelle Ellis, faisant référence au supérieur direct de Hillier. Les routes sont enfin dégagées.

— Je n'ai pas besoin que papa et maman viennent arranger les choses, lui rétorque sèchement Hillier. On devrait être capables de régler ça tout seuls. Vous auriez dû empêcher Jane d'entrer ici. Vous auriez dû deviner qu'elle voudrait casser la gueule à Hazel Archer.

— En toute honnêteté, je l'ignorais. Elle a dit qu'elle allait prendre un café. Elle a dû croiser Kaczka dans le couloir avant de débouler ici. On lui a couru après, mais c'était trop tard. Et de toute façon…

— Quoi ?

— Eh bien, on ne peut pas lui en vouloir. Si c'était mon enfant à qui on avait fait du mal, moi aussi, je voudrais tuer le coupable. C'est logique.

— Non, ça ne l'est pas, Ellis.

Hillier se lève et arrange sa veste.

— Pour l'instant, nous n'avons aucune preuve que Hazel Archer est impliquée dans la disparition de Georgie. Si ça se trouve, Kaczka nous révèle la véritable identité de cette fille simplement pour faire diversion.

— Ouais, vu le passé de la fille, dit Ellis en haussant les épaules. Ça se tient.

— Ce sont les faits et les preuves qui mènent à une déduction logique, Ellis.

Elle le contourne pour se diriger vers la porte.

— C'est en ça que consiste le métier de policier, ajoute-t-elle, pas à se baser sur ce que racontent les journaux à scandale.

Elle s'interrompt, entendant du bruit.

— On dirait que papa et maman sont arrivés, dit Ellis.

22

1997

Elles avancent à pas légers le long du canal plein d'herbes folles et de pâquerettes, sous un soleil déclinant, perçant encore le feuillage au-dessus de leurs têtes. La nuit n'est pas encore tombée, mais une lune basse apparaît déjà, comme un présage de l'obscurité à venir.

Elles se tiennent la main, chancelant sur la pointe des pieds, se balançant de droite à gauche en s'éloignant l'une de l'autre. Elles tracent la ligne étroite et sinueuse du canal, un pied après l'autre, un pied après l'autre. Tout est calme désormais. Les feuilles s'effleurent dans un bruissement discret. Seul le cri aigu d'un étourneau vient parfois ponctuer le silence et la douceur de l'air, et les filles poursuivent leur chemin sans un mot.

Arrivées au saule pleureur dont les branches ploient au-dessus de leur clôture, elles s'arrêtent et pivotent sur elles-mêmes comme des ballerines sur des boîtes à musique. Voyant le portail au bas de leur jardin, elles savent qu'il est temps de rentrer.

Une fois de l'autre côté de la clôture, c'est comme si la magie s'était dissipée. Elle glissait déjà sur elles à mesure que les fillettes s'éloignaient de la nature sauvage pour retrouver le net carré de pelouse que leur père tond religieusement tous les dimanches. La tranquillité quitte leurs visages lorsqu'elles poussent le portail, tombe comme un costume, et elles traversent le jardin en courant comme deux gamines joyeuses, pour aller rejoindre leur maman.

Le portail oscille derrière elles, puis claque contre la clôture dans la brise. Au-delà se trouve le canal, qui sait tout, qui voit tout, le gardien silencieux de leurs secrets.

Tandis que le soleil se couche et que les lumières s'allument derrière les fenêtres de la maison où les sœurs boivent leur thé et regardent la télévision, la nuit tombe enfin, riche et parfumée, et le portail continue de cogner dans la brise.

23

— Je peux vous parler, m'sieur ? dit l'homme en s'écartant de la voiture à laquelle il était adossé.

C'est une vieille Volkswagen bleue cabossée, et l'homme est grand, coiffé d'une chapka en fourrure dont les rabats pendouillent par-dessus ses oreilles.

Max est sorti de l'hôtel pour fumer une cigarette, cherchant du calme après le drame du restaurant. Son cœur martèle douloureusement sa poitrine tandis qu'il se rejoue la scène dans la tête, et la culpabilité lui noue la gorge. Ils ont manqué de discrétion. Il aurait dû parler lui-même à l'inspecteur Hillier pour commencer, et ensuite la policière aurait interrogé Hazel dans sa chambre, à l'abri des regards, au lieu de le faire devant tout le monde et d'encourager le grabuge. Tout ce que redoutait la jeune femme est arrivé, et cette agitation détourne gravement les policiers de leur principale préoccupation, qui est de retrouver la petite Georgie. Les recherches se poursuivent, sur la plage et dans les falaises. Dans le ciel, l'hélicoptère des gardes-côtes continue de tourner, perçant les nuages comme un œil télescopique. Les clients de l'hôtel restent piégés à l'intérieur de l'établissement, conformément aux instructions de la police, attendant le feu vert pour reprendre le cours normal de leurs vacances ou rentrer chez eux.

Max souffle la fumée et écrase son mégot dans la neige. Il ne peut s'empêcher d'admirer la beauté du paysage qui l'entoure. La tempête de glace a figé la campagne. Le parking est parsemé de mini-montagnes enneigées, recouvrant les voitures garées là toute la nuit. Le guidon d'un vélo émerge d'un monticule. Les arbres ressemblent à des épouvantails cristallins, levant les bras vers le ciel blanc et lourd.

Maintenant, Max regarde avec méfiance l'étranger qui s'avance. Sa première impression est négative. L'homme a un nez rouge écrasé, des veines saillantes aux joues et des yeux perçants, voraces.

— Oui, à quel sujet ? demande l'écrivain d'un ton neutre.

— Vous séjournez à l'hôtel *Balcombe* ?

Max fourre les mains dans ses poches et pince les lèvres sans répondre.

L'autre lui adresse un léger sourire.

— Disons que oui, dit-il. Écoutez, mon vieux, je ne veux pas causer d'ennuis. Mais on est quelques-uns là-haut, maintenant.

Max lève la tête et aperçoit au loin un amas de formes grises, indistinctes dans l'air gelé. *Les vautours*, pense-t-il avec dédain, devinant que les journalistes ont piraté les radios de la police et savent que des recherches sont en cours. Son pouls s'accélère lorsqu'il se rend compte qu'il est impératif de dissimuler à la presse la présence de Hazel sur les lieux de la disparition. Ce qu'il détient là, c'est autant une proie pour les charognards que de la dynamite, et si les hordes qui déferlent dans cette paisible bourgade finissent par découvrir qu'une des Flower Girls réside précisément dans l'hôtel où une autre fillette a disparu, il va perdre la main. Et cette histoire est à lui.

Hazel est à lui.

— On veut seulement aider, c'est tout. Être mis au jus, de façon à pouvoir donner un coup de main. Informer à notre tour. Rien de plus.

L'homme tend sa main gantée vers Max, comme pour le rassurer.

— Si on a l'histoire d'ici ce soir, la communication sera lancée. On pourra commencer à interroger les gens.

— Et qu'est-ce qu'ils pourraient bien savoir ? demande Max. Je veux dire, expliquez-moi ce qu'une personne, par exemple, à Hull, pourrait savoir de ce qui s'est passé ici, dans cet hôtel, au cours des dernières vingt-quatre heures ?

Le journaliste hausse les épaules.

— Les gens pourraient reconnaître un des clients. Connaître des choses sur son passé. Contribuer à l'enquête, en somme.

— Pointer du doigt un coupable idéal, vous voulez dire ? dit Max en essayant de garder son calme.

— Eh bien, peut-être.

L'homme pousse un long soupir glacé.

— Bon, écoutez. Quand il est question d'un enfant, on ferait n'importe quoi, non ? Vous ne pensez pas qu'on devrait savoir qui sont les clients de cet hôtel ? S'il y a des personnes qui représentent une menace ? Qui auraient des raisons de faire du mal à une gamine innocente ? Si on découvre leur identité, on peut commencer à leur mettre la pression pour qu'ils nous disent où est l'enfant. Ce qu'ils lui ont fait.

— Et moi, dans tout ça ? demande Max.

L'autre semble dérouté.

— Et vous ?

— Oui, moi. Je pourrais très bien faire partie de ce genre de tordus. Qu'est-ce qui vous fait dire que je ne suis pas le dangereux pédophile auquel vous faites allusion ?

Le journaliste fronce les sourcils.

— Vous n'en avez pas l'air.

— Quel air il faudrait avoir ?

— Vous marquez un point, soupire l'homme avant de regarder avec avidité l'entrée de l'hôtel. Bon, je perds mon temps avec vous.

— Non, rectifie Max. C'est vous qui me faites perdre mon temps.

Il s'éloigne d'un pas vif, le cœur continuant de marteler sa poitrine, mais à présent, il ne sait pas si c'est à cause de l'adrénaline de l'altercation qui a eu lieu dans la salle du restaurant, de la peur viscérale que l'identité de Hazel soit découverte avant qu'il n'ait pu agir, ou sa colère à l'égard de ce prétendu journaliste.

Bande de charognards, pense-t-il. *Comment osent-ils ?*

Il retourne dans la chaleur de l'hôtel, ferme la porte derrière lui avec soulagement. Au bout d'un couloir, il aperçoit Hillier en train de discuter d'un air sérieux avec deux hommes en costume. Le hall d'accueil est encombré de valises et de sacs. Les gens doivent demander à partir, déduit-il. À être libérés par la police pour enfin rentrer chez eux. Même si Georgie reste introuvable. Vivante ou morte.

Max se dirige vers le salon, consulte sa montre et se demande s'il est trop tôt pour un whisky.

Et puis merde ! C'est le jour de l'an, après tout.

Il commande un verre au bar et s'enfonce dans un fauteuil près du feu, appréciant le calme, la tête appuyée contre le dossier. Les remontées acides menacent d'attaquer son gosier, mais il essaie d'en faire abstraction. Il flotte toujours dans l'hôtel cette ambiance de fête tuée dans l'œuf. La tension en imprègne chacune des pièces, elle est aussi dense que les nuages de glace dans le ciel. Un bourdonnement permanent de voix récite des instructions, essayant de dissiper la panique qui s'insinue partout.

Cette pauvre femme, pense Max en sirotant son verre.

Il ne sait pas s'il fait référence à Jane Greenstreet ou à Hazel Archer. Toutes les deux, dans la salle à manger, avaient eu l'air si abasourdies, si égarées. Leurs visages étaient blêmes, épuisés par la peur et leurs efforts pour contrôler une situation qui leur échappe. Il inspire profondément, et l'odeur apaisante du feu de cheminée tranche avec l'horreur de ses pensées.

Rose Bowman.

Comment peut-elle être ici ? De tous les endroits possibles, au moment même où un événement aussi terrible se produit. Avant de savoir qui était réellement cette jeune femme, il n'avait pas imaginé qu'elle puisse être responsable de la disparition de la petite. Hormis le fait que Max ne conçoit pas pourquoi quiconque voudrait enlever et blesser un enfant, cela lui semble totalement extravagant qu'une femme puisse commettre un tel acte, la veille du nouvel an, en présence de son petit ami et de la fille de ce dernier, et le jour de son anniversaire, qui plus est. Indépendamment de tout cela, ce serait également d'une stupidité sans nom, puisque tout l'épisode risque d'attirer sur elle l'attention de la police et de la presse. La dernière chose dont elle a envie. De plus, elle semblait sincèrement terrifiée par les mails qu'elle reçoit. Max est persuadé que Hazel est innocente.

Toutefois, cela n'explique pas ce qui est arrivé à la fillette. Le temps passe, et il semble de plus en plus probable qu'elle se soit égarée toute seule dans la nuit à l'extérieur de l'hôtel, qu'elle soit tombée et ait été emportée par les flots. C'est la conclusion logique, et Max est quasiment certain qu'elle s'imposera bientôt.

Il regarde les flammes, puis son verre vide, pense à Hazel. Le whisky lui brûle la poitrine, l'estomac, alimentant son indignation. Que cette pauvre femme ne puisse jamais échapper à son passé est épouvantable. Qu'elle soit jugée par les médias pour un crime avec lequel elle n'a absolument rien à voir l'est tout autant. Qu'elle reçoive ces mails d'une personne qui souhaite la tourmenter, l'angoisser ; que ces soi-disant journalistes pompent les informations aux clients de l'hôtel comme des vampires le sang de leurs victimes.

Il se lève d'un bond, galvanisé, et sort brusquement du salon, déterminé à venir en aide à Hazel. Il part trouver le couple, leur parler d'une stratégie pour les mettre à l'abri des vautours en quête de sensations fortes. Cet idiot dehors et tous ces suceurs de sang vendraient père et mère pour être à sa place.

Mais, tandis qu'il monte l'escalier, son sentiment de culpabilité refait surface. Il le rattrape sans cesse, comme un tonneau émergeant obstinément de l'eau, refusant de couler.

Cette histoire va marquer un tournant dans sa carrière.

Cette histoire va changer sa vie.

24

L'après-midi commence à peine, mais le jour s'assombrit déjà. Les vagues continuent à se fracasser rageusement sur le rivage, rappelant aux gardes-côtes que leur action est insuffisante. Ils ont dû interrompre à deux reprises les recherches en mer, la houle écumeuse étant trop violente pour s'y aventurer. Les projections réduisent la visibilité. Les conditions ne sont pourtant pas aussi désastreuses qu'hier, mais une nouvelle tempête menace, et l'hélicoptère reste cloué au sol.

Postée au sommet de la falaise, Hillier regarde les contours de la plage avancer puis reculer, battus par le vent. À l'intérieur de ses bottes, ses pieds se sont transformés en blocs de glace. Elle ne sent plus le bout de son nez. Le lieutenant Gordon, son patron, est arrivé et s'est autoproclamé enquêteur en chef. Après l'avoir mis au courant de l'avancée de la situation, elle s'est retirée à l'extérieur pour réfléchir, respirer, et se demander une fois de plus où Georgie avait bien pu passer.

Dès qu'il a appris la véritable identité de Hazel Archer, Gordon s'est dit convaincu que la jeune femme était impliquée dans le drame. Même si c'est le cas, pense Hillier, il est fort probable que Georgie soit encore en vie : sa disparition remonte à moins de vingt-quatre heures. En contemplant la mer, la policière ne croit pas que la fillette ait été emportée par ses bras puissants. Elle a le pressentiment que l'enfant est recroquevillée quelque part, loin des regards, frigorifiée et terrorisée.

Mais vivante.

Quelque chose dans sa vision périphérique attire son attention, et elle se retourne. Marek Kaczka se tient devant la porte de la cuisine, à l'arrière de l'hôtel, soufflant de la fumée dans un ciel de plus en plus crépusculaire. Croisant le regard de l'inspectrice, il se fend d'un sourire furtif avant de jeter nonchalamment son mégot, qui atterrit dans la neige avec un grésillement.

Dégoûtée par la désinvolture du chef, et agacée de voir l'enquête lui échapper, Hillier se dirige vers la plage d'un pas vif. Que font les gardes-côtes, pour l'amour du ciel ? Elle va chercher Georgie elle-même, et elle va la trouver. La certitude monte en elle, la propulsant vers les vagues, qui s'écrasent sur les galets comme des gratte-ciel chancelants. Le vent lui gifle le visage, et elle doit incliner la tête pour résister à sa force. Un fouillis de fougères et de ronces encombre le chemin, et le verglas menace de la faire trébucher à plusieurs reprises. Elle distingue l'étendue courbe de la plage dans son entier à présent, telle une faux de mélancolie, filant au loin dans la lumière hivernale. Le grès ocre des falaises paraît presque décoloré par toute cette neige. La policière regarde attentivement, sonde du regard l'étendue immaculée, à la recherche de quelque recoin ou anfractuosité où une fillette pourrait se tapir.

Ou être allongée, inconsciente.

Elle avance encore en se repassant mentalement les événements des dernières vingt-quatre heures. Elle pense à Hazel, à Kaczka. Au fait que Georgie ait pu échapper à la vigilance de ses parents. Elle reconstitue les heures qui ont précédé la disparition. La nuit tombe à 16 heures, à cette période de l'année. Un enfant perdra facilement ses repères dehors, surtout sous une pluie glaciale.

Hillier s'arrête pour reprendre son souffle. Elle regarde devant elle, puis derrière, respire calmement, sent sa colère se dissiper. La neige tombant à nouveau, elle doit se résoudre à retourner à l'hôtel, et laisser son supérieur prendre le contrôle de la situation. Alors qu'elle s'apprête à rebrousser chemin, elle repère, à un mètre du sommet de la falaise, au bord du littoral, une forme sombre. Son cœur bondit.

Elle se penche en avant, essayant de distinguer ses contours, d'interpréter cette ombre. S'inclinant à l'excès, elle perd l'équilibre et trébuche. Par un mouvement de talons, elle fait en sorte d'atterrir sur les fesses, et non la tête la première, glissant dans un buisson de ronces gelées. Elle est désormais perchée sur une saillie, et ses bottes pendent dans le vide. La respiration haletante, elle se redresse tant bien que mal, marmonne des jurons et se concentre de nouveau sur la forme sombre au-dessous. Est-ce une grotte au milieu des falaises ? Ou bien une minuscule silhouette ?

Elle se mord la lèvre, cherche sa radio dans sa poche, informe les gardes-côtes en essayant de décrire précisément le lieu de sa découverte.

— Ce n'est peut-être rien, dit-elle avec fébrilité, mais je préférerais en avoir le cœur net.

Elle se traîne sur les genoux, s'agrippe aux fougères gelées pour se lever, quand une violente rafale la fait vaciller de plus belle. La tempête hurle autour d'elle, lui mord les joues, la fait larmoyer. À mesure qu'elle avance vers la forme, les doutes l'assaillent. Peut-être n'est-ce qu'un creux sur le flanc de la falaise. Peut-être, dans son besoin désespéré de trouver Georgie, a-t-elle fabriqué dans son imagination un endroit où la fillette pourrait s'être cachée. Est-il possible qu'elle ait repéré sans aucune assistance ce qui a échappé à toute une équipe d'experts? En fait, la violence de la tempête les a contraints à ratisser la plage par le bas. Ils n'ont pas dû atteindre le flanc de la falaise la nuit dernière. Leur perspective n'était donc pas la même.

Hillier continue sa progression pénible en marmonnant, essoufflée. Elle a maintenant presque atteint la courbe qui forme le haut de la falaise et sous laquelle se trouve la petite ombre floue. Elle fend les embruns à pas lourds, s'arrête un instant pour reprendre son souffle. Et c'est à cet instant que cela se produit. La tache sombre qu'elle a repérée se met à bouger. Hillier plisse les yeux, se concentre sur la silhouette mouvante. Elle secoue la tête comme un chien traquant un lapin, tente de voir à travers les projections qui partent de la plage et des rochers. La forme miroite dans la blancheur, s'approche peu à peu, et Hillier distingue alors des bras serrés autour d'un corps, l'arrondi d'un dos, un pas incertain. Elle abaisse violemment sa capuche et se met à courir, martelant la neige de ses bottes, trébuchant, agitant les bras.

— Georgie ! hurle-t-elle, courant à s'époumoner. Georgie Greenstreet ! Est-ce que c'est toi ?

Elle atteint enfin la petite créature frigorifiée. Ses yeux sont grands comme des soucoupes, cerclés de rouge et pleins de larmes. La policière enlève son blouson à la hâte et s'agenouille devant l'enfant pour l'en envelopper. En même temps, elle retire des bras de Georgie les corps sans vie des chatons et les pose délicatement sur le sol. Elle attire l'enfant contre sa poitrine et frictionne ses membres fragiles comme pour la ramener à la vie.

— Tout va bien, Georgie, dit-elle dans un murmure de reconnaissance. Tout va bien. Tout va s'arranger, maintenant.

25

— Il faut que vous racontiez votre version de l'histoire, affirme Max, assis devant la fenêtre à côté de Hazel.

Tourné sur le côté, il lui accorde toute son attention. Jonny se tient debout devant eux, les jambes écartées, les pouces enfoncés dans les passants de ceinture de son jean.

La vitre est d'une blancheur aveuglante à cause de la neige. Malgré le calme apparent, l'activité mise en œuvre pour retrouver Georgie est encore palpable. Elle trouble la conversation d'un bruissement anxiogène, d'un sentiment d'urgence, de suffocation. Max a terriblement besoin d'un autre verre, de quoi noyer l'adrénaline qui le brûle comme du mercure. Mais il refoule ce manque. Il doit garder les idées claires, ne pas perdre de vue ses objectifs.

Les égratignures sont encore à vif sur le visage de Hazel, c'est un rappel brutal de l'élan d'agressivité de la mère de Georgie.

— Et c'est la raison pour laquelle…, ajoute l'écrivain en désignant les traces de l'agression, les mots s'échappant si vite de ses lèvres qu'il doit canaliser le flux. C'est la raison pour laquelle vous devez raconter votre version des faits.

Il déglutit, joint les mains, respire.

— Personne ne l'a jamais entendue, n'est-ce pas ? Vous étiez toute petite et ensuite… eh bien, on a changé votre identité pour votre protection. Et à cause de ça, tout le monde vous a mises dans le même panier, votre sœur et vous – les Flower Girls – sans faire de distinction entre vous deux, pas vrai ? Ce n'est pas juste. Mais, maintenant, vous avez une chance de rectifier la vérité. De révéler ce qui s'est réellement passé, de faire savoir au monde entier que vous n'y étiez pour rien. Que vous n'étiez qu'une spectatrice innocente, que vous n'étiez pas impliquée.

Hazel le regarde fixement, la gorge nouée. Cet homme montre tellement d'enthousiasme, semble si persuadé d'avoir raison. Elle lève les yeux vers Jonny, solidement planté devant elle. Comme toujours, sa virilité inébranlable la rassure, la console.

— Je ne sais pas, intervient-il. Si la presse s'en empare, notre vie va devenir un enfer. On sera harcelés jour et nuit par les journalistes. Je dois penser à mon job. À Evie. À ce qu'elle risque de subir à l'école de la part de ses camarades de classe, vous comprenez ?

Il se tourne vers Hazel.

— Et puis, est-ce que tu as le droit de révéler ton véritable nom ? De le dire à tout le monde ? Tu ne risques pas d'avoir des ennuis ?

— Non, je ne crois pas, répond-elle d'une toute petite voix. Il n'y a jamais eu de décision de justice. Ils ont changé nos noms uniquement par charité. C'est seulement pour les criminels, quand ils sont libérés, que cela pose un problème, je crois, ajoute-t-elle d'un ton sarcastique. Et je ne suis pas une criminelle, n'est-ce pas ?

— Eh bien, ça ne m'enchante pas, mais, malheureusement, les Greenstreet savent qui vous êtes, rappelle Max d'une voix triste. Et des journalistes font le pied de grue devant l'hôtel. Ça les démange d'entrer. L'histoire d'une petite fille qui a disparu est un énorme scoop. Les Greenstreet vont parler. Ils veulent qu'on retrouve leur enfant et pensent que vous êtes impliquée. Il ne faut pas laisser la situation dégénérer d'elle-même. Votre seul espoir de calmer le jeu une fois pour toutes, c'est de raconter votre histoire, posément, rationnellement. D'expliquer que vous êtes une femme respectable, qui mène une vie respectable, avec un emploi et une famille. Que vous ne feriez jamais de mal à un enfant. Ni à Kirstie Swann ni à Georgie Greenstreet.

Hazel s'apprête à parler, mais son compagnon intervient à nouveau, en agitant nerveusement la jambe.

— D'accord, je comprends votre point de vue. Mais ça se passe comment, dans les faits ?

— Je vais rédiger une note d'intention et essayer de nous trouver un mode de diffusion. Ensuite, explique Max, on pourra envisager une interview. Ou même… un livre.

— Vous avez les compétences pour ça ? Vous avez déjà écrit ce genre de truc avant ? demande Jonny, se tournant vers Hazel pour appuyer la pertinence de sa question.

— J'ai travaillé pour la presse écrite pendant quatorze ans avant de me tourner vers la fiction, le rassure Max. J'ai rédigé des piges pour les plus grands titres de la presse quotidienne nationale. Depuis, j'ai publié deux romans sous mon nom et une biographie comme nègre. J'ai l'expérience et le carnet d'adresses, et, croyez-moi, ajoute-t-il en regardant la jeune femme droit dans les yeux, cette histoire ne sera pas difficile à vendre.

— Bien, dit Jonny, apaisé.

Hazel sent qu'elle a son mot à dire. Elle veut parler, pleurer jusqu'à l'épuisement. Mais son cœur cogne si violemment dans sa poitrine qu'elle ne s'entend plus penser. Elle est comme un papillon de nuit piégé dans une lampe, se rapprochant de la chaleur blanche de l'ampoule. Son visage la brûle et elle ne peut effacer de sa tête l'image de Jane Greenstreet en furie, l'expression de cette femme lorsqu'elle a déboulé dans la salle à manger pour se jeter sur elle. Cette haine. Ses efforts pour ravaler les sanglots l'empêchent de parler. Alors elle se concentre sur les deux hommes, l'élaboration de leur plan. Jonny saura ce qu'il y a de mieux à faire. Max semble totalement de son côté, également. Elle ne sait pas pourquoi, mais cela la rassure profondément.

— Qu'est-ce que tu en penses, ma chérie ? lui demande Jonny d'une voix douce. Tu te sens capable de faire ça ? Tu crois que ça pourrait aider ? Je veux dire, je comprends le point de vue de Max. Je comprends en quoi révéler ta version des faits pourrait te rendre service. Tu ne l'as jamais fait, hein ? Qu'est-ce que tu en penses ?

Hazel secoue la tête et touche son visage avec précaution.

— Ils me détestent, dit-elle. Tout le monde me déteste.

— Ça pourrait être un moyen de renverser l'opinion, suggère Max. Si vous expliquez les choses, si vous racontez la vérité, les gens changeront d'avis sur vous. Vous savez, dit-il en se penchant en avant, de plus en plus motivé par ce projet, les gens tirent leur jugement de l'unique version qu'on leur impose. Offrez-en leur une autre, et ça crée une ouverture ; dès lors, ils pourront se faire leur propre idée. Tout ce que pensent les gens, c'est que Lila, ajoute-t-il sans voir Hazel tressaillir au nom de sa sœur, est responsable de la mort de cette enfant. Actuellement, vous avez dû en entendre parler, votre sœur fait une demande de libération, elle va vouloir inonder les médias de sa version de l'histoire.

Mais, si vous offrez la vôtre, une meilleure version, vous les pousserez à vous considérer comme un être humain, et non un monstre, alors… vous pourrez gagner votre liberté. Imaginez un peu. Vous pourrez enfin vivre une vie normale.

— Je n'ai jamais eu de vie normale, reconnaît Hazel. Je n'ai jamais été libre. Je vis dans un mensonge depuis l'âge de six ans. Pendant dix-neuf ans, j'ai vécu ainsi. Je ne connais aucune autre façon de vivre.

— D'accord, mais pensez à Jonny. Vous n'aimeriez pas vivre au grand jour, tous les deux ? Vous débarrasser de la peur constante d'être découverte ? Pouvoir parler à Evie de votre passé ? Ne pas mentir à votre future belle-fille ?

Il choisit ses mots délibérément.

Hazel baisse les yeux sur ces genoux et Jonny lui prend la main.

— Oui, répond-elle d'une petite voix. Ce serait bien.

— Alors pourquoi on n'essaierait pas ? continue Max. On pourrait faire une interview et j'écrirais une première version du livre. Vous la lirez, me donnerez votre avis, et vous pourrez apporter toutes les modifications que vous voudrez. Si vous détestez, ou si vous avez des doutes et voulez renoncer, on laissera tomber. Je détruirai mon texte, vous avez ma parole.

— Attendez, interrompt Jonny d'une voix affolée. Qu'est-ce qui se passe, dehors ?

Il s'avance brusquement vers la fenêtre, colle presque son torse au visage de Hazel en se penchant.

— Là-bas ? Vous voyez ?

Hazel se retourne tant bien que mal pour regarder dehors, et Max fait de même.

— C’est la policière, n’est-ce pas ? Hillier ? remarque-t-il.

— Elle porte quelque chose, dit Jonny, la voix tremblante, serrant l’épaule de Hazel. Elle a quelque chose dans les bras.

26

Hillier hisse Georgie par-dessus son épaule et se dirige vers l'hôtel, dont les lumières orangées illuminent le crépuscule. Elle progresse lentement dans la neige, sous le poids de la fillette de cinq ans, n'entendant que le son de sa propre respiration, rauque et laborieuse. Elle arrive enfin à la porte.

Elle la pousse du pied, et le lourd battant de chêne s'ouvre, révélant le lieutenant Gordon, fraîchement arrivé, posté devant la réception, les guirlandes du sapin scintillant derrière lui. Il se tourne vers Hillier, qui entre d'un pas chancelant, semant des flocons de neige derrière elle. La froideur s'engouffre dans la pièce et le lieutenant, découvrant avec stupéfaction sa collègue, l'enfant disparue dans les bras, met quelques secondes avant de réagir. Les mots viennent avant les gestes.

— Qu'est-ce que…, bafouille-t-il.

— C'est elle, dit Hillier, haletante. C'est Georgie. Elle est montée sur la falaise. Elle est en hypothermie. Les secours, vite…

Elle s'effondre alors dans l'un des fauteuils de la réception, l'enfant encore agrippée à elle, les yeux clos, les lèvres bleues.

Gordon saisit sa radio, et la réceptionniste décroche immédiatement son téléphone en poussant un cri.

— C'est inutile, lui aboie-t-il. Je serai plus rapide. Allez chercher des couvertures. De l'aluminium dans la cuisine. Et faites descendre ses parents, tout de suite.

Hillier appuie sa tête trempée contre le dossier du fauteuil, ferme les yeux, pose ses doigts gelés sur les poignets de Georgie, sent un faible pouls. Elle murmure une prière, remercie le ciel pour ce moment, pour la sensation de ce petit corps froid et mouillé contre le sien.

— Tout va bien, Georgie, murmure-t-elle. Tout va bien.

En quelques secondes, une feuille de papier aluminium de taille industrielle est trouvée, et Georgie est délicatement retirée des bras de la policière. On ôte à la fillette son gilet mouillé, puis son tee-shirt, qui lui colle à la poitrine et au dos. On sèche sa peau marbrée avant d'envelopper son corps dans l'alu, auquel on ajoute deux couvertures de laine ; on roule une serviette qu'on lui passe autour du cou. Ensuite, on lui enlève sa jupe et ses collants et on l'emmitoufle dans des couvertures. Seule sa tête dépasse.

— Continuez de lui parler, dit Gordon. Georgie, tu m'entends, ma puce ? Coucou, ma chérie. Tu es en sécurité, maintenant. Maman arrive.

Les yeux de la fillette sont toujours fermés, sa respiration lente.

— Allez, Georgie, c'est bien, persiste le lieutenant d'une voix forte. Réveille-toi, Georgie. Allez, ma chérie. Reste avec nous.

Hillier observe la scène, osant à peine respirer tandis que quelqu'un la déshabille à son tour. Elle remarque à peine qu'on lui ôte son pull-over et sa chemise, qu'elle est en soutien-gorge, une couverture autour d'elle. Elle tremble de façon incontrôlable.

— C'est bien, dit Gordon. Les tremblements, c'est un bon signe.

Il regarde à nouveau Georgie, inerte.

— Bon sang, que fait l'ambulance ?

— Les routes…, intervient M. Lamb. Ça doit les ralentir.

Une petite foule s'est agglutinée, regardant en silence les deux corps gelés qu'on réchauffe près de l'arbre de Noël.

— Vous pouvez arrêter ce vacarme, Lucinda ? lance sèchement le directeur à la réceptionniste.

Une minute plus tard, la musique classique se tait, remplacée par les respirations saccadées, la tension, l'attente.

Le silence gêné est brisé par les cris de Jane Greenstreet, qui dévale l'escalier et se jette sur sa fille.

— Attendez ! la retient Gordon en tendant le bras. Faites attention. Elle est en position de sécurité, madame Greenstreet. Contrôlez-vous. Il faudra vous contenter de lui parler pour l'instant. L'ambulance arrive.

— Oh, merci, mon Dieu, merci, mon Dieu ! crie Jane, les larmes coulant à flots sur son visage. Mon bébé. Où étais-tu passée ?

Elle s'agenouille devant la tête de son enfant, caresse les cheveux noirs qui dépassent des serviettes et des couvertures.

— Georgie… Georgina. C'est maman. Regarde-moi, mon amour.

L'enfant reste inerte, et Mme Greenstreet se tourne vers Gordon d'un air désespéré.

— Pourquoi est-ce qu'elle n'ouvre pas les yeux ? Pourquoi est-ce qu'elle ne me regarde pas ?

— Elle est en hypothermie, lui répond-il d'un ton grave. On a besoin d'une ambulance.

— Oh, mon Dieu, non… Maintenant qu'on l'a trouvée. Je vous en supplie ! Declan, quelqu'un, aidez-nous.

Les cris de sa mère semblent atteindre Georgie, qui ouvre soudain les yeux, deux étoiles de glace. Sa bouche s'ouvre légèrement, des lèvres incolores, la mort passe sous sa peau comme un liquide toxique emplissant un verre.

— Elle fait un arrêt, dit Gordon. S'il vous plaît, madame Greenstreet, poussez-vous.

Il défait les couvertures l'une après l'autre, exposant le minuscule thorax de Georgie. Il soulève son menton de cire et souffle dans sa bouche, d'habitude si rose. Ensuite, il commence le massage cardiaque. Il compte, appuie, et Hillier entend le craquement d'une côte. Jane vacille en arrière, les mains sur la bouche, secouée de sanglots.

— Que quelqu'un prenne le relais ! ordonne le lieutenant.

Un membre de l'équipe s'agenouille pour reprendre le massage pendant que Gordon continue de souffler dans la bouche de Georgie.

— Est-ce qu'elle respire ? ne peut s'empêcher de demander Hillier.

Gordon ne répond pas, les poings appuyés contre le tapis.

Hillier le voit légèrement secouer la tête.

Ça fait trop longtemps, pense-t-elle.

Le petit cœur de Georgie est épuisé. Son sang a trop refroidi. Elle adresse une autre prière au ciel. Plus jamais elle ne se plaindra de son travail, de sa vie, de sa mère, de quoi que ce soit. Elle fera tout de gaieté de cœur, si seulement Dieu permet à cette petite fille de vivre. Elle s'est mordu la lèvre jusqu'au sang et continue de frissonner, mais elle y prête à peine attention, n'y pense même plus lorsqu'elle entend les sirènes et le crissement des pneus sur la neige. La flamme de l'espoir se rallume en elle à l'arrivée des secours.

Maintenant, peut-être que Georgie va vivre.

Deuxième partie

27

1997

Il était 21 heures passées et le ciel commençait tout juste à tourner au bleu encre. La nuit allongeait lentement ses sombres tentacules au-dessus des maisons, les plongeant peu à peu dans le noir.

Le trottoir grouillait de silhouettes, appareils photo autour du cou, tandis que les mégots de cigarettes et les gobelets à café vides encombraient le caniveau. La maison qu'ils cernaient était déserte et froide, ses fenêtres toutes éteintes. Dehors, en revanche, c'était l'effervescence. Les bavardages fusaient comme des tirs de mitraillette. Les voisins étaient sortis dans leur jardin pour assister à la scène, qu'ils montraient du doigt en secouant la tête. Des oiseaux volèrent au-dessus d'eux, et bientôt le soleil se coucha pour de bon et l'air se rafraîchit.

Un véhicule banalisé ralentit, hésita une minute au ras du trottoir avant de poursuivre sa route. L'apercevant, la foule se déplaça comme un seul homme en braquant ses lampes aveuglantes dans sa direction.

— Madame Bowman ! Madame Bowman ! Est-ce que les filles ont été arrêtées ? Sont-elles inculpées du meurtre de Kirstie Swann ?

Les journalistes couraient après la voiture, leurs semelles claquant sur le trottoir, agitant les bras pour gagner de la vitesse, le souffle lourd, chargé de nicotine.

À l'intérieur du véhicule, le calme régnait. La tête de Rose reposait sur les genoux de sa maman. La petite avait fermé les yeux, tandis qu'Amy dissimulait son visage derrière le col de la chemise qu'elle avait enfilée le matin, quand tout allait bien, quand tout était normal. Sa gorge était sèche et ses yeux la piquaient. Elle toucha les cheveux de Rose, puis retira sa main involontairement. Dès qu'elle fermait les yeux, elle revoyait le visage de Lila au moment où ils avaient quitté le poste de police. Quelque chose dans son expression l'avait effrayée. Une froideur, l'impression qu'elle la transperçait du regard.

Gregor avait dit qu'il passerait la nuit avec Lila, en attendant le deuxième interrogatoire qu'ils devaient lui faire subir le lendemain. Ainsi, Amy s'était levée avec raideur, avait ramassé son sac et tendu sa main libre à Rose, comme elle l'avait fait un million de fois au cours des dix dernières années. On les avait conduites à la voiture. Avant de partir, Amy s'était retournée et avait vu sa fille aînée dans l'encadrement de la porte de la salle d'interrogatoire.

Ensuite, elle avait pressé le pas, tirant sa cadette derrière elle, essayant de chasser cette image de Lila de son esprit, de la détruire. Rose n'avait rien dit au poste. Ils l'avaient interrogée dans une sorte de salle d'attente familiale avec une peinture murale indécemment colorée, représentant des personnages de dessins animés, et s'écaillant par endroits. Elle avait été incapable de répondre à la moindre question des policiers. Elle s'était de plus en plus enfoncée dans son siège, jusqu'à ce que l'assistante sociale annonce qu'il était trop tard pour continuer et que Rose devait être autorisée à partir.

Les services sociaux leur avaient réservé une chambre dans un hôtel miteux du coin. Un des policiers était allé leur chercher des chemises de nuit et des brosses à dents. Il valait mieux qu'ils ne retournent pas dans leur maison, leur avait-on dit, ils n'y seraient pas en lieu sûr. Leur sécurité était compromise là-bas. Amy n'y avait pas cru. Elle avait voulu voir par elle-même. À présent, alors que la voiture des services sociaux se hâtait de quitter les lieux, elle se rendait compte qu'on ne leur avait pas menti. Ils ne pouvaient pas rentrer chez eux.

Depuis le départ du commissariat, Rose s'était murée dans le silence, se contentant de hocher la tête pour accepter un jus de fruits. Ensuite, alors qu'elles étaient blotties dans la voiture, attendant que l'assistante sociale achète la boisson dans une station-service, la fillette s'était tournée vers sa mère. Son visage était d'une pâleur maladive sous les lumières jaunes.

— Est-ce que ça va aller pour Lila ? avait-elle murmuré.

— Mais oui, bien sûr, avait répondu Amy. Tout va bien se passer pour elle, ma Rose chérie. Ne te fais pas de souci. Maman est là.

Rose avait baissé la tête et des larmes avaient coulé sur son tee-shirt rose orné d'une licorne. Un quart d'heure plus tard, elles se trouvaient devant la porte de la chambre d'hôtel, et l'assistante sociale les prévint sèchement qu'elle viendrait les chercher à 8 heures précises le lendemain matin, et leur conseillait de dormir.

Dormir, pensa Amy en regardant les lumières projetées sur le plafond par la route à quatre voies et en écoutant le bourdonnement de la circulation qui se poursuivait sans relâche, même à cette heure tardive. Elle se tourna pour regarder Rose, allongée paisiblement à côté d'elle, ses cils noirs déployés sur ses joues. Le sommeil était loin de l'emporter, dans ce moment où elle songeait à ses filles. L'une si proche d'elle, et l'autre à des années-lumière, comme elle l'avait toujours été.

Oh, mon petit trésor, se dit-elle, sentant la colère gonfler en elle, les larmes aux yeux. *Oh, petite idiote. Mais qu'est-ce que tu as fait, mon petit trésor ?*

28

— Bon sang, je me demande comment ils ont fait pour rester ensemble, lance Will à Joanna dans la file d'attente de l'épicerie bondée.

— Hum ? murmure-t-elle, regardant l'ardoise qui se dresse devant eux du sol au plafond. Qui voudrait du thon et de la banane dans un sandwich ? dit-elle avec une moue de dégoût en se déplaçant vers le frigo à boissons de l'espace exigu.

— Rob et ta sœur, poursuit Will, prenant les deux bouteilles de San Pellegrino que Joanna lui tend.

Il avance à petits pas, entre deux hommes en costume, tête baissée sur leur iPhone.

— Je me suis toujours posé la question. Parce que, chuchote-t-il, c'est un phénomène courant. Les couples qui se séparent après la mort d'un enfant. Surtout après un meurtre.

Il jette un coup d'œil à Joanna, craignant de la contrarier avec ses questions. Parfois, elle se montre forte devant la mort de Kirstie, mais souvent elle refuse catégoriquement de discuter de détails personnels concernant sa famille.

— C'est très rare que le couple survive à une telle épreuve.

Joanna hausse les épaules, cherchant son portefeuille dans son sac à main au moment où ils atteignent le comptoir.

— Debbie était enceinte de Ben à l'époque. Alors ils ont dû rester ensemble pour s'occuper de lui. Et puis, ils s'aiment, tout simplement. Je ne sais pas ce qu'elle ferait sans lui. Thon-mayo-crudités avec pain baguette, s'il vous plaît, commande-t-elle à la femme coiffée d'une charlotte. Honnêtement, je pense qu'ils ont eu de la chance. Ça les a plutôt rapprochés.

— Je m'interroge sur les Bowman, aussi, dit Will. Jambon-fromage avec pain complet, s'il vous plaît.

Joanna lui lance un regard dur.

— Comment ça ?

— Eh bien, est-ce qu'ils sont restés ensemble ? Ils ont subi un drame, eux aussi.

— Ce n'est rien comparé à la souffrance de Rob et Debbie, lui rétorque Joanna.

— Non, bien sûr, se reprend Will en tendant un billet de vingt livres à la vendeuse. Mais imagine un peu ce que ça représente pour des parents. Quand ton enfant commet le crime le plus abominable que le pays ait jamais connu. Devoir vivre une autre vie, dans le secret.

Il saisit les sacs en papier kraft contenant les sandwichs en même temps que sa monnaie, sans faire attention au regard épouvanté de la femme derrière la caisse. Joanna adresse à celle-ci un petit sourire rassurant, haussant les sourcils comme pour dire : « Qu'est-ce qu'il raconte, encore, hein ? »

— Comment on fait pour surmonter un truc pareil, hein ? Pour vivre sa vie en sachant qu'un jour, quelque part, quelqu'un va vous montrer du doigt et dire : « Eh, je vous reconnais. Vous êtes les parents de cette criminelle… »

Ils ressortent dans le froid de janvier.

— Sérieusement, Will ? Je n'éprouve absolument aucune compassion pour ces gens, déclare Joanna tandis qu'ils dépassent une femme poussant un double landau. Ils ont élevé Lila Bowman. On doit les considérer responsables.

— Vraiment ? C'est ce que tu penses ? s'étonne-t-il. Bon, peu importe. On ne devrait pas parler de ça.

— Ça va. Ce n'est pas comme si ça ne m'avait jamais traversé l'esprit, ou que les médias ne m'avaient pas interrogée à ce sujet.

— Ah, d'accord, poursuit alors timidement Will. Donc, il n'y a jamais eu de preuve de maltraitance sur Lila, c'est juste ? Elle était bonne élève. Elle prenait des cours de piano. C'était une famille bourgeoise banale. Pas vraiment le stéréotype que le *Daily Mail* voudrait nous dépeindre. Petite fille aux allumettes, défavorisée, livrée à elle-même, révoltée.

Ils sont arrivés au local de l'association.

— Ce serait plutôt le point de vue du *Guardian*, le corrige-t-elle, insérant sa clé dans la serrure. Le *Daily Mail* dirait simplement qu'elle est diabolique. Et ils n'auraient pas tort. Comme tu l'as dit, elle n'avait aucune raison de faire ça. Un matin, elle se réveille et décide d'enlever un bébé. C'est tombé sur Kirstie. Est-ce que les gens, des gamins, commettent ce genre d'acte sans avoir de prédisposition, sans que quelque chose dans leur vie les ait conduits à ça ? Un film, un jeu vidéo – comme pour les assassins du petit Bulger, Thompson et Venables. Les gosses normaux ne se disent pas un jour : « Tiens ! Je vais aller torturer une petite fille. » Soit on les a élevés dans cette idée, soit ils sont nés avec le mal en eux.

— Thompson et Venables ne jouaient pas aux jeux vidéo, lui rétorque Will en la suivant dans l'escalier. C'est un argument douteux. Le juge y a fait référence dans sa condamnation pour tenter d'apporter une explication logique à un crime absolument aberrant, qui échappe à l'entendement. Mais rien n'a prouvé qu'ils jouaient effectivement à des jeux vidéo violents. Si je comprends bien, tu affirmes que Lila Bowman devait être génétiquement programmée pour faire le mal.

— Ouais. Et ça explique les parents, aussi, dit Joanna, s'enfonçant dans son fauteuil de bureau et dépliant le papier d'emballage du sandwich. Ça les exonère, d'une certaine façon. Ce qui, reconnaît-elle en braquant son sandwich sur son collègue, contredit mon argument de tout à l'heure.

Elle baisse les yeux et réfléchit une seconde.

— Mais je n'éprouve pas de compassion pour Amy et Gregor Bowman. Je n'y arrive pas. Ce qu'ils endurent maintenant, ou ce qu'ils ont enduré dans le passé, n'est rien – vraiment rien – à côté de ce que Debbie et Rob ont traversé. C'est incomparable, répète-t-elle. Et même s'ils sont encore ensemble, ça les a détruits. *Détruits.* Comme nous tous, d'ailleurs.

Joanna repose son sandwich. Cette conversation lui a coupé l'appétit.

— Ce jour-là a bouleversé nos vies. Aucun d'entre nous ne l'oubliera.

— Et si l'on ne croit pas à l'existence du mal ? demande Will. C'est quoi, la réponse ?

Joanna médite là-dessus un instant. Elle prend son sandwich quasi intact et le jette dans la corbeille.

— Alors c'est qu'on a un problème, répond-elle finalement.

29

Toby est assis dans la salle d'attente de l'hôpital, les mains encore gelées après son trajet à pied depuis la station de métro. Un énorme radiateur en fonte gargouille dans un coin sans parvenir à réchauffer l'atmosphère. La pièce est pleine de patients au visage blême, attendant sagement, les jambes croisées, des journaux entre les mains. Des hommes d'âge mûr, pour la plupart, avec un certain embonpoint. Toby balaie la pièce du regard et a le sentiment d'être un clone parmi eux, un homme à l'aube de la vieillesse, avec une prostate péniblement gonflée.

Il soupire et replie son journal, qu'il pose sur ses genoux. Il lève la tête vers le plafond et ferme les yeux. Trois kilos de perdus depuis son diagnostic, et encore onze à perdre avant l'opération. Pour le moment, ses journées sont éreintantes, il a l'impression de ramer dans une mer de mélasse avec un singe sur le dos. Sans avoir le droit de goûter cette mélasse.

Autrefois, il considérait son métier comme la plus noble des professions. Avocat pénaliste. Jamais moralisateur. Un homme qui apporterait ses conseils avisés sur le plan juridique, quel que soit le crime, quel que soit le client. Il ne deviendrait pas un de ces avocats usés, englués dans leur propre cynisme. Ça ne lui arriverait jamais, pour la simple raison qu'il croyait au système de façon si absolue que toute variation de sa pensée ne pourrait qu'indiquer la plus abjecte volte-face de sa philosophie personnelle. Et, bien sûr, en tant que diplômé en droit de vingt et un ans, débutant ses articles avec des étoiles dans les yeux, sa philosophie était aussi ancrée en lui que son amour pour ses parents ou l'adresse de son domicile.

Trente ans plus tard, cependant, alors qu'il se souvient des coordonnées de son premier appartement, il a oublié la façon dont les pièces étaient agencées. Ce ne sont plus que des pointillés indistincts dans la brume d'une mémoire sporadique, des spasmes de réminiscence déclenchés par une odeur ou une chanson à la radio.

Quant à l'amour qu'il éprouvait pour ses parents… Eh bien, une page s'est tournée lorsqu'il a commencé à défendre Lila. Son frère Gregor a décidé de couper les ponts avec lui, ainsi que ses parents, âgés de soixante-dix ans à l'époque du meurtre. Ce ne fut pas tant le choc du scandale impliquant leur petite-fille de dix ans qui motiva leur décision qu'une forme de résignation accompagnée par l'inévitable étiolement des vieux jours. Ils se sont rabougris derrière leurs rideaux fermés, leurs visages se sont flétris comme du lait caillé, leurs bouches figées dans l'obstination. Toby ne les a pas vus depuis presque vingt ans. Il suppose qu'ils sont en maison de retraite à présent, ou morts, et ne ressent rien à leur égard. À vrai dire, il ne ressent pas grand-chose, ces derniers temps.

La défense de Lila fut, dans la vie de Toby, un véritable séisme. Après les dix semaines que dura le procès, il n'était plus le même homme. Et il peut affirmer la même chose de la majeure partie des avocats, assistants sociaux, policiers, et même du juge Follett, c'est-à-dire tous ceux qui ont baissé les yeux sur la petite Lila quand elle s'est assise sur le banc des accusés normalement réservé aux adultes, jouant avec un élastique sur ses genoux, les lèvres tremblantes. Son assistante sociale a dû l'aider à se lever pour entendre le verdict du jury. Quand le président du jury, d'une voix chevrotante, l'a déclarée coupable du meurtre avec préméditation de Kirstie Swann, elle s'est finalement mise à pleurer. De ses yeux, restés secs pendant tout le procès, jaillissait à présent un torrent de larmes. Elle ne tenait plus debout, on a dû la conduire dans une cellule.

Gregor assista au procès, mais Amy n'en eut pas la force. Elle tenait le coup grâce à un cocktail de Valium et d'antidépresseurs. Ils crurent qu'elle viendrait ce matin-là. Toby l'avait suppliée, lui disant que Lila avait besoin de la voir, de dire au revoir à sa maman. Mais Amy avait fini par renoncer devant la porte, et déclaré, avec un mélange de détermination et de nervosité : « Je ne peux pas affronter ça. Je ne peux pas supporter que ces gens me regardent comme ça, avec autant de haine. Ça va me détruire, Gregor. » Elle s'était accrochée au torse de son mari, et il avait cédé, avait marché seul jusqu'à la voiture, les épaules voûtées sous la bruine.

Après le procès, quand Lila fut emmenée au quartier de haute sécurité où elle savait qu'elle passerait les huit années à venir, Toby se rendit avec son frère dans un petit bar sombre à deux pas de la cour d'assises. Ils s'affalèrent dans un coin, des pintes entre les mains, Gregor emmitouflé dans son manteau, le col relevé, transi d'effroi.

— C'est trop pour elle, dit-il.

— Pour Lila ?

— Pour Amy. D'après la police, on peut nous faire déménager dès demain. Dans un endroit où personne ne nous connaît. Sous d'autres noms.

Toby se mordit la lèvre, repensant à ce que le juge avait déclaré au moment de la sentence, à la violence avec laquelle il avait dirigé ses remarques vers Lila, et à la façon dont elle l'avait regardé, sans comprendre. Aux vociférations de la foule, aux gens qui se tapaient dans la main, aux flammes de colère crachées par des adultes sur une enfant de dix ans. Quand Lila avait quitté le banc des accusés, s'était tournée vers les marches et avait fait face à l'assistance, quelqu'un avait crié d'en haut : « Et maintenant, comment tu te sens, connasse ? »

Toby avait secoué la tête d'un air affligé.

— Si seulement le juge Follett ne l'avait pas identifiée, dit-il calmement. Si elle était restée l'enfant X, vous n'auriez pas à craindre des représailles. Ou une vengeance.

— Les gens savent qui nous sommes, de toute façon, répondit Gregor. Tout le monde nous connaît, à Grassington. Nous ne pourrons jamais rentrer là-bas.

— Mais vous pourriez vivre à côté de Lila, persista Toby. De façon à lui rendre visite régulièrement.

— Notre famille est détruite à cause d'elle. Et Rose ? Tu penses à ce que sera sa vie ? Elle devrait y renoncer, elle aussi ? C'est déjà assez terrible pour nous d'avoir perdu Lila.

— Vous ne l'avez pas perdue. Elle est juste ici. Elle a besoin de vous.

— Mais qui est-elle ? demanda Gregor, les yeux vers le plafond. Je ne sais plus. Amy non plus. Tu n'aurais jamais dû accepter l'affaire, ajouta-t-il en se forçant à regarder son frère.

— Comment faire confiance à qui que ce soit d'autre ?

— Ça aurait dû être quelqu'un d'autre. D'extérieur à la famille. Maintenant… le désastre est complet.

— C'est un désastre, en effet, Gregor. Et c'est la raison pour laquelle je suis là. Je voulais que Lila ait toutes les chances possibles.

Gregor se passa les mains sur le visage.

— Je ne sais pas. Je ne sais pas. J'ai tellement peur de les perdre toutes les deux. Amy et Rose.

— Tu ne vas pas les perdre, le rassura fermement Toby. Mais si tu rejettes Lila, si tu l'abandonnes, cette petite n'aura personne. Elle sera livrée à elle-même dans une institution. Pendant des années. Tu as entendu ce que le juge a dit. Elle n'aura pas droit à la liberté conditionnelle avant ses dix-huit ans. Ça va la détruire. Il aurait pu tout aussi bien la condamner à mort.

Gregor termina sa bière d'une traite et reposa soigneusement sa chope sur la table.

— C'est déjà le cas, non ? À quoi va ressembler sa vie, maintenant ? Où qu'elle aille, les gens sauront. Je veux dire, poursuivit-il avec un rire amer, quel job elle pourra espérer ? Personne ne voudra d'elle. Sa vie est finie.

Il se pencha en avant, les poings serrés.

— Finie, répéta-t-il.

Toby poussa son verre encore à moitié plein, sondant le visage de son frère avec perplexité.

— Allez, Gregor. Je sais que c'est difficile. Mais on va traverser cette épreuve. Lila n'est qu'une enfant ! C'est ta petite fille. Ce sera toujours ta petite fille. Elle a besoin de ton aide. Il faut que tu sois là pour elle.

Gregor repoussa la main que son frère avait posée sur son bras. La colère brillait dans ses yeux.

— Ne me dis pas ce que je dois faire. Qu'est-ce que tu en sais ? Regarde-nous, maintenant. La perpétuité pour nous tous. On ne peut pas rentrer chez nous. Tu as vu ce qu'ils ont fait à notre maison. Les graffitis… On ne peut plus aller nulle part sans avoir peur qu'un psychopathe essaie de nous tuer. Qu'est-ce qu'il nous reste, Toby ? On n'a plus rien. Même elle, Lila. Je ne sais plus qui elle est. C'est facile pour toi, de prodiguer tes conseils, ta sagesse. Ce n'est pas ton enfant. Ce n'est pas ta vie.

— Non, répondit Toby. Mais c'est ta fille. Et rien ne va jamais changer ça.

Gregor le dévisagea un moment.

— Va te faire foutre, lui lança-t-il enfin, avant de se lever brusquement et de quitter le pub, la tête basse.

— Toby Bowman ? Vous pouvez y aller, lui annonça la réceptionniste, le faisant sursauter.

Ce moment a été décisif, pense Toby en se levant. Il se souvient du jour où il a vu son frère tourner le dos à la chair de sa chair, et la culpabilité le ronge encore. C'est la grenade qui a fait exploser le sanctuaire de sa citadelle de droit. Il était convaincu que se battre pour Lila était juste, car tout le monde était contre elle. Elle avait besoin que quelqu'un – n'importe qui – prenne sa défense. Mais, en faisant cela, en faisant ce qu'il considérait comme juste, il avait perdu son frère et ses parents, définitivement.

Même si sa nièce était blanche comme neige, la décision qu'il prit ce jour-là modifia sa vision du droit. Soudain, l'émotion s'ajoutait à la raison. Soudain, il ne s'agissait plus seulement de procédures, mais de ce qui constituait le bien. Et cela changea son regard. Si l'on ne se situe plus strictement dans le cadre des procédures, on ne peut plus être objectif, il faut prendre parti, et cela, avant le cas de sa nièce, Toby était persuadé que c'était mal. Autrefois, il pensait que le droit devait être un maître impartial, reposer uniquement sur les faits, et jamais sur les sentiments.

Il avait presque détesté Lila pour ce bouleversement de ses convictions. Car même si elle n'avait pas tué cette enfant, il ne saurait jamais la vérité avec certitude. Elle était la première à lui ouvrir ainsi les yeux.

Il découvrait que le droit n'avait rien à voir avec la vérité.

Oh, mon Dieu…, pense-t-il en quittant enfin l'hôpital, son pronostic glissé dans sa sacoche, à côté de son journal. Il meurt d'envie d'un café pour digérer ce tourbillon de pensées.

… Le droit n'a rien à voir avec la vérité.

30

La voiture roule lentement sur le gravier gelé, s'éloignant de *Balcombe Court*. Jonny, l'air grave, est au volant. Evie, sur le siège passager, fait claquer sa langue contre ses dents, ses longues jambes repliées contre sa poitrine.

— Ils sont là, murmure Jonny, changeant de vitesse et appuyant sur l'accélérateur. Les vautours.

Des photographes et journalistes sont massés dans le froid près de l'hôtel. Un homme en mitaines tient une volumineuse caméra de télévision contre sa cuisse. D'autres fument des cigarettes et font des blagues, sans jamais quitter du regard la façade de l'établissement. Ils ont le visage creusé, les traits tirés, les joues rougies par la bière et les yeux perçants comme du silex.

À l'arrière du véhicule, sous une couverture bleu pâle, Hazel, les yeux fermés, sent son souffle chaud contre la laine. Elle devine les accélérations, le crissement des pneus sur le sol gelé.

— Presque arrivés, marmonne Jonny. Poussez-vous de là, bande d'idiots ! s'énerve-t-il, klaxonnant brièvement si bien qu'une femme en jean et doudoune s'écarte d'un bond. Allez vous faire foutre.

Un des journalistes donne un coup de poing sur le toit de la voiture quand ils passent, et Hazel tressaillit dans sa cachette. Le temps lui semble interminable avant que Jonny la rassure enfin : ils ont quitté le périmètre de l'hôtel, elle peut découvrir son visage, ouvrir les yeux à la lumière du jour.

Il y a tellement à dire que personne ne sait par où commencer. Tous les trois sont silencieux, ils digèrent encore le chaos de tout à l'heure. L'arrivée des secours, l'hélicoptère des gardes-côtes réquisitionné pour conduire au plus vite Georgie à l'hôpital. Une fois que la petite a été retrouvée, ils se sont sentis libres de dire à Hillier qu'ils partaient, avant de ranger leurs bagages dans le coffre, tout en dissimulant Hazel aux journalistes qui assiégeaient l'hôtel, suivant ainsi les conseils de Max. À présent, ils se taisent et contemplent le paysage rural qui défile, pensant à toutes les révélations des dernières vingt-quatre heures et aux conséquences qu'elles auront sur leurs vies.

Hazel rentre les épaules, comme pour se cacher des deux personnes assises tels des sphinx devant elle. Jonny a l'air exténué, transi dans sa chemise. Son visage d'ordinaire confiant est livide, ses cheveux d'ordinaire soignés sont en bataille à force d'y passer nerveusement les doigts. L'expression d'Evie oscille entre le mépris et la colère ; sa poitrine se soulève et retombe rapidement comme si elle tentait de contenir les violents sanglots tapis sous les carreaux de sa veste de bûcheron.

— Bon, dit enfin Jonny. Ils ont retrouvé la gamine. Dieu merci.

Il s'humecte les lèvres, cherchant le visage de Hazel dans le rétroviseur.

— C'est bien de rentrer, maintenant. On pourra parler calmement, sans la police à côté. Décider de la suite.

Il lance un regard furtif à sa fille.

— Et t'expliquer les choses, Evie. Avant tout.

— Ouais, merci, répond l'adolescente. Ce serait bien de me mettre un tout petit peu au courant de ce qui se passe. Pourquoi Hazel se cache sous une couverture, par exemple ? lance-t-elle, étudiant son propre reflet dans le rétroviseur latéral. C'est à cause de cette femme qui s'est jetée sur elle, c'est ça ? La mère de la gaminedisparue ?

Jonny est incapable de parler pendant un moment. Il se concentre sur la route. Ensuite, il s'éclaircit la voix et pose une main sur le genou de sa fille.

— Evie, ma chérie, oui, c'est à cause de ça, j'en ai bien peur. Il va falloir qu'on en parle, justement. Il ne s'agit pas seulement de cette femme. En fait… c'est…

Il regarde Hazel dans le rétroviseur intérieur.

Quels mots choisir ?

— Evie…, commence Hazel. Il y a très longtemps…

— Dans un pays très, très lointain ? se moque Evie. Oh, ne t'inquiète pas. Je suis au courant. Je sais tout, Hazel. Je sais qui tu es.

Elle lève la tête, regarde les champs glacés, serre les dents.

— Je ne suis pas idiote, papa. Je sais que c'est une des Flower Girls.

La voiture fait une embardée sur les lignes blanches au milieu de la route. À l'arrière, un gémissement désespéré s'échappe des lèvres de Hazel, les larmes jaillissent aux coins de ses yeux.

— Tu l'as appris comment ? s'étonne Jonny.

— Oh, par pitié, dit l'adolescente, enroulant une mèche de cheveux autour de son index et avançant la lèvre inférieure avec des airs de bébé boudeur. Tout le monde parlait de ça, à l'hôtel. Pas la peine d'être une lumière pour comprendre de qui ils parlaient. Deux clics sur Google et j'ai trouvé sa photo d'écolière.

Elle tourne brièvement la tête vers Hazel.

— Ce n'est pas comme si elle avait fait de la chirurgie esthétique. Même si elle en a peut-être besoin, maintenant, avec ces griffures sur le visage.

Jonny bafouille, s'efforce de recouvrer son sang-froid.

— Oh, mon Dieu… Evie. Je suis tellement désolé, ma puce. On aurait dû t'en parler. Mais on n'a jamais pensé que…

Sa voix faiblit, et il se repasse la main dans les cheveux.

— Qu'elle serait découverte ? se moque Evie.

— Non, pas ça. Mais ça ne semblait pas… Je veux dire, bon, évidemment, c'est un choc. Pour nous tous.

Il agrippe fermement le volant.

— Pas pour Hazel, lui fait remarquer Evie. Elle sait exactement qui elle est. Elle le sait depuis toujours.

— Écoute, Evie, dit-il d'une voix plus posée. Le fait est qu'on ne te l'a pas dit, à tort ou à raison. Et je suis désolé. Sincèrement. On te l'aurait sûrement dit plus tard, en temps voulu. Mais maintenant… Bon, c'est arrivé. Et tu ne dois pas associer les deux choses. C'est simplement une affreuse coïncidence. Georgie a dû glisser et tomber. Toute l'affaire va se dégonfler très rapidement, et on pourra reprendre le cours de notre vie. Mais pour l'instant… on a besoin de calme. De sérénité, pour réfléchir à ce qu'on va faire. Tu n'es pas d'accord, Hazel ?

Celle-ci se balance sur son siège, le regard vide, fixé sur la nuque d'Evie comme si la fille n'était pas là.

— Et bien sûr, poursuit Jonny, retrouvant son assurance, il faut qu'on décide si on va parler à ce Max. Je veux dire, personnellement, je crois que ça pourrait être une bonne chose. Pas vous ?

— Quel Max ? demande Evie. C'est quoi, cette histoire, encore ? Qu'est-ce que vous me cachez d'autre ?

Jonny lui tapote la cuisse sans quitter la route des yeux. Il semble perdu dans ses pensées, dans un état semi-conscient.

— Tout va bien se passer, Evie. J'ai toujours veillé sur toi, pas vrai ?

— Oui, mais… papa ?

L'espace d'un instant, sa voix retrouve son timbre d'avant – avant que ses hormones s'affolent, qu'elle cesse d'être sa petite fille. Elle se tient parfaitement immobile jusqu'à ce qu'il retire sa main. Quelque chose passe alors sur son visage, un mélange de peur et de confusion.

— Maintenant que les gens savent, dit Jonny, ils vont pourchasser Hazel. On va tous les avoir aux basques.

Ni Evie ni Hazel ne prononcent un seul mot.

— Max Saunders est un journaliste, un écrivain, continue Jonny. Il pense pouvoir nous aider à faire entendre la version de Hazel. À expliquer qu'elle n'avait que six ans quand Kirstie Swann a été tuée, et qu'elle n'a rien à voir avec le meurtre. Il veut écrire un livre sur elle. Lila Bowman, la sœur de Hazel, a déjà eu l'occasion de raconter sa version au tribunal. Pourquoi Hazel ne le ferait pas, elle aussi ? Après tout, elle est innocente.

Hazel inspire et se penche entre les deux sièges, s'apprêtant à parler.

Evie se raidit.

— Oh, pour l'amour du ciel, quoi ? lance-t-elle sèchement. Quoi, encore ?

— Il y a autre chose, dit Hazel. Un détail dont je n'ai pas parlé… J'ai reçu des mails, Jonny. Et des cartes. Depuis quelques mois, on m'envoie des messages, des menaces.

— Comment ça ? demande-t-il d'une voix dure, perçant du regard le goudron de la route.

— Des mails… qui viennent d'un faux compte. Et le nom de l'expéditeur est Rose Bowman.

Jonny fronce les sourcils.

— Tu veux dire… ?

— Quelqu'un m'envoie des mails, affirmant connaître ma véritable identité, tout en se faisant passer pour moi. Pour Rose Bowman.

— Mais qui est au courant ? Qui d'autre, à part moi ?

— Je ne sais pas, Jonny. J'ai reçu le premier il y a environ deux mois. Et depuis, un par semaine. J'ai reçu des fleurs mortes aussi. À l'appartement. Au travail. Et des cartes. Les messages sont très courts. Une ligne ou deux. Jamais plus. Mais ils sont terrifiants. Déstabilisants. On me menace.

Hazel chuchote presque à présent.

— Je ne comprends pas. Pourquoi tu ne m'en as pas parlé ?

Elle tressaille involontairement.

— Je ne savais pas quoi dire. J'avais peur. Je ne voulais pas t'inquiéter.

— Putain de merde ! lance Evie, croisant les bras. Ça te surprend tant que ça ? Que quelqu'un te menace, qu'on veuille te punir ? Pas besoin d'avoir fait de la physique quantique pour deviner, non ? Après ce que tu as fait ?

— Surveille ton langage, Evelyn, la réprimande son père.

L'adolescente rejette ses cheveux en arrière.

— Ouais, d'accord. N'empêche que c'est vrai. Et quand les gens vont l'apprendre, ils vont devenir fous, c'est sûr.

Regarde la mère de cette petite fille. Elle voulait t'arracher les yeux. Et j'ai du mal à croire que tu ne penses pas la même chose, papa. Honnêtement. Quand tu as su, tu n'as pas eu envie de…

Elle recule, pince les lèvres.

— De quoi ?

— De rien. Rien !

Evie refuse de le regarder.

Il attend une minute avant de reprendre la parole.

— Tu es bouleversée, ma puce, admet-il alors, la gorge nouée. On doit réfléchir à un plan d'action, c'est tout. On a beaucoup à penser. Mais s'attaquer les uns les autres, dire des choses qui font du mal, ça n'aidera pas. Et ces mails, c'est juste du chantage. Il faut en parler à cette policière, Hillier. Voilà ce qu'on va faire.

— Mais ça n'a plus de sens, maintenant, objecte Hazel d'une voix amère. Max nous a prévenus. Maintenant que les Greenstreet sont au courant, la presse va savoir.

Elle respire lourdement, sent la tempête émotionnelle monter en elle.

— Ils vont découvrir où j'habite. Où vous habitez. L'adresse d'Evie chez sa maman.

Elle secoue violemment la tête.

— C'est terrible, Jonny. Je refuse que vous soyez impliqués là-dedans. Ce n'est pas juste. Ramène-moi à l'appartement et laisse-moi là-bas. C'est mon problème et je vais le gérer moi-même.

— Je suis totalement d'accord, approuve sèchement Evie. Chacun chez soi.

— Evie, ça suffit…, la gronde son père.

— Non, elle a raison, dit Hazel, regardant avec un étrange sourire les cheveux blonds de l'adolescente, attachés en queue-de-cheval.

Elle se dit que toutes les deux sont des poupées russes enfermées dans la dissimulation.

— Il faut penser à Evie, ajoute-t-elle d'une voix de plus en plus chevrotante. Il faut la protéger. Les journalistes ne reculeront devant rien, ils seront brutaux, comme ils l'ont été par le passé. Je suis déjà harcelée par des messages et ça ne risque pas de s'arranger. Ce n'est pas juste que vous soyez exposés, tous les deux.

— Je le savais, dit Jonny. Pour ta sœur et toi. Je le savais avant, et ça n'avait pas d'importance pour moi. Je t'aimais quand même.

Le visage fermé, Evie serre les poings, s'enfonçant les ongles dans les paumes.

— Je le savais et je l'acceptais. Je ne vais pas t'abandonner, Hazel.

Sa fille le regarde. Il a les joues rouges, et c'est vers Hazel qu'il se tourne, pas vers son enfant. Malgré tout ce qu'elle a fait pour lui. Pendant qu'il parle, des gouttes de pluie éclaboussent le pare-brise et le ciel s'assombrit. Evie se sent alors submergée par cette vague de tristesse qui menace sans cesse de l'emporter depuis quelque temps. Cette envie que tout se termine.

— S'il te plaît, insiste-t-elle. Est-ce qu'on pourrait juste rentrer à la maison ?

Mais Jonny et Hazel restent silencieux, chacun est absorbé dans ses pensées, tandis que la pluie se déchaîne. Ni l'un ni l'autre ne semble avoir entendu l'adolescente.

31

De retour à Birmingham, Max est assis dans sa cuisine. *La Fille du boucanier* n'est plus désormais que quelques milliers de mots sauvegardés sur une clé USB, et destinés aux oubliettes. Il sent les gros titres qui, bientôt, vont pousser comme des champignons en premières pages des tabloïds – une histoire palpitante dans cette période morose, en manque de scoops, à propos d'une fillette portée disparue puis retrouvée dans l'hôtel même où résidait l'une des Flower Girls, Rose Bowman. Il évite de trop y penser cependant, et se concentre sur sa respiration, tandis que ses doigts courent sur le clavier, créant le bel objet littéraire qui sera sa note d'intention. Depuis qu'il a découvert la véritable identité de Hazel, il est parcouru d'un courant électrique, si bien qu'il remue sur sa chaise en tapant, incapable de rester tranquille, brûlant de passer la porte et de courir, sans s'arrêter.

Georgie a été retrouvée, se rappelle-t-il chaque fois que la culpabilité le saisit, car il a bien conscience de manipuler la situation à son avantage. L'enfant est saine et sauve dans un hôpital, et tout ce qu'il a planifié concernant Hazel est dans son intérêt. Sous la couche de charbon que représente la disparition de Georgie se cache le diamant Rose Bowman. Et c'est lui, Max, qui l'a découvert, après des années de tâtonnement dans le noir, d'intrigues griffonnées à partir d'images vagues, lui traversant l'esprit dans le train, dans un demi-sommeil ou dans les secondes délicieuses qui suivent l'orgasme. Ce n'est pas ainsi qu'on fait naître les histoires et les idées.

Maintenant, en revanche…

Maintenant, il peut oublier *La Fille du boucanier*. Quoi que publie la presse à scandale, c'est lui qui tient dans la paume de sa main la Rose Bowman perdue et vulnérable. Depuis la révélation de la jeune femme dans le salon de l'hôtel, l'objectif de Max est parfaitement clair dans sa tête. Il ne fera pas de mal à Hazel. Au contraire, il veut l'aider.

Cela semble presque trop facile. Comme ces épiphanies que certains auteurs ont décrites. Ces moments de grâce où la muse s'assied sur leur épaule pour leur dicter leur futur best-seller, où les personnages apparaissent pleinement définis. Non pas que Max ait déjà fait l'expérience de ce phénomène, mais il le sent venir, franchir une à une les barrières de l'esprit.

Les Flower Girls : la véritable histoire.

Quelle aubaine !

Max aime bien Hazel, se dit-il. Il éprouve un sentiment protecteur à son égard et estime que ce livre est une aubaine pour elle : cela l'aidera à tourner la page et à aller de l'avant.

Le problème, c'est que la jeune femme n'a aucun souvenir de ce qui est arrivé durant ce terrible après-midi où Kirstie Swann a été assassinée, et si la mémoire ne lui revient pas, alors Max n'aura pas assez d'informations pour rédiger une série d'articles sous forme de feuilleton, et encore moins les 80 000 mots exigés pour un livre.

Ainsi lui est donc venue l'idée que les Flower Girls devaient être réunies.

À mesure que les mots apparaissent sur l'écran, les battements de son cœur s'accélèrent. Brillant ! Il y a pensé après avoir quitté Hazel et Jonny. Il s'est arrêté au milieu de l'escalier en remontant vers sa chambre, et a imaginé la possibilité que les deux femmes se revoient, pour la première fois depuis l'année de leurs dix et six ans.

Les doigts de Max hésitent au-dessus du clavier, il pense à Lila, à ce qu'elle a dû vivre. A-t-elle essayé de reprendre contact avec sa famille pendant toutes ces années ? Ont-ils fait le premier pas ? Dans ses recherches rapides, il a découvert que l'avocat de Lila était un certain Toby Bowman, son oncle, le frère aîné de Gregor Bowman. Pourquoi cet homme s'est-il engouffré dans la brèche quand les parents même de l'accusée semblaient résolus à renier leur fille ?

Tout cela devra être éclairci.

Mais il est évident à ses yeux que s'il parvient à organiser une rencontre entre les deux sœurs, à réveiller les souvenirs de Rose, ce sera l'histoire du siècle. Myra Hindley rencontrant Ian Brady. Maxine Carr rendant visite à Ian Huntley.

Le cœur trépidant, des étincelles au bout des doigts, Max appuie sur la touche Enregistrer. Alison rentre ce soir de chez ses parents avec les filles, ce sera l'occasion de célébrer ce nouveau projet. Il ira acheter du champagne.

Hillier regarde le sol en vinyle blanc de l'hôpital, imaginant les millions de germes invisibles qui rampent à sa surface. Elle s'est réchauffée à présent, du moins à l'extérieur. Malgré les quatre gobelets de thé sucré qu'on lui a déjà donnés, elle a l'impression que la glace qui s'est formée en elle ne fondra jamais.

Elle se repasse les événements dans la tête, inlassablement. Le poids de l'enfant dans ses bras, le pincement ressenti dans ses épaules là où les doigts de Georgie l'agrippaient. L'engourdissement de ses orteils, les tremblements, les frémissements. Et la terrifiante inertie du visage de la fillette emmitouflée dans les couvertures, agonisant sous ses yeux. Les vingt-quatre heures qui viennent de s'écouler ont été tellement centrées sur Georgie qu'il semble impossible qu'elle cesse bientôt d'exister. La petite a envahi l'esprit de Hillier à tel point que la réalité physique de sa personne est encore palpable. La petite était en vie dans ses bras. Elle avait un pouls, certes faible et sournois, mais un pouls tout de même.

Hillier inspecte ses ongles, la saleté qui s'est amoncelée en dessous, ses jointures rougies, gonflées par le froid. Elle ne se fera jamais à ce job, admet-elle. Traverser des mois de vide et d'ennui, puis plonger brusquement dans un tunnel d'adrénaline et en sortir comme s'il n'avait jamais existé. Ils exigeront qu'elle ait un suivi psychologique, pense-t-elle avec tristesse et résignation. Surtout si la petite fille meurt.

Si elle meurt.

Si une enfant disparaît, à quoi bon ? pense Hillier. Si elle meurt, à quoi auront servi ses cinq années de vie ? Parce que ce n'est pas ça. Ce n'est pas une quelconque leçon qu'ils auraient tirée de ce malheureux épisode. Aujourd'hui n'est porteur que de chagrin, d'un chagrin lourd et pesant. Et la policière ne sait pas si elle pourra y faire face. Elle évite de penser aux parents de Georgie. À sa mère, qui l'a portée dans son ventre. Qui l'a tenue dans ses bras le jour de sa naissance. Savait-elle à ce moment-là ? Savait-elle qu'elle n'aurait sa fille que pour cinq ans ?

Hillier se sent faible, a les jambes en compote, mais elle se force à se lever de sa chaise, à longer le couloir, à respirer l'odeur de désinfectant, de ragoût ou autre nourriture d'hôpital. Elle se dirige vers une porte derrière laquelle des formes convergent et se dissipent, s'affairent avec urgence. M. et Mme Greenstreet sont installés loin d'elle, dans une autre chambre, protégés par d'autres policiers.

Derrière elle s'élève la voix du lieutenant Gordon.

— Elle est tirée d'affaire.

L'inspectrice se retourne brusquement.

— Qu'avez-vous dit ?

— Elle va s'en sortir. Son état s'est stabilisé. Sa température a remonté. Elle risque de perdre son gros orteil droit et un bout de doigt, mais elle va vivre.

Hillier sent ses jambes se dérober, elle vacille, ses lèvres s'entrouvrent sans qu'aucun son sorte.

— C'est bon, je vous tiens, dit Gordon en la saisissant sous les aisselles avant de la faire asseoir sur une chaise. Voilà, mettez la tête entre les genoux.

Hillier s'exécute, baisse la tête, regarde ses larmes couler sur le sol.

— Tout va bien, la rassure son supérieur d'un ton bourru. Personne ne vous voit. C'est bien.

Il lui tend un mouchoir.

Hillier se redresse et se mouche, s'essuie les yeux du dos de la main.

— Merde, dit-elle. Désolée, lieutenant.

Gordon hoche la tête, regardant droit devant lui.

— Ah, soupire Hillier en se penchant en arrière. Dieu merci.

— Il s'en est fallu de peu. Remercions les gardes-côtes pour l'hélico.

— Est-ce qu'elle était dans cette caverne ? Celle que j'ai vue ?

— On ne sait pas encore. C'est très possible. Elle a dû s'abriter quelque part. Elle serait morte autrement.

— S'abriter dans une caverne aurait suffi à la maintenir au chaud ? Il fait un froid glacial, dehors. Moins quatre, d'après les gardes-côtes.

Gordon soupire à son tour et regarde le plafond.

— Peut-être qu'elle avait une couverture ou un manteau ?

— Elle n'avait rien quand je l'ai trouvée.

— Elle l'aurait laissé derrière ? Vous avez dit qu'elle serrait les chatons morts dans ses bras. Si elle avait un vêtement et qu'elle l'a lâché, il a dû être emporté par la marée.

Hillier reste silencieuse, méditant cette hypothèse.

— Est-elle capable de parler ? demande-t-elle au bout d'une minute.

— Pas encore, il faudra attendre un jour ou deux. Après, nous devrons y aller doucement. Elle est toute petite.

Hillier lève le menton.

— Oui. Mais on pourra savoir.

— Ce qui est arrivé ? demande Gordon.

— Qui lui a fait ça.

Une lueur de respect éclaire brièvement le visage du lieutenant.

— Vous ne pensez pas qu'elle s'est simplement perdue ? Qu'elle est sortie avec les chatons et qu'elle n'a pas retrouvé son chemin à cause de l'orage ?

— Non, je ne le pense pas. Quelqu'un est derrière tout ça, lieutenant. Quelqu'un l'a enlevée. Et j'ai l'intention de découvrir qui.

32

L'odeur aigre du lait la fait grimacer, et Hazel retient sa respiration le temps de jeter les morceaux solidifiés dans l'évier.

Elle s'est absentée à peine quatre jours, mais a l'impression d'être partie des années. Son studio sent le renfermé, lui semble étouffant, comme un lieu laissé longtemps à l'abandon. Pour une fois, elle aurait aimé que Jonny habite avec elle, regrette de ne pas avoir enfin sauté le pas. Elle a toujours résisté, prétextant avoir besoin de son espace. Mais, ce soir, elle se sent seule, vulnérable.

Elle ouvre le robinet pour évacuer le liquide rance, le regarde tourbillonner. Ensuite, elle se tourne vers sa petite cuisine. Le soleil s'étale comme du jaune d'œuf à l'horizon. Elle n'a allumé aucune lampe, et l'appartement n'est éclairé que par les lumières de la rue traversant les fenêtres, les stores levés. La nuit est d'une couleur ambre, remplie des bruits de la ville qui ne dort jamais.

Lorsqu'ils ont quitté le Devon, elle a dû communiquer à la police ses coordonnées, son numéro de téléphone professionnel et son numéro de portable. Elle s'est exécutée – aurait fait n'importe quoi pour quitter cet endroit –, mais la peur était toujours en elle, froide et glissante comme un galet. Elle se sentait encore en danger, persuadée que la police la soupçonnait d'être impliquée dans la disparition de la fillette, même si celle-ci avait été retrouvée. Quand Jonny l'avait déposée à l'appartement, elle s'était presque attendue à trouver une horde de journalistes devant sa porte. Il n'en était rien. Les médias ne savaient pas où elle habitait.

Pas encore.

Elle était entrée, s'était arrêtée au milieu du salon, avait contemplé les jardins au-dessous, écouté le bruit sourd des pas au-dessus, les murmures de la télévision des voisins, le grondement d'un moteur au-dehors – percevant chaque son sans bouger, restant parfaitement immobile, comme sous l'effet d'un sortilège. Au bout d'un moment, elle était sortie de sa torpeur pour se rendre dans la cuisine, avait ouvert le réfrigérateur, exposant son visage à la lumière froide.

Comme c'est étrange, pense-t-elle maintenant en regardant les murs de la cuisine, le motif paysage, la photo de Jonny et elle sur la plage, que ses possessions soient toujours exactement à leur place, alors que la réalité subit un bouleversement majeur. Le cataclysme ne s'est pas encore produit, mais la menace plane au-dessus d'elle. Dès que les projecteurs seront braqués sur elle, le chaos tombera sur son quotidien et sa santé mentale jusqu'à l'engloutir tout entière.

Elle se tourne vers le couloir au centre de l'appartement. Sur le sol en jonc de mer sont éparpillés des enveloppes, des factures, des relevés bancaires. Elle repère une épaisse enveloppe blanche, contenant sans doute une carte de vœux tardive. Les seules cartes de Noël qu'elle reçoit viennent de contacts professionnels, d'hôtels où elle a séjourné ou du restaurant chinois de son quartier. Hormis de vagues connaissances, elle n'a pas d'amis au sens où ses collègues en ont. Leurs bureaux sont tapissés de cartes, de mots joyeux et colorés, remplis de points d'exclamation et de bons sentiments. Le sien, au contraire, est toujours vide. Depuis l'arrivée de Jonny dans sa vie, elle a fait sien son groupe d'amis, aussi peu nombreux soient-ils. Avant lui, il n'y avait eu personne. Du moins personne qu'elle aurait pu laisser entrer dans son existence, l'approcher.

Quand cela va-t-il commencer ? Les mails violents, les bouteilles fracassées contre sa boîte aux lettres. Elle a sauvegardé les messages de haine de son mystérieux harceleur, les fleurs mortes, les cartes menaçantes. Elle a imprimé les courriels envoyés sous le nom de Rose Bowman. Elle ne sait pas quoi faire de ces éléments. Les montrer à la police ? Maintenant qu'ils savent qui elle est, ils vont l'injurier autant que les gens qui lui envoient ces choses.

Elle s'était depuis longtemps faite à l'idée qu'il lui serait impossible d'entretenir une véritable relation avec qui que ce soit. Car la terreur que cette personne découvre un jour sa véritable identité ne la quitterait jamais. Ils pourraient se trouver dans un Starbucks, en train de déjeuner ou de boire un verre dans un bar, et sa vieille photo d'école surgirait au journal télévisé. La personne regarderait l'écran, puis lui lancerait un regard furtif. La prise de conscience passerait dans un haussement de sourcils, un dégoût soudain transparaîtrait sur son visage. Et elle verrait alors cette expression si familière. Celle qu'elle avait observée des milliers de fois sur les visages des gens qu'on interviewait pour des reportages racoleurs dont elle s'était infligé le visionnage sur YouTube.

Ce regard.

Ce regard qui dit : *Elle n'est pas humaine. Elle est possédée par le mal.*

Elle s'est toujours débrouillée pour que ce moment n'arrive jamais dans ses relations amicales. Elle s'en est protégée en se repliant sur elle-même. Jonny est le seul à avoir pu franchir cette barrière. L'idée de le perdre, de perdre ce lien unique, lui est insupportable.

Elle ne se sent pas capable de retourner à son isolement. Est-ce cela que lui propose ce journaliste, Max ? Une autre façon de vivre sa vie ? Sans avoir à se cacher ? La possibilité d'être elle-même ? Non pas Rose Bowman, car cette fille n'existe plus. Mais Hazel. La secrétaire juridique, qui cuisine thaï comme personne, la nageuse aguerrie. Peut-elle être cette personne ? Prétendre à une vie simple, ne plus inspirer la haine, le dégoût, ni la méchanceté de son prochain. Le monde acceptera-t-il ce qu'elle a à dire ?

Hazel se laisse glisser au sol, l'estomac noué par le désespoir. Parfois, elle pense savoir la vérité sur cet après-midi, pouvoir la saisir, aussi glissante soit-elle. Mais, à d'autres moments, elle lui échappe, devient une forme indéfinissable, à la surface lisse. Elle avait six ans, et son cerveau s'est refermé autour de cet événement comme une carapace de tortue, a enveloppé le tissu mou du souvenir, pour l'empêcher d'y toucher, de le réveiller. À présent, ces gens – Max, la police, les journalistes voraces – lui demandent de sonder sa mémoire à la recherche de souvenir enfouis. Après tout ce temps. Ils veulent que sa carapace se fissure. Elle n'est pas sûre d'être capable de faire une chose pareille. Pas maintenant.

Hazel se lève et se dirige vers le bureau de l'entrée où elle a posé son sac à main. Elle en sort son téléphone portable et compose un numéro. Elle s'apprête à renoncer quand son père répond enfin, le souffle court.

— Salut, papa, dit-elle doucement. Comment ça va ?

— Hazel ? C'est toi ?

— Oui, papa, c'est moi. Tu vas bien ?

— Oh, oui. Juste un peu essoufflé. C'est bon de t'entendre, Hazel. Tout se passe bien, là-bas ?

De là où elle se trouve, Hazel voit les branches hautes du platane surplombant les jardins sur lesquels donne sa fenêtre. Elle étudie sa forme dans l'obscurité, les lumières des réverbères étalant leurs ombres au pied de l'énorme tronc. Sans prévenir, une vague de larmes monte en elle, elle hoquette, respire de façon saccadée pour empêcher le déluge.

— Hazel ? Tu vas bien ? C'est quoi, ce bruit ?

Elle tente de se calmer, inspire par le nez, expire par la bouche.

— Hazel, allons. Qu'est-ce qui ne va pas ?

— Oh, rien, papa. Juste un mauvais moment, rien de plus, répond-elle, regardant à nouveau le platane, ses branches noires. Je voulais te dire. Oh…, hésite-t-elle, ne sachant par où commencer. Papa, je suis désolée. Sincèrement. Mais il va se passer des choses. Dans les journaux. À propos de Lila et moi…

— Lila ? l'interrompt Gregor. De quoi tu parles ?

— J'étais dans le Devon, papa, et une petite fille a disparu. La police est venue, et ils ont interrogé tout le monde. Et ensuite… ils ont découvert qui j'étais. Avant.

— Qu'est-ce que tu as fait, Hazel ?

— Rien ! Je n'ai rien fait, papa ! Je te le jure…

Hazel entend le souffle lourd de son père. Elle lève une main, comme pour le consoler.

— Papa ? Je ne suis pas Lila, papa. Je n'ai jamais fait de mal à personne.

Il reste silencieux et Hazel regarde l'arbre, ses gigantesques branches dressées vers le ciel. Elle ne dit rien, essaie de sentir l'arbre l'enraciner dans l'histoire ; de sentir qu'elle le voit aujourd'hui comme des centaines et des milliers d'autres avant elle. Elle est liée à ces gens parce qu'elle observe le même arbre. Sa vie n'est pas un jeu qui se joue au détriment de sa santé mentale. Hazel est réelle, elle existe.

— Si tu le dis, réplique finalement Gregor. Donc, il va y avoir des coups tordus, c'est ça ? Les journalistes, et tout ça ?

— Oui, murmure Hazel. Je suis désolée, papa.

— D'accord. Bon, si c'est tout…

L'arbre est un squelette noueux et las. Décoloré par l'hiver, tendant les bras vers son appartement, la pointant du doigt, chuchotant : *C'est ta faute.*

— Oui, papa, c'est tout.

— Prends soin de toi. D'accord ?

— Oui, c'est promis.

Elle reste là sans bouger, comme si elle attendait quelque chose, mais il n'y a plus que des parasites dans le combiné.

— Hazel ? lance soudain son père.

— Oui ?

Il laisse échapper un long soupir, gonflé de tristesse.

— Bonne nuit, ma chérie.

— Bonne nuit, papa.

Hazel raccroche et s'appuie contre le mur tandis qu'un bruit envahit la pièce en s'intensifiant. Pendant un moment, elle ne sait pas si ce son est réel ou s'il résonne dans sa tête, puis elle se rend compte qu'il s'agit de la sonnette de la porte, à laquelle s'ajoute la sonnerie du téléphone.

Elle plaque une main sur le mur, tandis que les bruits de la ville filtrent à travers le vacarme de la sonnette et du téléphone.

Ça commence, se dit-elle. *Ils sont là*.

Pour la première fois depuis plusieurs mois, elle pense à sa mère. À la façon qu'elle avait, elle aussi, de se tenir devant la fenêtre, de regarder l'extérieur comme si elle y cherchait quelque chose de meilleur.

— Un jour, ton prince viendra, chantait-elle doucement à Hazel, assise à côté d'elle en chemise de nuit, lui brossant ses cheveux bruns. Il viendra sur son cheval blanc, juste devant la maison, épée à la main. Et il t'enlèvera pour t'emmener vivre dans un palais féerique où poussent les roses et où l'on ne vieillit jamais.

Hazel s'effondre, à genoux, un rideau de larmes devant les yeux. Elle pense à Max, à ce qu'il lui propose de faire avec son livre : la libérer de son passé. Mais, ensuite, elle pense à son père, assis dans son fauteuil froid, dans sa maison froide, avec son cœur froid et fermé. Et puis elle songe à la meute de loups qui s'apprête à fondre sur eux, à les déchiqueter, à mettre leurs vies en pièces.

Et, enfin, elle pense à Jonny, à ce qu'il représente pour elle.

Maman, implore-t-elle tandis que la sonnette continue de retentir et que son téléphone vibre sans relâche sur le sol.

Oh, maman, dis-moi ce que je dois faire.

33

Georgie est assise au centre de son lit d'hôpital. Son visage est pâle, ses lèvres encore livides, ses cheveux une traînée noire sur les oreillers blancs. Un épais bandage recouvre des points de suture de son front.

Jane Greenstreet se trouve à côté, sur une chaise qu'elle a tirée le plus près possible du lit, et tient le bras de sa fille dans ses mains. De l'autre côté se tient Declan Greenstreet, la mine sombre. Le lieutenant Gordon et l'inspectrice Hillier sont debout devant le lit, et la policière se rend soudain compte que, à côté de la minuscule enfant, ils doivent avoir l'air de géants, surgissant du sol tels des monstres marins.

— Asseyons-nous, suggère-t-elle à Gordon en désignant les deux chaises près de la porte.

Ils les tirent et s'installent, s'efforçant d'avoir l'air détendus.

— Comment ça va, Georgie ? demande le lieutenant d'une voix calme et douce. Tu es bien au chaud, maintenant, hein ?

La fillette regarde sa mère, qui lui adresse un hochement de tête rassurant.

— Oui, répond-elle d'une petite voix.

— Tu nous as vraiment fait peur, tu sais, ajoute Gordon avec un sourire. Mais tu es en sécurité maintenant, c'est ça le plus important.

— Dieu merci, murmure Declan.

— Et comme tu te sens mieux, on aimerait te poser quelques questions sur ce qui est arrivé là-bas, à l'hôtel. Pour comprendre comment tu as pu te retrouver dehors par ce temps. Tu crois que tu pourrais répondre à quelques questions pour moi ?

À nouveau, Georgie lève les yeux vers sa mère, qui lui prend la main.

— Tout va bien, ma chérie. Je suis là. Essaie de te souvenir. Raconte ce qui s'est passé au gentil policier.

Hillier remarque alors que les yeux de Jane se dirigent furtivement vers Gordon. Elle détecte un soupçon de peur sur le visage de la femme, qui pense ne pas être observée. Aussi rapidement qu'elle est apparue, cette expression disparaît.

Le lieutenant rejette les épaules en arrière, prend une posture décontractée.

— Georgie, ma puce. Réfléchis bien. Tu te souviens de ce que tu faisais avec papa et maman pendant le réveillon ? Tu t'amusais dans l'hôtel ?

Georgie hoche la tête, l'air sérieux, et plisse le front, montrant ses efforts de concentration.

— Oui. On est allés à la plage, mais il faisait froid. Alors on est revenus dans le salon où il y avait un feu, et j'ai joué avec l'iPad. Papa et maman buvaient et Charlie faisait la sieste. Et ensuite…

— C'est à ce moment-là que tu t'es souvenue des chatons, pas vrai ? intervient Jane. Pendant la sieste de Charlie. Les chatons, dans la cuisine ?

Hillier regarde Jane ; elle préférerait qu'elle se taise. Il faut que Georgie leur raconte l'histoire avec ses propres mots.

— Tu avais déjà vu les chatons avant, Georgie ? lui demande la policière.

— Oui. Ils étaient tellement mignons, répond la petite. Papa et maman parlaient et je ne voulais plus jouer avec l'iPad, alors je suis allée les voir.

— Nous l'avons autorisée, interrompt Jane.

De toute évidence, comprend Hillier, la mère est gênée d'avouer que son mari et elle buvaient en journée, laissant leurs enfants livrés à eux-mêmes dans un hôtel. N'est-ce donc que cela, un malheureux moment d'inattention dont elle aurait honte ? Ou bien Jane Greenstreet craint-elle qu'ils ne découvrent autre chose ?

— On pensait qu'il n'y avait pas de risques, hein, Declan ? La cuisine était juste au bout du couloir par rapport au salon. Je me sens tellement coupable, maintenant, dit Jane avec des trémolos dans la voix en agitant la tête.

— Ne vous inquiétez pas, madame Greenstreet, la rassure l'inspectrice en lui offrant un visage bienveillant. Vous n'avez rien à vous reprocher. Comment auriez-vous pu imaginer qu'il pouvait lui arriver quoi que ce soit dans l'hôtel ? C'est un endroit tranquille.

Jane baisse les yeux sur la couverture du lit, sans répondre, en se triturant les ongles.

— Donc, tu es allée dans la cuisine, continue Gordon. Et tu as vu quelqu'un à l'intérieur ?

— Il y avait un monsieur habillé en blanc. Avec des cheveux comme ça, explique Georgie en touchant ses épaules.

— Des cheveux longs ? Plus longs que moi ? demande Gordon.

— Oui.

Kaczka, pense Hillier.

— Il a ouvert le placard où ils rangent toute la nourriture. Et dedans, il y avait la boîte avec les chatons.

— Et ce monsieur, il est resté avec toi ? demande Hillier, son cœur s'accélérant un peu.

— Non, répond l'enfant en secouant la tête. Il m'a donné du lait pour les chatons et ensuite il est sorti et il m'a laissée jouer.

— Et ensuite, qu'est-ce qui s'est passé, ma puce ? l'encourage Hillier. Tu es restée combien de temps ?

— Je ne sais pas. Un des chatons a pleuré. Ils avaient bu tout le lait et ils en voulaient encore.

— Le lait était dans la cuisine ?

Georgie hoche la tête.

— Alors tu es sortie de la pièce. Du grand placard.

— J'ai pris les chatons et je suis sortie. Mais tout le monde criait dans la cuisine. J'ai eu peur de me faire gronder. Et le monsieur était parti…

Hillier visualise le visage de Kaczka, le questionne : cela signifie-t-il qu'il est totalement sorti du tableau ou qu'il est revenu, après que Georgie l'a cru parti ?

— … alors j'ai voulu retourner voir maman pour lui demander. Mais je me suis perdue. J'étais dans la salle à manger et je ne savais plus par où aller.

Georgie pleure à présent, les larmes coulent sur ses joues encore rouges après son séjour dans le froid.

Brusquement, Jane Greenstreet se met à remuer sur sa chaise.

— C'est bien nécessaire ? Georgie est fatiguée. Elle est exténuée. Regardez-la. Tu as eu peur, c'est ça ?

— Nous avons besoin de lui poser ces questions, madame Greenstreet, insiste Hillier. Je suis désolée, mais c'est important.

— Je comprends, dit la mère, la main sur le bras de l'enfant. Mais je ne veux pas qu'elle s'angoisse encore plus.

Hillier ne dit rien. D'un signe de tête, Gordon encourage Georgie à poursuivre son récit.

— Le chaton pleurait, reprend la fillette. Il a sauté de mes mains et il s'est échappé, et ensuite les autres ont fait pareil, et ils l'ont suivi, parce qu'il faisait ce drôle de bruit avec sa bouche. Je les ai ramassés, mais je n'ai pas trouvé le premier, alors je suis sortie dehors et il faisait froid et c'était tout noir. Et je voulais juste ma maman.

Elle éclate en sanglots.

— Ça suffit ! s'agace Jane en se levant. Je suis désolée, mais je vais vous demander de partir. Georgie va bien maintenant. Elle est en sécurité et je refuse qu'on lui fasse peur comme ça. Je ne suis pas d'accord.

— Monsieur Greenstreet ? dit Gordon en se tournant vers le père.

— Vous avez entendu ma femme, répond Declan. C'est peut-être mieux que vous reveniez une autre fois.

Les deux policiers échangent un regard.

— Monsieur et madame Greenstreet, dit Gordon. C'est vraiment dans l'intérêt de votre fille que nous découvrions ce qui s'est passé. S'il y avait dehors une personne malveillante qui…

Il s'interrompt en se rendant compte que l'enfant le regarde en écarquillant les yeux.

— Bon, on va faire une pause. Attendre qu'elle se sente un peu mieux.

Il tourne vers sa collègue un visage perplexe.

— Bien, dit Jane avant de se diriger vers la porte et de l'ouvrir pour eux. Georgie a besoin de se reposer. Pas qu'on lui rappelle ce… ce moment horrible.

— Très bien, madame Greenstreet, dit Hillier en se levant. Comme vous voulez. Nous reviendrons bientôt.

Elle quitte la pièce sur les pas de son supérieur et ferme la porte derrière eux.

— Bizarre, commente Gordon une fois dans le couloir.

— Bizarre ? répond Hillier avec un froncement de sourcils. C'est le moins qu'on puisse dire, lieutenant.

34

1997

Lila était assise face aux policiers. Elle faisait un mouvement de balancier avec ses jambes, les bras croisés sur la poitrine, les mains calées sous les aisselles, le menton légèrement relevé malgré ses joues ruisselant de larmes.

— Je ne veux plus rester ici, dit-elle. Je veux rentrer à la maison avec ma maman.

— Je sais, Lila, lui répondit la policière d'une voix douce.

Tout le monde était exténué. La nuit précédente, la petite avait dormi au poste, dans une salle de détention exiguë qu'on avait vidée des autres prisonniers, envoyés dans des cellules provisoires des environs. Les services sociaux avaient apporté une paillasse, des couvertures et des oreillers, et Lila s'était pelotonnée sur ce lit de fortune, son père somnolant au bout, les mains sur les chevilles de sa fille.

Le matin, ils lui avaient apporté un sandwich au bacon et un verre de Fanta. Après ce petit déjeuner, elle s'était frotté les yeux et avait demandé à Gregor quand elle pourrait rentrer à la maison.

— Tu dois d'abord répondre aux questions de la dame, lui avait-il expliqué. Il faut que tu dises la vérité, Lila. Que tu dises ce que tu sais sur la petite Kirstie.

— Je ne sais rien sur elle, répondait obstinément Lila.

Elle répéta cela dans la salle d'interrogatoire. Assise entre son oncle, qui était aussi son avocat, et son père. Les deux policiers – un homme et une femme – étaient installés en face d'eux. Une machine à écrire ronronnait au milieu de la table, par tranches de quarante-cinq minutes. Après chaque période, la fillette avait droit à une courte pause.

— Parle-moi de l'aire de jeux, dit le policier. Tu es allée là-bas avec Rose, et ensuite qu'est-ce que vous avez fait ?

— On est allées sur le toboggan et le vieux cheval à bascule. Ensuite, on est parties. On n'a pas vu le bébé. Je ne ferais pas de mal à un bébé, affirma fermement Lila.

— D'accord. Mais reprenons les choses dans l'ordre. Bon, tu sais ce que la vérité signifie, Lila, n'est-ce pas ?

Elle hocha la tête.

— Si je dis qu'il y a dix personnes dans cette pièce, est-ce que c'est la vérité ou un mensonge ?

— Un mensonge.

— Bien, parce que nous ne sommes que cinq, c'est ça ?

— Oui.

— Donc, tu étais au parc, avec Rose. C'est ça ?

— Oui.

— Et on le sait parce que des gens vous ont vues, Lila. Ils vous ont vu jouer sur le cheval et la balançoire, alors on sait que vous y étiez.

— On y est allées l'après-midi. On jouait au papa et à la maman. C'était juste un jeu.

— Bien. Et on sait aussi que vous étiez au parc parce qu'on a prélevé ce qu'on appelle des empreintes digitales sur le cheval en métal. Tu sais ce qu'est une empreinte digitale ?

Lila regarda ses mains et en leva une.

— C'est ici ? demanda-t-elle.

— Oui. Quand tu touches quelque chose, tu laisses une marque particulière, qui est comme ta signature. Quand tu es venue ici, au poste de police, tu te souviens avoir posé les doigts sur l'encre noire, et ensuite sur du papier ?

Lila hocha la tête.

— Ça nous a permis d'avoir ta marque à toi. Et on a trouvé la même sur le cheval. Alors on sait que tu étais là-bas. On peut le voir.

Lila regarda son père avec affolement.

— Je n'ai pas pris le bébé, papa ! Je le jure. Je ne l'ai pas fait. Je ne ferais pas de mal à un bébé.

— Calme-toi, ma chérie, ça va aller. Je sais que tu n'as rien fait, la rassura Gregor en lui serrant le bras, les larmes aux yeux.

Elle se leva d'un bond et grimpa sur ses genoux, enfouissant la tête dans son épaule.

— Dis-leur, papa. Dis-leur que je veux rentrer à la maison. Je veux maman. Je ne veux plus être ici. Je n'ai pas fait de mal au bébé, je le jure. S'il te plaît…

Sa voix se transforma en gémissement, ses poings étaient serrés.

Gregor regarda Toby, lui faisant comprendre son angoisse, son besoin désespéré de sortir sa fille de ce cauchemar et de la ramener à la maison.

Toby hocha la tête.

— Lila est très secouée. Je suggère qu'on fasse une pause.

— D'accord, accepta le policier, arrêtant l'enregistrement. Tu veux boire quelque chose, Lila ?

Elle ne répondit pas, continuant à sangloter contre son père, agrippée à ses épaules. Au bout d'un moment, les policiers se levèrent.

— Vous avez un quart d'heure, dirent-ils avant de quitter la pièce.

Gregor ferma les yeux, caressa les cheveux de sa fille.

— Calme-toi, ma puce. Calme-toi. Tout va s'arranger.

— La marque spéciale, papa, dit Lila d'une voix rauque et chargée de larmes. La marque spéciale qu'ils ont trouvée. Ils vont dire que c'était moi, c'est ça ?

— Non, non. Pas si tu n'étais pas avec le bébé, mon trésor. Ils ne peuvent pas dire que quelque chose est là si ce n'est pas le cas.

— Mais imagine que c'est le cas, dit Lila en se redressant et en séchant ses larmes. Papa, imagine qu'ils la trouvent ? Et que…

Elle observe un bref silence, plonge les yeux dans ceux de son père.

— Papa, cette marque spéciale, est-ce qu'on peut la trouver sur la peau de quelqu'un ?

35

Lila regarde le plafond de sa cellule. Ils appellent ça une chambre, mais c'est une cellule, elle le sait, même si la porte est ouverte sur le couloir. À côté, des cris, des disputes, des explosions de rires et des insultes agressent ses oreilles en permanence. La porte ouverte ne conduit qu'à d'autres enfermements, à une série d'espaces clos, privés de lumière naturelle et d'air frais.

C'est sa maison depuis dix ans, depuis qu'elle a déménagé de l'unité pour jeunes délinquants d'Oakingham, avec son maigre balluchon : quelques tee-shirts et jeans, un exemplaire d'*Anne et la maison aux pignons verts*, et son vieux radio-cassette. Elle connaît maintenant par cœur les fissures et ondulations du plâtre, le lit dur comme du bois, le carré de fenêtre près du plafond, le bureau dans le coin à côté de la cuvette en aluminium. Sa housse de couette aux couleurs criardes, ornée d'un personnage de dessin animé. Toby la lui a envoyée il y a plusieurs années, pour l'encourager à se créer un espace à elle. Il lui faisait parvenir des posters, représentant des paysages de plage ou de montagne. Lorsqu'elle lui a avoué qu'elle les troquait contre des cigarettes, ou bien les jetait à la poubelle, il a cessé de lui en envoyer. Parfois, une pointe de culpabilité la titille. Mais elle passe rapidement à autre chose.

Il n'y a jamais de silence en prison. Les portes claquent, une musique inepte se propage, et les journaux télévisés aux génériques tonitruants résonnent, en même temps que des émissions sans intérêt. L'odeur de légumes bouillis qui émane des cuisines imprègne l'air. La cantine est à dix minutes de marche des cellules, mais la puanteur des choux et des patates est incrustée dans la peinture des murs au même titre que les gribouillis des détenues. L'endroit n'a pas été décoré depuis l'arrivée de Lila. Dans les douches, les graffitis des anciennes détenues sont encore visibles, les prénoms témoignant des époques auxquelles ils ont été inscrits, Shazza et Julie cédant la place à Jamie et Kylie. À présent, on y lit moins des noms que des adjectifs, des sons gutturaux que les parents ont trouvé sympathique d'attribuer à leurs enfants en guise de surnoms – Unique, Des'Ray, Beauty. Lila ferme un instant les yeux, tourne la tête à la recherche d'une zone plus fraîche sur son oreiller. Son prénom à elle est une épine indélogeable. Un prénom grotesque, cucul, qui n'a pas sa place entre les murs d'une prison. Elle se fait appeler L, et quand les autres filles lui demandent ce que ça signifie, elle leur répond que c'est L comme « Lâche-moi la grappe ».

Elle fait pivoter ses jambes vers le sol et se lève. Elle a besoin d'aller à la gym, de brûler la rage qui creuse des sillons profonds en elle, de dissoudre les boules de colère qui tombent au fond de son estomac, l'une après l'autre, et lui donnent la nausée. Seule la sueur, l'effort et le refrain répété « Je peux le faire » lui apportent un semblant de clarté mentale, de paix.

Elle se met en tenue et longe les interminables couloirs, dépasse la salle de télé, la cuisine, évitant les regards de ceux qu'elle croise. Elle pousse la porte de la salle de sport, et les odeurs corporelles, d'œstrogène rance, lui apportent une vague consolation. Elle grimpe sur le tapis de course, monte la vitesse au maximum, battant des pieds jusqu'à ce que ses cheveux soient trempés et sa vision brouillée.

Le vieux poste de télévision suspendu à un bras mécanique dans un coin de la pièce diffuse une émission que Lila remarque à peine en courant. Puis la réalité lui claque soudain au visage, et elle appuie sur le bouton stop, le souffle court.

Rose.

Là, sous ses yeux. La vieille photographie de sa sœur en uniforme d'écolière. Ensuite, un cliché d'une autre petite fille aux cheveux bruns. Serrant ses parents dans les bras.

Lila descend de l'appareil et lève les yeux vers l'écran.

L'autre fillette s'appelle Georgie Greenstreet. La journaliste explique qu'elle a enfin retrouvé ses parents, qu'elle est saine et sauve. Malgré la perte de son gros orteil droit, elle a miraculeusement survécu à une nuit entière passée au milieu de l'une des pires tempêtes de neige ayant frappé le Devon en cent ans. Les images montrent ensuite la reporter sur une falaise balayée par le vent, avec derrière elle un hôtel illuminé par des décorations de Noël.

— Mais il y a du nouveau dans cette affaire, poursuit-elle avec un accent gallois. Une source de l'hôtel *Balcombe Court* a révélé qu'au moment de la disparition de Georgie, une des personnes résidant à l'hôtel n'était autre que l'une des Flower Girls, Rose Bowman.

Là, la journaliste marque un silence, comme pour anticiper le choc qui va traverser le pays.

— C'est certainement une coïncidence, Roger, suggère-t-elle malicieusement, qu'une jeune enfant disparaisse au moment même où la sœur d'une célèbre tueuse d'enfant séjourne dans cet endroit.

— Une incroyable coïncidence, en effet, confirme le présentateur depuis le studio en hochant sagement la tête.

Lila se rend compte qu'elle est bouche bée, qu'une sueur glaciale coule sur son visage. La porte de la salle de gym s'ouvre et la jeune femme se ressaisit, puis tend le bras pour éteindre la télévision.

— C'est quoi, ton problème ? lance la femme aux gros bras tatoués qui vient d'entrer. Je voulais regarder.

— Va te faire foutre, réplique Lila en la bousculant pour passer. Va te faire foutre.

36

Deux semaines plus tard, Hillier et Ellis sont assis dans la petite cantine située au dernier étage du commissariat de Brixham, et se passent un rouleau de bonbons à la menthe.

— Georgie rentre chez elle aujourd'hui, annonce Hillier en en fourrant un dans sa bouche. Elle repart à Londres.

— C'était le mien ! s'exclame Ellis. Formidable. Un autre café, patronne ?

Elle ne répond pas, songe encore à Georgie et aux événements du réveillon. Elle est tentée de rendre une dernière visite aux Greenstreet, à l'hôtel de Brixham où ils séjournent pendant que Georgie récupère.

— Ça ne va pas, dit-elle à son collègue lorsqu'il revient avec un gobelet. Le lieutenant Gordon devrait insister pour que les parents viennent faire une déposition. Avec tout l'argent qu'on a dépensé pour la chercher, cette débauche de moyens…

Ellis se rassied lourdement, sirote son café.

— Bon, d'accord, ce n'est pas vraiment la question des moyens qui me tourmente le plus, admet l'inspectrice. Mais il y a quelque chose qui ne tourne pas rond. Pourquoi est-ce que Jane Greenstreet est si évasive ?

— Vous croyez qu'elle est impliquée ?

Hillier soupire.

— Pas vraiment. Mais c'est bizarre. Et ça ne m'inspire rien de bon. Elle n'a pas l'air de vouloir comprendre ce qui est arrivé à sa fille, et je me demande bien pour quelle raison. Ça me chiffonne vraiment qu'on ne sache toujours pas ce qui s'est passé durant ces vingt-quatre heures.

En s'entendant prononcer ces mots, elle sent le rouge lui monter aux joues. Pourquoi parlent-ils de cette affaire comme si elle était classée une fois pour toutes ? Ils devraient être à l'hôtel, en train d'interroger Georgie, d'essayer de raviver sa mémoire.

Sa dernière tentative date d'hier, avant que la mère lui demande froidement de partir. C'était trop perturbant, selon elle. Pour la petite comme pour toute la famille – devoir revivre cette angoisse encore et encore. Georgie était saine et sauve, et c'était tout ce qui comptait. À présent, tout ce qu'ils voulaient, c'était rentrer chez eux et tourner la page.

Hillier se lève de table, énervée.

— Je ne comprends pas, c'est tout.

Ellis hausse les épaules.

— Vous savez ce que je pense. La gamine est partie en vadrouille. Elle s'est perdue dans les rochers et a trouvé cette caverne pour s'abriter. Il faisait tellement mauvais qu'on y voyait à peine. C'est un bébé, elle n'avait aucune idée de ce qu'elle faisait. Une fois loin des lumières de l'hôtel, elle était exposée à tous les dangers.

Hillier le regarde sans répondre. Un silence pesant s'installe, puis Ellis s'agite sur sa chaise et sa collègue reprend la parole.

— Dans ce cas, pourquoi est-ce qu'elle ne le dit pas ? Pour quelle raison sa mère ne la laisse pas nous parler ? Ou alors ce n'est pas la mère qui est impliquée. C'est quelqu'un d'autre.

— Comme qui ?

— Kaczka, avec son goût pour les très jeunes filles ? Ou alors Hazel Archer ? Regardez ce que les journaux racontent sur elle. Il y a beaucoup trop de questions sans réponse…, murmure la policière en mâchant son bonbon à la menthe, les yeux vers le soleil couchant… Beaucoup trop de zones d'ombre dans cette histoire.

— Je dois y aller, Hillier, dit son collègue en ramassant ses clés et en se levant. J'ai du boulot.

— Si quelqu'un enlève un enfant, Ellis…, l'arrête-t-elle en levant les mains. Réfléchissez avec moi une minute. Si quelqu'un enlève un enfant, pourquoi finalement le laisser partir ? Après avoir risqué d'être surpris, que l'enfant se mette à crier, résiste… Ce ne serait pas plus logique de vouloir s'en débarrasser ?

Ellis pose son café sans répondre.

— De cacher les preuves ? poursuit-elle. Pour s'assurer que l'enfant ne parle pas ? Ne raconte pas à la police, à ses parents, ce qui s'est passé ? Qu'il ne pointe pas le doigt en disant : c'est lui qui l'a fait. Est-ce que Kaczka l'aurait tuée ? Peut-être. Dans le feu de l'action, craignant de se faire attraper. Ou Archer ? Elle a déjà assisté à des actes de torture, à un meurtre. Ça, on le sait. Mais qui serait le plus susceptible de laisser partir Georgie ? Ça n'a pas de sens qu'elle ait survécu. À moins que…

— Quoi ?

— À moins que son ravisseur n'ait pas pu aller jusqu'au bout.

— Les parents ?

L'inspectrice hausse les épaules.

— C'est la réponse la plus évidente.

Ellis jette ses clés en l'air et les rattrape habilement.

— Vous savez quelle est la réponse la plus évidente, patronne ?

Elle hausse les sourcils.

— La petite est partie en vadrouille et s'est perdue dans la tempête. Fin de l'histoire.

Il se fend d'un sourire contrit et sort de la cafétéria.

Hillier le regarde partir, fait cliqueter ses ongles sur la table. Elle repense au petit corps de Georgie, avançant dans la neige en serrant les chatons morts dans ses bras. Elle repense à la nuit de sa disparition. À la panique qui régnait dans l'hôtel. Aux réactions des pensionnaires. Elle repense à Marek Kaczka, qui travaillait cet après-midi-là. À Hazel Archer se cachant pendant toutes ces années.

Elle songe encore longuement à eux alors que la cantine s'est vidée et que la nuit tombe.

37

— Ce que tout le monde veut, c'est la vérité.

L'avocat plaidant utilise ces mots comme une masseuse ses mains : avec puissante et suavité, une force de persuasion dénuée d'ostentation. Il fait passer ses arguments pour une conclusion subtile que seuls les esprits les plus fins peuvent saisir, ne suggérant à aucun moment qu'il puisse s'agir d'autre chose. Toby regarde la perruque en crin de cheval de l'homme, les minuscules queues nouées par des rubans, qui effleurent son col chaque fois qu'il se tourne d'un côté ou de l'autre.

À l'extérieur du tribunal, il a réussi à se frayer un chemin à travers le cordon de presse, où des photographes formaient une mêlée devant les barrières érigées spécialement pour l'occasion. Il a gardé la tête baissée, faisant fi des voix rauques beuglant les prénoms de Lila et Rose. Il s'efforce de rester serein, évite de penser à l'appel qu'il a reçu sur le chemin, d'un dénommé Max Saunders, un écrivain.

— J'aimerais les réunir, lui a dit l'homme.

— Lila et Rose ? a demandé Toby avec étonnement, l'entendant difficilement au milieu du trafic.

— Lila et Hazel, oui. Je crois que ce serait dans l'intérêt de Lila. Un soutien familial pourrait lui être bénéfique dans sa demande de libération conditionnelle. C'est ce qui lui a manqué pendant toutes ces années de prison, non ?

— En effet, a admis Toby, pressant le pas à l'approche de la cour de justice. Mais je ne vois pas trop en quoi ça aiderait. Ni l'une ni l'autre n'a jamais parlé du crime. Ça ne risque pas simplement d'ouvrir la boîte de Pandore ? Notre position dans le processus de libération conditionnelle est que Lila a été réhabilitée, ni plus ni moins.

— Oui, oui. Mais quel soutien a-t-elle à l'extérieur ? Quel genre de communauté ? Elle en a besoin, vous ne croyez pas ? Peut-être que Hazel pourrait le lui apporter.

— Et elle le désire ? a demandé Toby, ralentissant en voyant la foule massée sur le trottoir devant le tribunal.

Il s'est arrêté, a essayé de réfléchir, d'évaluer les avantages et les inconvénients de cette démarche.

— Eh bien, je suis en train de la convaincre, lui dit Max. Mais je me suis dit qu'on devrait mettre la machine en route avec Lila. Tout ça sera inutile si elle refuse de voir sa sœur.

À l'intérieur du bâtiment, les murs lambrissés se dressent autour d'eux, et la lumière naturelle est minimale. La palette de couleurs est faite de rouges, de bruns et de noirs, éclairés par les perruques crème flottant devant le juge. Toby s'installe juste derrière l'avocat plaidant, le nez plongé dans son carnet, sur lequel il griffonne en permanence. C'est Lila qui a fait cette demande, son avocat est donc le premier à se lever. Ensuite, la parole sera donnée aux membres du comité de probation, qui tenteront de s'opposer à une révision de leur décision.

Pendant tout ce temps, Toby sent dans son dos le regard perçant de la sœur de Debbie Swann, Joanna Denton, assise quelques rangs plus loin sur les bancs en acajou de la salle d'audience. Il comprend son besoin d'être ici, le fait que la mémoire de Kirstie soit représentée à l'audience. Et il accepte, également, la terrible symétrie qu'ils constituent, elle et lui, en tant que familles des protagonistes de ce drame. Toutefois, il aurait préféré que ce ne soit pas la tante de la victime qui soit présente. Dans l'état où il est aujourd'hui, ballonné et nauséeux, il se sent plus en phase avec le chagrin de Debbie Swann que la rage chauffée à blanc de Joanna.

— Nous pouvons affirmer, de façon certaine, qu'à la lumière de la presse négative qui a entouré Mlle Bowman pendant de nombreuses années, le comité de probation a accordé, à travers ses refus répétés, beaucoup trop d'attention aux souhaits du public et, ainsi, n'a pas appliqué la présomption en faveur d'une libération, sur des termes qui, mon Dieu, sont inacceptables et contraires à la loi. Nous affirmons, par opposition à la récente décision du défendeur…

Là, l'avocat agite une feuille de papier dans les airs, faisant hausser un sourcil gris au juge.

— … qu'à la lumière du travail de réhabilitation que la requérante a effectué – son projet de reprendre une formation, son travail dans la bibliothèque de la prison –, elle ne fait plus face aux obstacles insurmontables qui l'ont disqualifiée précédemment.

Un quart d'heure plus tard, l'audience s'achève. Toby rassemble ses documents et échange une poignée de main vigoureuse avec l'avocat plaidant, incapable de dissiper l'adrénaline qui court dans son système sanguin. Il est impatient de quitter le tribunal et d'appeler sa nièce à la prison. De lui dire que, pour une fois, la situation leur est favorable. Leur demande de révision a obtenu une audience, et la décision sera rendue très prochainement.

Pour l'heure, il laisse de côté le coup de téléphone de Max. Il annoncera plus tard à Lila que, après tout ce temps, sa sœur pourrait enfin lui rendre visite.

— Félicitations ! lui crie Joanna derrière lui, d'une voix pleine de rancœur. Vous allez vous précipiter pour lui annoncer la bonne nouvelle, hein ?

Toby la regarde brièvement avant de ramasser son attaché-case.

— Mademoiselle Denton, la salue-t-il poliment. Comment allez-vous ?

— Mal, vu l'issue de l'audience, comme vous pouvez l'imaginer, répond la jeune femme en le transperçant du regard, les lèvres pincées comme si elle venait d'avaler un verre de bile. C'est une honte. Le comité d'application des peines a tout à fait le droit de prendre la décision qui lui semble la plus appropriée.

— C'est la procédure, mademoiselle Denton. Comme vous le savez, lui rétorque Toby d'une voix douce, tout le monde a droit à un procès équitable.

— Ma nièce n'en a pas eu. La petite Kirstie n'a jamais pu être entendue, elle.

— Je ne vais pas discuter jurisprudence avec vous, Joanna. Il me semble que la cour vient de le faire.

Il lui tourne le dos et s'extirpe des rangées de sièges.

— Quand on ôte la vie, on doit payer à vie ! lui lance-t-elle d'une voix suraiguë, incontrôlable. Kirstie était un bébé. Un bébé… Comment pouvez-vous venir en aide à son assassin ? Elle a arraché l'oreille d'un bébé. Vous me dégoûtez, Toby Bowman. Vous me donnez envie de vomir !

Toby incline la tête et poursuit son chemin sans dire un mot.

38

Evie est seule dans la cour de l'école. Malgré le froid, comme toutes ses camarades ce matin, elle a remonté sa jupe au-dessus des genoux, dévoilant la peau de ses jambes jusqu'à ses chaussettes blanches, qui lui arrivent à mi-mollet. Elle croise les bras sur sa poitrine et fait la moue, attendant que sa mère vienne la chercher.

Elle est en retard.

Il est 15 h 30 et la cour est déserte. Evie se retourne pour regarder le bâtiment derrière elle, ses fenêtres vides, ses portes fermées. Elle sait que des professeurs sont encore présents à l'intérieur, qu'elle pourrait aller les voir pour leur demander d'appeler sa mère. Pourtant, quelque chose en elle résiste. Elle en a ras le bol. Ras le bol de sa mère. Ras le bol de tout.

Comment peut-elle être en retard après tout ce qui s'est passé dans le Devon ? Elle n'a pas peur que sa fille se fasse enlever comme Georgie ? Comment peut-elle se montrer aussi insouciante ?

Parce qu'elle ne t'aime pas, lui murmure sa voix intérieure. *C'est pour ça qu'elle est en retard. C'est pour ça qu'elle n'en a rien à faire du Devon, c'est pour ça qu'elle t'a envoyée là-bas. Ça lui est bien égal.*

Cette voix.

Elle est de plus en plus assourdissante depuis quelques mois. Elle a surgi bien avant que son père se mette en couple avec la sœur de la plus abominable criminelle depuis Rose West. Cette voix se tapit en elle, se fait oublier, puis émerge sans crier gare au moment où Evie s'y attend le moins. Elle lui assène des horreurs ; des choses auxquelles elle n'a pas envie de penser.

Surtout pas.

Elle voudrait la réduire au silence une fois pour toutes, mais ne peut s'empêcher de se faire du mal en pensant à son père. À sa popularité dans l'école. Au fait qu'il vienne toujours aux soirées jeux, aux fêtes du lycée, aux réunions de parents d'élèves. Toujours souriant, pétillant comme si tout allait bien. Les amis d'Evie lui demandent pourquoi, après le divorce de ses parents, elle a choisi de vivre avec sa mère, Vanessa. Celle qui n'en a rien à faire d'elle.

Que peut-elle leur répondre ? Les mots ne lui viennent jamais. Ils forment une masse dans sa gorge, comme une grosse bouchée de pomme qu'on a du mal à avaler.

Quant à Hazel… Evie secoue la tête, traîne les pieds sur l'asphalte, éraflant ses chaussures – la paire hors de prix que sa mère lui a achetée à contrecœur chez John Lewis, en affirmant que ce genre de dépense devait être pris en charge par son père.

Peu importe.

Hazel a pratiquement le même âge qu'elle. Evie a failli s'étouffer avec son Coca quand elle l'a rencontrée pour la première fois. Tout ce qu'elle fait, c'est suivre son père comme un petit chien.

C'est vraiment la merde, pense Evie, levant la tête vers le ciel lourd de nuages.

Même en ville, on en sent le poids. Ils peuvent s'abattre sur vous à tout moment. Un déluge imminent, prêt à tout balayer sur son passage. La menace plane en permanence.

Les gouttelettes commencent à tomber, et Evie baisse les yeux. Elle regarde le portail de l'école, devant lequel une voiture s'est arrêtée sans bruit. Une femme ouvre la portière et en sort. Elle a un air doux, un visage amical. Des cheveux brun terne attachés en queue-de-cheval, un jean, des bottines et un blouson à la mode, comme celui que sa copine Arabella a reçu à Noël.

— Salut, Evie, dit la femme d'une voix enjouée. Le temps se gâte, on dirait. Je te ramène ?

Evie regarde la voiture. À l'intérieur résonne le dernier titre des Chainsmokers. Elle lève la tête vers le ciel de plus en plus noir, puis baisse de nouveau les yeux vers le sol à présent martelé par la pluie. Elle consulte sa montre. Sa mère a plus d'une demi-heure de retard.

Elle ne t'aime pas, lui murmure la voix. *Elle n'en a rien à faire.* L'adolescente renifle ; un sentiment brûlant, destructeur, s'empare d'elle. Soudain, la colère lui fait du bien, Evie est celle qui décide. Peut-être que sa mère va enfin comprendre, si elle ne trouve pas sa fille en arrivant à l'école. Elle verra que, pour une fois, elle ne l'a pas attendue comme une pauvre petite chose. Ça lui montrera quelle mauvaise mère elle est.

— Oui, répond Evie à la femme en hissant son sac sur son épaule et en s'avançant vers le portail. Ce serait super, merci.

39

— Putain, je n'arrive pas à y croire, dit Joanna en faisant glisser un billet de vingt livres sur le bar. Permission accordée ? Ils ont quoi dans la tête ? C'est insupportable. Et Toby Bowman, qui se pavanait devant le juge comme un prince, tout sourires. Comment ils ont pu…

La barmaid prend l'argent et lui rend la monnaie avant de pousser vers Joanna un verre contenant des glaçons, du gin et du citron, ainsi qu'une petite bouteille de tonique.

— Votre double, annonce-t-elle en jetant un coup d'œil inquiet au visage de sa cliente, vibrant de colère, le teint presque maladif.

Joanna verse le tonique dans son cocktail et prend une énorme gorgée.

— Santé, lui dit Will en levant tristement son verre, tout seul, pendant que sa collègue vide le sien d'un trait.

— Oh, désolée ! dit-elle. Attends, je vais en prendre un autre. J'en ai besoin après cette semaine.

— Je m'en occupe, répond-il, faisant signe à la barmaid.

Il regarde Joanna et se demande une fois de plus si leur action est justifiée. Tant d'efforts déployés pour maintenir une femme en prison. Cette démarche ne va pas dans le bon sens, ce sont eux qui sont punis, davantage que Lila Bowman.

Joanna le dévisage au point qu'il se met à rougir, craignant qu'elle ne devine les pensées déloyales qui le traversent.

— Quoi ? lance-t-elle.

— Rien, répond-il avec un haussement d'épaules. Je suis fatigué, c'est tout. Ce n'est qu'une permission, Jo. La véritable audience peut très bien donner raison au comité en ne libérant pas Bowman.

— Ouais, mais c'est un risque, non ? J'ai le sentiment qu'elle se rapproche dangereusement de la sortie.

Joanna saisit son deuxième verre, qui vient d'apparaître près de son coude.

— Merci.

Will promène son regard dans l'établissement. Ils affectionnent ce lieu pour sa clientèle, des hommes d'âge mûr dans l'ensemble, tandis que les hipsters à l'ironie de pacotille fréquentent plutôt les autres bars de la rue, avachis dans des fauteuils, se caressant la barbe en sirotant de la bière artisanale. Un vieux monsieur est assis dans le coin, les yeux clos, un demi posé sur la table à côté d'un exemplaire du *Sun*. La photo de Rose Bowman en écolière le regarde depuis la première page.

— Et ça ? dit-il à Joanna en désignant le journal avec son verre. Quand on parle de timing.

Son amie secoue la tête et se frotte la nuque.

— C'est dingue. Et assez improbable, non ? Qu'elle ait quelque chose à voir dans la disparition de cette petite fille ? Il faudrait être folle pour se lancer dans une entreprise aussi risquée, avec son passé.

— Sauf si c'était plus fort qu'elle, suggère Will.

— Je vais aller rendre visite à Deb demain, lui annonce Joanna de but en blanc, comme si elle venait de prendre cette décision. Pour voir si elle a besoin de quelque chose. Peut-être qu'elle voudra venir donner des interviews. Exercer son influence pour ramener l'attention sur Kirstie.

Will prend une gorgée de bière et regarde à nouveau le vieil homme. Une pensée l'effleure alors : il ne serait jamais cet homme. Lorsqu'il atteindra son âge, les pubs comme celui-ci n'existeront plus depuis longtemps. Il soupire. La vie est de plus en plus compliquée, et, depuis quelque temps, la philosophie sans concession de La Main dans le sac l'épuise.

— Qu'est-ce qui t'épuise ? demande Joanna. Tu as dit quoi ?

Will a un rire gêné.

— Désolé, je pensais tout haut.

La jeune femme ne dit rien, elle lève une main pour commander un troisième gin.

— Tu bois beaucoup, lui fait-il remarquer.

— J'ai soif, je suis fatiguée et je suis triste. Les meilleures raisons du monde. Bon, c'est quoi qui t'épuise ?

— Oh, rien. Je pensais à ce qu'on faisait, toi et moi, et à ce qu'on fera à l'avenir.

— On continuera le combat, répond-elle avec un sourire crispé. Pour donner une voix à ceux qui n'en ont pas.

Elle secoue alors vigoureusement la tête.

— On dirait que, tout d'un coup, c'est acceptable d'être un tueur d'enfant, ajoute-t-elle. Comme si on pouvait être réhabilité pour ça !

Will garde le silence, les yeux rivés sur son verre.

— Bon sang, Will. Qu'est-ce qu'il y a ? Je sais qu'on n'a pas marqué des points aujourd'hui, mais, à voir ta tête, on dirait que ton chien vient de se faire écraser.

Le jeune homme hausse les sourcils et pince les lèvres, réfléchissant à sa réponse.

— Je ne sais plus, c'est tout.

— C'est quoi qui te déprime ?

— Je ne suis plus très sûr de vouloir faire ça.

Joanna plisse les yeux.

— Je veux dire… on devrait se sentir bien, non ? Même un jour comme aujourd'hui, alors que la justice n'est pas en notre faveur. Parce que nous avons été entendus. Notre parole est prise en compte. Nous avons une influence. Mais…

— Mais quoi ?

— Mais…, hésite-t-il, se grattant nerveusement la nuque. Je ne ressens pas les choses comme ça. Ça me rend juste très triste. J'ai le sentiment que personne ne sort vainqueur de cette histoire. On se bat désespérément les uns contre les autres. Et rien ne s'améliore. Le monde reste exactement le même. Toute cette haine… Ça ne s'arrête jamais. Et le soir, je rentre chez moi, je regarde ma fille et je me dis : quelle vie c'est, pour elle ? Grandir dans un monde aussi déprimant où on ne fait rien d'autre que se disputer et garder les gens enfermés. Au lieu de les aider. Au lieu d'aider qui que ce soit. Parce que, tu sais… Même Debbie et Rob ne se réjouissent pas de cette situation, à mon avis. Après tout ce temps, en quoi le fait que Lila croupisse derrière les barreaux les aide à avancer ? En quoi ça t'aide à avancer, toi ? Tu ne crois pas qu'il vaudrait mieux… tourner la page ?

La voix de Will faiblit et le silence s'installe. L'air crispé, il regarde Joanna, mais ne lit aucune expression sur son visage.

— Ne fais pas ça, dit-il en repoussant son verre. C'est juste que… ça me travaille depuis quelque temps. Je n'ai pas envie de finir noyé dans le ressentiment, de ruminer ma colère jusqu'à mon dernier souffle. Et je ne veux pas non plus que tu en arrives là.

Joanna hoche légèrement la tête. Elle s'humecte les lèvres, contemple la condensation sur son verre.

— D'accord… Et tu ferais quoi à la place ? Qu'est-ce que tu as en tête ?

— Je ne sais pas. Je n'ai rien planifié. Je réfléchis à voix haute, c'est tout. C'est ce que je ressens, parfois. Pas tout le temps. Tu sais ce que je pense de Bowman. Je ne dis pas qu'on devrait pardonner…

La jeune femme repose brutalement son verre sur le comptoir, les doigts contractés et rouges. La barmaid tourne la tête vers elle avec surprise.

— C'est pourtant bien ce que tu insinues, Will. Si on ne la garde pas enfermée, qu'est-ce qu'il y a d'autre ? Le pardon. Tu ne peux pas dire : d'accord, sortez, installez-vous dans un joli studio, profitez de la sécurité sociale et tout ça. Oh, et, au fait, je pense toujours que vous êtes un sale monstre sans âme, mais ça ne fait rien ! Il est temps que vous sortiez pour vivre parmi nous. Mais ne tuez personne, hein, sinon, ça ne va pas le faire !

— Tu caricatures. Ce n'est pas ce que je voulais dire et tu le sais.

— Je suis sérieuse, Will. Si on la laisse sortir, il faudra la pardonner. Sinon, à quoi ça rime ?

— Pourquoi ne pas admettre qu'elle a payé sa dette ? Qu'elle est différente à présent de celle qu'elle était avant ? De la fillette de dix ans qu'elle était. Que cette personne ne fera plus de mal parce qu'elle a retenu la leçon ?

Joanna semble figée sur place, la bouche entrouverte, les yeux fixés sur ceux de Will. Au bout de quelques secondes, elle incline la tête.

— Quel idiot ! lui lance-t-elle en ramassant son sac à main par terre. Quel idiot tu es, si tu crois qu'une personne comme elle peut changer. Les monstres ne changent jamais. Jamais.

Joanna s'essuie la bouche du dos de la main.

— Je me tire. Parce que j'ai vraiment envie de vomir.

— Ne pars pas, Jo. Excuse-moi. Je ne voulais pas te faire de la peine. J'aimerais qu'on puisse en parler.

Il lui touche le bras, mais Joanna regarde froidement sa main avant de s'écarter, si bien qu'il la laisse retomber.

— Il n'y a rien à dire. Tu auras tes indemnités. C'est deux semaines, je crois.

— Oh, Jo, s'il te plaît…

— Et ensuite, tu n'as qu'à prendre tes affaires et partir. D'accord ?

Joanna recule, les traits déformés par le mépris, puis tourne les talons et quitte le pub en claquant la porte.

40

1998

Il régnait dans la salle d'audience d'Old Bailey une atmosphère oppressante, un magma bouillonnant d'arguments juridiques, de rhétorique et de violence latente. Les murs aux lambris sombres semblaient se refermer sur ses occupants, les pousser les uns contre les autres, et le plafond menaçait presque de descendre sur les têtes et de comprimer l'air, si bien que l'on ne respirait plus que la force enivrante de la justice.

Lila était assise sur le banc des accusés, le menton au niveau de la balustrade qui l'entourait. On avait surélevé son siège à l'aide d'une estrade en bois, fabriquée à la hâte pendant le week-end, lorsqu'on s'était rendu compte que la fillette n'aurait pu voir l'assistance autrement.

Elle portait une chemise blanche toute simple et sa cravate d'écolière. Ses cheveux étaient noués en queue-de-cheval, dégageant son visage. Elle ouvrait de grands yeux ronds, regardait droit devant elle et ne faisait pas attention à la galerie suspendue, à sa droite, l'endroit où étaient assis Debbie et Rob Swann, main dans la main, à côté d'une Joanna nerveuse, au visage maculé de larmes. Leurs mines étaient grises, exténuées. La poitrine de Debbie se soulevait et s'abaissait de façon convulsive. Les lèvres de Rob étaient serrées, des cernes noirs obscurcissaient ses paupières.

Le mur faisant face à Lila était occupé par la presse. Parmi eux, le dessinateur du tribunal, concentré sur l'accusée, enregistrant chaque détail afin de les gratter sur le papier dès qu'il aurait quitté le tribunal. Il la dessinerait au second plan derrière son avocat, les traits cachés par la perruque de ce dernier. Car son identité devait être protégée. Elle n'était plus Lila Bowman. Elle était l'enfant X.

Le juge Follett entra comme un ouragan, sa robe rouge flottant dans son dos, et s'assit, le visage austère, marqué par le sens du devoir. Lorsqu'ils parlaient, les journalistes se penchaient en avant, stylos levés. L'avocat de l'accusation prit la parole en premier, s'adressant au jury composé de sept femmes et cinq hommes, qui semblaient encore stupéfaits de se trouver dans cette salle d'audience. Ils évitaient de regarder la petite silhouette de Lila sur le banc des accusés. Plusieurs jurés tenaient des mouchoirs froissés dans leurs mains et levaient des visages désespérés vers Debbie et Rob Swann, ces gens qui vivaient une horrible tragédie.

L'avocat fit un long discours d'ouverture, attirant le jury et la foule dans son filet comme autant de poissons luisants et frétillants. Il parla de perversion, de violence à l'état pur. Il parla de cruauté, de torture, et des cris désespérés d'une mère se rendant compte que son enfant a disparu. De la petite Kirstie, du fait qu'elle ne méritait pas ce sort. Du fait que sa mort était d'autant plus choquante que celle qui l'avait provoquée aurait dû appartenir au monde de l'innocence, un monde étranger à de telles atrocités.

Comment était-ce possible ? se demanda-t-il à voix haute. Comment un tel degré de dépravation pouvait-il exister chez un être aussi jeune ? Était-ce un symptôme de l'époque ? Un signe que la nouvelle génération avait assimilé de façon déconcertante une brutalité extrême ? L'exposition à la violence par la télévision et le cinéma signifiait-elle que l'esprit d'une enfant de dix ans pouvait être corrompu, empoisonné, au point qu'elle était incapable de distinguer le bien du mal ? Ou alors tout cela n'était-il qu'une illusion ? Là, l'avocat s'arrêta et pivota vers les occupants de la galerie, qui tendaient l'oreille pour suivre ses paroles.

Ou alors l'enfant X était-elle intrinsèquement mauvaise ?

N'était-ce pas l'explication la plus plausible ? Car, en effet, pouvait-on mesurer les effets des films et des jeux violents sur un cerveau humain ? Les scientifiques n'avaient de cesse d'étudier la question. Peut-être trouveraient-ils un jour des réponses. Mais ce n'était pas pour tout de suite. Pour l'heure, l'enfant X assise dans cette cour était la seule à pouvoir expliquer les forces obscures qui l'avaient poussée à enlever Kirstie et à l'emmener sur le chemin du canal. Elle seule savait pourquoi elle l'avait battue et torturée. Elle seule avait accès aux sombres recoins de son cerveau, où les pensées poussaient comme de mauvaises herbes.

— Ce n'est pas à nous d'essayer de comprendre, dit-il. Notre rôle est de la déclarer coupable. De reconnaître que cette personne a délibérément mis fin aux jours de Kirstie Swann après l'avoir torturée avec une cruauté que peu de personnes au monde sont capables de comprendre. Même elle, ajouta-t-il en montrant du doigt Lila, qui gardait la tête baissée. Même elle n'accepte pas le mal en elle. Elle plaide non coupable. Elle dit ne pas avoir tué Kirstie, mais elle ne propose aucune autre explication pour la mort de la petite fille. Elle suggère qu'il y a eu une erreur, mais ne précise pas de quel ordre serait cette erreur. Après cette « explication », poursuivit-il avec un mépris évident, elle garde le silence. Elle refuse de parler de cet après-midi fatal. De ce beau jour d'été où la vie d'une enfant innocente lui a été cruellement et violemment arrachée.

L'avocat conclut son discours d'une voix rauque, enrouée par la passion qui l'animait. Lila ne levait toujours pas la tête. Elle évitait le regard perçant de Joanna Denton, les larmes brûlantes de Debbie Swann. Elle contemplait ses mains posées sur ses genoux, sentait ses fesses engourdies, arborait une expression figée. Elle occupait ce banc dur depuis quatre heures.

Le lendemain, son avocat commencerait sa défense.

Lila n'écouta pas lorsque le juge le lui expliqua à la fin de la journée.

Elle avait cessé d'écouter depuis des heures.

41

Allongée dans sa cellule, les mains derrière la nuque, Lila ferme brièvement les yeux. Elle repense à la conversation qu'elle vient d'avoir avec son oncle, à l'enthousiasme haletant avec lequel il lui a raconté le déroulé de l'audience et annoncé leur victoire. Lila soupire, incapable d'assimiler la nouvelle. Elle s'en veut d'avoir senti, au téléphone, l'espoir germer en elle. Et maintenant, elle fait remonter sa colère à la surface pour dire à cet espoir qu'il peut aller se faire foutre.

Son pouls a retrouvé un rythme normal, après la poussée d'adrénaline que l'annonce a provoquée en elle. Elle préfère ranger cette information dans un coin de sa tête. Elle y reviendra plus tard, si la possibilité d'un avenir plus clément se confirme.

Pour l'heure, c'est l'autre chose que lui a dite Toby qui occupe l'esprit de la jeune femme. Fritz vient interrompre ses réflexions en passant la tête dans l'embrasure de la porte.

— Cette conne de Cags a bousillé la télécommande, et maintenant on est coincés sur cette merde de « Chasse au trésor ». Je peux plus la voir en peinture, cette connasse en combi orange.

Lila s'humecte les lèvres et referme les yeux. Elle essaie de garder un pied dans le passé et s'empêche de revenir au présent.

— L ? fait Fritz. T'as entendu ? Cags a encore frappé. Je te jure, c'est la dernière fois…

— Fous-moi la paix, lui lance l'autre.

— Quoi ?

— Fous-moi la paix, je suis occupée.

Fritz se tait. Lila lève la tête, se rend compte qu'elle a vexé son amie. Sa seule amie, si on ne compte pas Toby – ce qu'elle ne fait pas, la plupart du temps. Fritz et elle sont codétenues depuis l'âge de quinze ans, elles ont échoué à Oakingham en même temps. Fritz était entrée par effraction dans une maison de son lotissement et avait ligoté une femme de soixante-dix ans dans son fauteuil, la laissant là six heures durant, le temps de piller ses placards, de dévorer le contenu de son réfrigérateur et de visionner un DVD d'Alfred Hitchcock. Avant de partir, elle avait fourré une paire de collants dans la bouche de sa victime, puis était sortie par la porte principale, les poches pleines de l'argent de sa retraite. Au moment de son arrestation, elle avait appris que sa victime avait fait une attaque pendant qu'elle regardait *Fenêtre sur cour*. Elle était désormais entièrement paralysée du côté gauche et forcée de vivre en maison de retraite pour le restant de ses jours.

Fritz s'était immédiatement attachée à Lila. Elle n'avait jamais fait allusion au meurtre de Kirstie Swann, et son amie ne lui avait jamais posé de question sur la vieille dame. Elles traînaient ensemble, regardaient la télé, jouaient aux cartes et échangeaient des plaisanteries qu'elles seules comprenaient. Fritz est grande et efflanquée, et arbore une coupe mulet qui accentue l'étroitesse de son visage. Elle a des yeux d'un vert profond, qui s'emplissent de tristesse quand Lila l'envoie balader.

— Qu'est-ce qui se passe ? demande-t-elle d'une voix grognon, les bras croisés.

Sa codétenue soupire et fronce les sourcils.

— C'est ma sœur.

— Rose ?

— Celle-là même.

— Qu'est-ce qu'elle a ?

Lila se lève, se frotte le visage d'une main et passe devant Fritz.

— Rien, dit-elle en sortant de la cellule. Oublie.

Elles entrent dans la salle de jeux, et Lila se dirige droit vers le poste de télévision, qu'elle éteint d'un coup de poing.

— Tu vas le regretter, la prévient Cags, avachie dans un fauteuil bleu élimé. Tu vas te retrouver à nettoyer les chiottes, c'est sûr.

Lila se redresse, se frottant les articulations là où elles sont entrées en contact avec le poste.

— T'as de la chance que je te sois pas tombée dessus à la place. Tu crois pas ? lui répond-elle avant de se retourner, prise d'un haut-le-cœur en voyant la bave aux coins de ses lèvres et la croûte verte autour de ses narines. T'as dit quoi, là ?

— Rien, fait la fille en haussant les épaules avec un léger sourire. J'ai rien dit.

— Bon, continue de la fermer, alors.

Lila avance vers la fille, dont les jambes sont étendues sur la moquette sale. Elle baisse les yeux sur ses chaussons, sur son survêtement froissé, et l'odeur rance de transpiration la fait grimacer.

— Tu te laves jamais, Cags ? lui lance-t-elle en lui donnant un coup de pied sur les chevilles. Il serait temps, tu crois pas ?

Fritz, restée sur le seuil, lâche un petit rire.

Le sourire de Cags se fige, et des plaques rouges apparaissent sur son cou et sa poitrine. Lila se penche en arrière et renifle de façon théâtrale.

— Tu fouettes, putain.

Quand les gardiens arrivent, ils envoient Lila aux toilettes avec une brosse à dents. En frottant le carrelage, et plus tard dans sa cellule, elle s'efforce encore de digérer les annonces de Toby.

Comme ça, Rose veut lui rendre visite, ici ?

Elles ne se sont pas revues depuis la nuit où ils ont emmené Lila. Pendant dix-neuf ans, hormis un dessin au début de sa peine, Rose n'a pas adressé le moindre signe à sa grande sœur, alors que celle-ci a pensé à elle tous les jours.

Les mots de Toby lui martèlent le cerveau, envahissent la pièce en même temps comme le rayon de soleil qui perce la haute fenêtre et lui brûle les jambes. Elle se souvient du visage de Rose. De ses cheveux bruns, du grain de beauté sur son lobe d'oreille, de ses yeux noisette, vifs et profonds. De sa façon de fredonner en dansant, comme habitée par une petite musique intérieure, de marquer la mesure de ses doigts contre ses cuisses. Lila se concentre sur une fissure du mur, qui fragmente la lumière, la divise en deux lorsqu'elle ferme les yeux à moitié, regarde les couleurs se briser entre ses cils.

Soudain, elle rouvre grand les yeux, parvenant enfin à formuler ce qui lui trotte dans la tête depuis son échange avec Toby.

Elle sait de tout son être que Rose ne devrait pas mettre les pieds dans cette prison. Regarder sa sœur dans les yeux. Que sa vie, telle qu'elle est, devrait rester intacte.

Les visites, les demandes de probation… Il ne faut parler de rien de tout cela entre ces murs, car l'espoir n'y a pas droit de cité.

Elle aime sa sœur.

Lila en a honte. De cellule en cellule, à travers toute la haine qu'elle a essuyée, elle a essayé de tuer ce sentiment en elle.

Mais il est là.

Et elle ne peut s'empêcher d'avoir envie de savoir si cet amour est réciproque.

42

En apportant le rôti à table, Jonny arbore cet air timide et fier si caractéristique des bons cuisiniers. Max, qui tapote nerveusement le pied de son verre à vin, salive en découvrant le bœuf rosé et charnu. Hazel est assise à côté de lui. Personne ne relève l'absence d'Evie, qui pourtant hante la pièce, l'envahit tout autant que le torrent d'articles de presse qui vient de déferler sur eux. L'interview que l'adolescente a donnée à une journaliste a été reprise à l'infini, ce qui n'a fait que jeter de l'huile sur le feu. Les médias établissent désormais un lien direct entre la disparition non résolue de Georgie Greenstreet et la présence de Hazel à l'hôtel.

En lisant les journaux, Max a été pris de palpitations, d'un cocktail d'ambition et de colère qui s'est mué en panique. Les vautours planaient déjà au-dessus de leurs têtes, déversaient leurs informations et déclenchaient une tempête de colère, de peur et de haine viscérale envers Hazel. Une hystérie collective favorisée par un timing redoutable, puisque l'appel de Lila Bowman contre le comité de probation venait tout juste d'avoir lieu au tribunal. À présent, on ne parle plus que des Flower Girls, que ce soit dans la presse écrite, à la télévision ou à la radio. Max a le cerveau en ébullition. Il penche la tête vers Hazel, l'écoute parler sans vraiment comprendre ses mots.

Cette histoire lui appartient, se répète-t-il. C'est lui qui a trouvé Hazel. C'est à lui de dévoiler Rose Bowman au monde.

Si seulement il parvient à la convaincre de rendre visite à sa sœur.

Il faut d'abord qu'il respire. Qu'il boive son vin. Qu'il y aille doucement. Il ne sait pas comment amener Hazel vers cette décision, il doit déjà la persuader d'agir, tout simplement. C'est pourquoi ce déjeuner est crucial. S'il arrive à faire venir la jeune femme dans cette prison, il aura gagné. Tout accord mettra hors jeu ces ordures de journaleux.

— Ça a l'air délicieux, dit-il en attrapant la cuillère de service.

Jonny sourit et pose son plat de panais.

— Essayez la sauce. C'est une recette de famille. Ça devrait vous plaire.

— Jonny est un véritable cordon-bleu, confirme Hazel avec le sourire, même si sa main tremble lorsqu'elle ressert du vin à leur invité. Entre autres qualités.

Ils commencent à manger. Un silence tranquille s'installe autour d'eux, se mêlant aux bonnes odeurs. L'appartement de Jonny, situé dans un hôtel particulier du West London, a surpris Max. L'homme gagne bien sa vie, de toute évidence. Les plafonds hauts ornés de moulures, les grandes fenêtres. À mesure qu'il en apprend davantage sur lui, l'écrivain comprend que Jonny a deux niveaux d'énergie : intense et très intense. Même assis devant son assiette, il prête une attention constante à sa compagne et à leur convive, agitant les mains au-dessus de la table comme un chef d'orchestre, proposant, servant, toujours en mouvement.

Hazel, au contraire, arbore une tranquillité enfantine, malgré le stress auquel elle est soumise en ce moment.

Ses sourires sont chaleureux, ses gestes doux. Elle sait exactement à quel moment elle doit se rendre utile, par exemple pour remplir un verre de vin. Max décèle une tension sous-jacente, mais elle semble bien gérer la situation et, ce qui le ravit, se montre réactive à ses suggestions.

— J'ai appris, commence-t-elle timidement, que l'audience s'était bien passée pour Lila. Ça veut dire qu'elle va être libérée de prison ?

Max secoue la tête.

— Non. Pas encore, du moins. Je ne suis pas avocat, mais, d'après ce que j'ai lu, ça signifie que, désormais, le comité d'application des peines va devoir argumenter devant un juge pour expliquer qu'ils ont eu raison d'estimer qu'elle n'avait pas purgé un temps suffisant, et qu'il fallait la maintenir en prison. Tandis qu'elle soutient que leur décision était déraisonnable et irrationnelle.

Hazel hoche la tête.

— Mais elle pourrait sortir, au bout du compte ?

— Ce n'est pas impossible, oui. Elle a passé dix-huit ans derrière les barreaux, Hazel. Ils vont sûrement essayer de l'enfermer à vie. Elle était si jeune quand elle a tué Kirstie.

Hazel se mord la lèvre et tend la main vers la télécommande pour mettre de la musique.

— Désolée, le coupe-t-elle. C'est dur pour moi de parler de ça.

— Je comprends, dit Max, tapotant la nappe comme s'il s'agissait de la main de Hazel. Quelle est cette musique ? C'est magnifique.

— « La plainte de Didon ». Jonny déteste. Il trouve ça trop triste. Moi, j'adore.

— Je suis plus branché guitare et batterie, confirme son compagnon avec un haussement de sourcils. Si je bois du vin en écoutant ce genre de musique, je m'endors vite.

Max lève la tête vers la sono fixée dans les angles de la salle à manger. Tandis que Jonny continue de parler, l'écrivain sombre dans le silence, se laisse porter par la mélodie. Lorsqu'elle s'achève, il constate avec stupéfaction qu'il a les larmes aux yeux.

— Souviens-toi de moi, lui murmure Hazel, interrompant Jonny au milieu d'une phrase. Mais oublie mon destin.

— Qu'est-ce que ça signifie ?

Hazel détourne le visage pour réfléchir, ferme les yeux à demi.

— Didon a perdu tout ce qu'elle a jamais aimé. Elle a été trahie par la personne en qui elle avait le plus confiance. Alors je crois qu'elle demande à avoir une place dans l'histoire, mais qu'on se souvienne d'elle d'une façon positive. Pas comme victime, mais comme une femme qui a aimé.

Max regarde Hazel parler, tandis que la musique flotte encore au-dessus d'eux. Le vin est tiède dans son estomac, et, soudain, il éprouve une profonde satisfaction.

— Max…, reprend Jonny. Au sujet d'Evie et de ce qu'elle a fait. Tout déballer à cette journaliste… Elle lui a raconté un tas de trucs sur ma relation avec Hazel. Je n'arrive pas à croire qu'elle ait fait ça.

Max se redresse tout en levant son verre.

— Ah, oui. C'est dommage qu'on n'ait eu aucun contrôle là-dessus, on aurait pu la pousser à dire des choses plus positives. À ce stade, les gens risquent de tirer des conclusions hâtives.

Il boit une gorgée de vin.

— Je suis terriblement inquiet. Elle attire beaucoup trop l'attention à mon goût. Ça risque d'interférer avec ses études. Je ne comprends pas comment sa mère a pu la laisser faire une chose pareille.

— On n'en veut pas à Evie, bien sûr, intervient Hazel. La pauvre petite s'est fait piéger par la journaliste, c'est évident. Elle n'a que quatorze ans, après tout. Il faut faire quelque chose avec ces reporters. Ils sont déchaînés.

Sa voix faiblit et elle baisse la tête avant de poursuivre.

— Ils essaient de me prendre en photo dans la rue. Je n'ai aucune protection, tout le monde sait qui je suis. Pendant toutes ces années, j'ai été une autre, et maintenant tout est révélé au grand jour. Je ne comprends pas pourquoi rien n'est fait pour les empêcher de harceler les gens de la sorte. Vous ne savez pas ce que c'est, de lire autant de mensonges sur soi. De telles horreurs. L'autre jour, je suis allée à la pharmacie avec une ordonnance. Le docteur m'avait prescrit des anxiolytiques. Et quand je suis entrée, quelqu'un m'a craché au visage, littéralement. Je ne suis pas Lila.

Elle s'essuie les yeux, des traînées de mascara sur les joues.

— Je ne suis pas ma sœur, répète-t-elle.

Max remue sur sa chaise, prêt à saisir l'occasion.

— Vous avez raison, les choses ont pris des proportions insupportables. Comme je l'avais prédit à *Balcombe Court*, une fois que la presse a eu vent de votre véritable identité, ils ne se sont pas privés. Mais on peut essayer de limiter les dégâts, de mettre un frein à ce déchaînement de haine avant d'être totalement dépassés.

— Oui, mais le mal est fait, vous ne croyez pas ? déplore Jonny, qui tend la main pour essuyer les traces de maquillage sur le visage de sa compagne. Vous avez entendu Hazel ? En plus de ça, elle reçoit de plus en plus de messages de menaces.

— Toujours de la même personne ? demande Max.

— Peut-être, répond-elle d'une voix tremblante. Je ne suis pas sûre. Ceux d'avant le nouvel an étaient... différents. Tous du même style. Les plus récents sont... erratiques. Comme s'ils venaient de toutes sortes de gens malveillants. Et on m'envoie des photos... horribles. Ils disent vouloir me tuer, ajoute-t-elle en serrant les poings l'un dans l'autre. Me faire payer. Ils m'accusent d'avoir enlevé Georgie. Même si elle a été retrouvée.

Hazel cache son visage avec ses mains, étouffant sa voix.

— Mais ce n'est pas moi qui lui ai fait du mal, pleure-t-elle. J'étais tellement soulagée quand elle a été ramenée saine et sauve.

Elle abaisse ses mains et plonge un regard affolé dans les yeux de Max.

— Je ne suis pas Rose Bowman ! Je ne le suis plus depuis dix-neuf ans. Je suis Hazel Archer. Voilà qui je suis. Pas cette gamine... pas cette gamine. Je ne suis plus elle.

Jonny se lève et se penche par-dessus sa chaise pour passer les bras autour de la jeune femme. Il enfouit son visage dans ses cheveux et murmure :

— Je sais, je sais... Je sais que tu n'es pas cette personne, ma chérie.

Max, la bouche sèche, ne dit rien pendant un moment.

— Vous comprenez à quel point c'est stressant ? lance brutalement Jonny en se tournant vers lui. De mener une double vie ? La pauvre... Je sais ce qu'elle endure.

Il caresse les cheveux de Hazel.

— Je sais, ma chérie. Je suis là.

Max se racle la gorge et tripote de nouveau son verre.

— Bon, oui. Bien sûr, c'est difficile pour vous. Pour vous tous, reconnaît-il avec un regard contrit. Mais vous devez prendre en considération ce que j'ai lu… Et cette interview d'Evie…

Il bafouille, trace le contour de son dessous de verre du bout des doigts, cherche ses mots.

— Je crois vraiment que vous devriez réfléchir à ma proposition.

Les pleurs de Hazel se calment et cessent enfin. Elle prend une gorgée de vin.

Voyant que Jonny s'apprête à parler, Max se hâte de poursuivre.

— Donc, je voulais vous dire que j'ai déjà contacté Toby Bowman, l'avocat de votre sœur – c'est votre oncle, Hazel, je crois ? Il est allé lui parler. Comme vous le savez, ils viennent de remporter une victoire. Et…

Max tend le bras vers Hazel, mais laisse retomber sa main à la dernière seconde.

— Elle a accepté, annonce l'écrivain. Lila est d'accord pour vous voir.

La jeune femme regarde ses genoux sans réagir.

— Et vous pensez que le fait qu'elle revoie sa sœur va calmer la presse ? demande Jonny en se rasseyant, toujours aussi effervescent. Ma question peut paraître stupide, mais en quoi ça va arranger les choses ?

— Ça pourrait raviver la mémoire de Hazel. L'aider à se souvenir de ce qui s'est passé cet après-midi avec Kirstie. Et, si ça fonctionne, elle pourrait aider Debbie et Swann à obtenir des réponses et à tourner la page. En plus, ça donnerait d'elle une bien meilleure image aux yeux du public.

— D'accord, je comprends, dit Jonny en regardant sa compagne. Qu'est-ce que tu en penses, ma chérie ? Ça ne peut pas faire de mal, hein ?

Sa bouche se tord comme sous l'effet de la douleur.

— Non, répond-elle enfin. Je suppose que non.

— Alors vous irez ? demande Max, le cœur battant. Il se trouve qu'il y a une possibilité cette semaine. Jeudi. Toby peut organiser une visite.

Hazel le regarde, les pensées se bousculant dans sa tête. Finalement, elle hoche rapidement la tête.

— Oui, dit-elle. J'irai.

43

Debbie n'a que trois ans de plus que sa sœur, mais, en les voyant l'une à côté de l'autre, on pourrait croire qu'une décennie les sépare. Debbie a les cheveux gris et le visage marqué par un chagrin de presque vingt ans. Elle s'interdit l'alcool et refuse même les comprimés antimigraine. Pour elle, la douleur est ce qui rend sa fille réelle. En l'annihilant, elle ferait disparaître Kirstie.

— Elle aurait eu vingt-deux ans en septembre, dit-elle, tandis qu'une cigarette se consume dans un cendrier sur la table.

Joanna est assise en face de son aînée dans la cuisine, des tasses de thé posées devant elles.

— Bon…, soupire Debbie en regardant son alliance. C'est quoi, l'issue de cette audience ?

— L'issue, répond Joanna, c'est que Lila Bowman a obtenu le droit de s'exprimer devant un juge pour lui dire que le comité de probation a eu tort de lui refuser la libération conditionnelle.

Debbie ferme les yeux et soupire en inclinant la tête vers le plafond taché de nicotine.

— Je sais, c'est consternant. Ça ne finira donc jamais…, ajoute Joanna.

Elle s'arrête de parler et plonge les yeux dans sa tasse. Au bout d'un moment, Debbie se lève avec un grognement et se dirige vers l'évier, tournant le dos à sa sœur.

— Deb ? Ça va ?

Cette dernière se retourne et lui adresse un sourire triste.

— Oui, ça va.

— C'est un choc pour moi aussi. Mais on ne va pas abandonner, je te le promets. On ne laissera pas ça arriver. Pour la mémoire de Kirstie, on va continuer à se battre.

Debbie sourit de nouveau et s'allume une autre cigarette, inspirant profondément la fumée. Elle contemple l'extrémité incandescente avant de parler.

— Il y a dix-neuf ans, quand c'est arrivé, j'ai eu envie de mourir. Tu le sais, tu étais là. Même si j'étais enceinte de Ben. Je ne voyais pas… Je ne voyais pas comment je pourrais continuer à vivre sans elle. Sans ma Kirstie.

— Bien sûr, Deb, murmure Joanna. Personne n'imagine…

— Je la voyais partout autour de moi. Dans la maison. Le jardin. Dans la rue. Dans le magasin du coin. Dans sa chambre. Avec ses jouets. L'odeur de son oreiller. Ses vêtements. Même sur le visage de Rob. Elle était son portrait craché. Certains jours, je n'arrivais plus à le regarder. Il a cru que je le détestais. Et parfois, c'était le cas…

Elle fait la grimace, se penche en avant et écrase son mégot dans le cendrier.

— Mais pendant tout ce temps, ce qui me faisait tenir, c'était… comme tu l'as dit… d'honorer la mémoire de Kirstie. De continuer à la faire vivre dans l'esprit des gens. De dire au monde combien elle était belle, innocente. Qu'elle n'aurait jamais dû mourir.

Joanna ne bouge plus, ne respire plus.

— Et c'est ce qu'on a fait, pas vrai ? poursuit Debbie. Toutes ces années. Nous tous. Moi, Rob, Ben. Et toi, bien sûr. Tu t'es battue comme une guerrière, Jo. Plus que quiconque. Et nous sommes restés unis, une famille, pas vrai ? On a réussi ça. Peu de gens y arrivent.

Ses yeux bleus perçants brillent dans la lumière hivernale qui traverse la fenêtre.

— Je te dis merci pour ça. Du fond du cœur, merci.

Joanna pressent la suite. Le mot à venir est aussi palpable que la chaleur de la tasse entre ses mains.

Le « mais ».

— Mais parfois…

Debbie reprend son paquet de cigarettes et soupire, la voix traînante.

— Parfois ?

— Parfois, je me demande si la mémoire de Kirstie n'est pas… *souillée* par tout ce combat. Tous ces efforts déployés pour garder cette femme enfermée. À force de tout ramener à elle… Tout tourne autour de Lila, en fait. Et plus autour de Kirstie.

Joanna fronce les sourcils.

— Mais si, Debbie, la rassure-t-elle. Il s'agit toujours de Kirstie. D'obtenir réparation pour elle. Pourquoi est-ce que Lila aurait le droit de s'en tirer…

— De s'en tirer ? l'interrompt sèchement sa sœur. Elle s'en est déjà tirée, tu ne crois pas ? Elle s'en est tirée. Dès l'instant où elle a tué mon bébé. Je ne vais jamais récupérer Kirstie. Quelle punition pourrait compenser cette perte, tu peux me le dire ?

— Le verdict…, tente Joanna.

— Ben va avoir un bébé. Je vais être grand-mère, lui annonce Debbie, pliant une serviette et la posant sur le plan de travail. Visiblement, on a quand même droit à un peu de bonheur. Dans un avenir plus ou moins proche, et peut-être même là, tout de suite. Dans les moments où on ne se bat pas.

Elle revient vers la table et pose une main sur celle de Joanna.

— Je veux me souvenir de Kirstie telle qu'on l'a connue. Pas comme un bâton servant à infliger un châtiment. Repartir pour plusieurs mois de bataille, s'acharner encore et encore… Je n'ai plus d'énergie pour ça, Jo. Vraiment plus. Tout ce à quoi je pense, maintenant, c'est à Kirstie et à ma famille.

Le rythme du train qui la ramène à Londres berce Joanna, la sensation l'apaise. Sa respiration a ralenti, après l'agitation dans laquelle elle a quitté Debbie. Elle regarde à présent défiler les contours fauve et embrumés des landes du Yorkshire, avec un sentiment grandissant de détachement. Voilà, elle va bientôt assister à la libération de Lila Bowman, et tout le monde autour d'elle a renoncé. Ils ont arrêté de s'en soucier.

Pourquoi continuerait-elle si sa sœur est passée à autre chose ?

Et pourquoi n'arrive-t-elle pas à lâcher l'affaire ?

Joanna suit du doigt le trajet d'une goutte sur la vitre et porte sa canette de bière à ses lèvres. La revoilà en marge. À nouveau. Même lorsqu'elles étaient enfants, elle était prête à foncer tête baissée sur le premier qui s'en prenait à sa sœur. Debbie a toujours été la plus populaire des deux. Elle était joyeuse, désinvolte, et les gens cherchaient à lui faire plaisir la plupart du temps. Joanna, elle, devait taper du pied pour obtenir ce qu'elle voulait, et ça ne marchait jamais.

À la naissance de Kirstie, Joanna avait ressenti, en tenant le bébé dans ses bras, une bouffée d'amour et de fierté à l'idée que ce petit être était une partie d'elle, qu'elles partageaient le même sang. Et ensuite, voir ce sang étalé sur le sol…

Mais c'est Debbie qui l'a portée dans son ventre. C'étaient les gènes de Debbie qui se répandaient à l'intérieur de l'enfant comme de la poudre magique. Alors comment peut-elle accepter un futur sans elle ? Comment peut-elle abandonner ce qui, pour Joanna, est inconcevable ?

Kirstie est morte. Et Debbie a raison, rien ne la ramènera.

Joanna est forcée d'accepter le fait que Kirstie ne reviendra jamais.

Mais si elle abandonne le combat contre Lila, sa vie aura-t-elle encore un sens ?

Mon Dieu, suis-je si égoïste ? se demande-t-elle, appuyant la tête contre la vitre.

N'était-ce rien d'autre que de l'égoïsme, un moyen de contourner ses propres défaillances ? Sans ce combat pour honorer la mémoire de sa nièce, Joanna craint de perdre tout ancrage dans la réalité. C'est sa colère qui l'aide à tenir. Sans elle, un abîme risque de s'ouvrir sous ses pieds et de l'engloutir.

Soudain, Joanna a froid, se sent très seule.

Le train s'arrête dans une gare et une personne s'installe en face d'elle avant d'ouvrir son journal sur la tablette qui les sépare. Elles sont là, les Flower Girls, immortalisées sur ces deux photos.

Lila et Rose Bowman.

Joanna détourne le regard et contemple son reflet dans la vitre tandis que la pluie commence à éclabousser le verre.

Et maintenant ? Et maintenant ?

44

Toby attend Lila dans la salle privée qui lui a été accordée exceptionnellement, à l'écart du chaos et de la cacophonie de l'enclos à bétail réservé aux visites. Les murs sont d'un blanc sale, la table est tachée et couverte d'égratignures. Mais, au moins, c'est calme. Surchauffé, mais calme. Dehors, l'orage se déchaîne comme jamais. Un bourdonnement sourd fait vibrer les fenêtres hautes autour de la pièce. Les halogènes émettent une lumière éblouissante et désagréable. Le crâne chauve de Toby luit comme un œuf dur, tandis qu'une ombre sinistre tombe sur ses bajoues et ses poches sous les yeux.

— Bon sang, oncle Toby, quelle mine affreuse ! fait remarquer Lila en entrant, avant de s'asseoir devant lui. Je croyais être la seule à me chier dessus aujourd'hui, à être incapable de dormir et à avoir perdu l'appétit… En fait, je vais bien, mais toi, par contre… Bon, disons que tu ne seras pas élu l'avocat le plus sexy de l'année.

Toby soupire, se penche en arrière et croise les bras. Il sait qu'il fait peur à voir. Depuis sa dernière consultation à l'hôpital, le jour de l'audience de sa nièce, lorsqu'on lui a annoncé que son cancer était trop avancé et qu'il n'y avait plus d'espoir, il avait subitement fondu comme la cire d'une bougie. Il a l'air hagard, les joues creuses. À croire que son corps avait entendu le diagnostic du médecin et immédiatement rendu visible son état réel. Penser à la nourriture dès le réveil, ce qu'il avait l'habitude de faire, lui déclenche à présent d'horribles nausées.

— Je plaisantais, dit Lila. Je suis dégueulasse, désolée.

— Ça va. Ne t'inquiète pas pour moi. Tu as des appréhensions, pour aujourd'hui ?

Lila hausse les épaules.

— Je ne ressens rien. Sérieusement. Maintenant que je me suis faite à l'idée, ça va. Il était temps, je crois.

Les lèvres de Lila sont minces, ses yeux d'un noir profond.

— Tu sais, je ne suis toujours pas convaincu que ce soit une bonne idée. Avec l'audience définitive qui approche, je ne veux pas qu'on compromette nos chances de réussite. Mais bon, dit-il en fronçant les sourcils, ça pourrait aider de l'avoir à nos côtés. De toute façon, quoi que tu fasses, tu es maudite, non ?

Il lâche un petit ricanement, puis se tait brusquement en voyant le visage sans expression de la jeune femme.

— C'est juste que, reprend-il, il faut que tu gardes ton calme, Lila, d'accord ? Le but de cette visite, c'est de tourner la page. C'est comme ça qu'elle présente la démarche, en tout cas. Tu lui manques. Tu ne dois pas te battre contre elle.

— Pourquoi je me battrais ? l'interrompt sa nièce. Elle m'a juste ignorée pendant vingt ans, rien de plus.

— C'est bien ce que je veux dire. Je sais que tu as beaucoup de colère en toi. Mais si tu ne la contrôles pas, si tu ne montres pas que tu as appris à la contrôler, tu t'exposes à un bras de fer contre le comité de probation. Il faut leur montrer que tu aspires à la réhabilitation, que tu as exorcisé tes démons et que tu es prête à réintégrer la société.

— La réhabilitation ? répète Lila. Je n'ai pas mis les pieds dans un supermarché depuis l'âge de dix ans. Je n'ai pas mon permis de conduire. Je n'ai jamais eu de compte en banque, pour l'amour du ciel. Comment je suis censée *réintégrer la société*, alors que je n'y ai jamais eu aucune place ?

Toby pince les lèvres.

— C'est exactement le genre de choses que tu ne dois plus dire, Lila.

— Je m'appelle L.

— L, alors ! L ! s'agace Toby en tapant sur la table des deux mains. S'il te plaît ! Il faut que tu m'aides, là. C'est pour toi que je fais tout ça. Pour te sortir de ce trou, pas pour t'emmerder. Pas pour te pourrir la vie encore plus. Pour que tu sortes. Dehors, on sera là pour t'aider à t'adapter. Mais d'abord, je dois te faire sortir ! Si tu restes ici jusqu'à la fin de tes jours, à quoi bon tout ça ? Allez, tu le sais. S'il te plaît.

Ils plongent dans le silence, échangent un long regard. Lila étudie l'apparence de son oncle, son visage d'ordinaire doux et rond, désormais fripé par l'inquiétude et le stress. Cet homme qui est venu lui rendre visite tous les mois, sans exception. Qui lui a acheté des cadeaux, envoyé des cartes de Noël. Sans jamais être payé, sans jamais demander d'argent. Elle sent son estomac se nouer, sa gorge se serrer d'une façon inédite, et se demande, avec étonnement, si elle est sur le point de pleurer. Parce que c'est Toby qui a endossé le rôle du père durant toutes ces années. Son propre père, depuis longtemps disparu du tableau, a détalé avec sa mère pour se terrer à la campagne, loin des responsabilités, loin de ce qu'ils avaient engendré. Toby, lui, est resté.

— Mais tu ne seras pas là, pas vrai ? lui demande-t-elle enfin. Dehors. Je veux dire, regarde-toi. Tu en as pour combien de temps ?

Il baisse les yeux sur ses genoux.

— Je vais être opéré, ment-il. Bientôt. Ensuite, le pronostic sera bon. J'ai encore de l'espoir.

— Ce n'est pas l'impression que tu donnes, observe la jeune femme en le sondant de ses yeux perçants.

Elle rejette la tête en arrière, regarde brièvement le plafond et pousse un long soupir.

— Putain, quel trou à rats, hein ? Je serai sage. Je te le promets.

— Je suis ravi de te l'entendre dire.

Le tonnerre gronde au-dehors, et la pluie s'intensifie lorsqu'elle ajoute :

— C'est peut-être une bonne chose de la faire venir ici. Que la fête commence.

45

Joanna est assise dans un café, près de la fenêtre, une tasse de thé noir refroidissant entre ses mains. Elle n'y fait pas attention, pas plus qu'au beurre en train de fondre sur ses toasts. Ses yeux sont rivés sur l'immeuble d'en face, encore visible malgré la buée montant sur la vitre et qu'elle ne cesse d'essuyer avec sa manche.

Plusieurs jours après, elle n'arrive toujours pas à se sortir de la tête l'image de sa sœur. Elle n'a pas dormi, et chaque pensée est un coup de massue. En plus de cela, sa dispute avec Will remonte à plus d'une semaine. Ils n'ont pas reparlé depuis. La tristesse que lui inspire la trahison de son ami est insondable. Alors elle fait ce qu'elle fait toujours quand elle se sent submergée : elle enfouit ses sentiments en elle.

Cela fait bientôt une heure qu'elle attend dans le café. La foule de photographes et de journalistes n'a fait que s'accroître sur le trottoir d'en face. Ils sont à présent une vingtaine, qui bavardent, fument, regardent avec inquiétude la bruine qui commence à tomber.

D'autres clients ont remarqué l'attroupement de l'autre côté de la route et font des gestes dans cette direction, se demandant probablement quelle célébrité séjourne dans l'immeuble. Un peu plus tôt, la serveuse d'Europe de l'Est a affirmé avec une absolue certitude avoir vu Keira Knightley entrer dans le bâtiment. Joanna sait qu'il n'en est rien. Elle sait que c'est Rose Bowman qui habite là.

Dans son sac à main se trouve un autre exemplaire du *Sun* avec la photo de Rose en première page. Que la jeune femme, après être restée cachée pendant des années, ressurgisse ainsi aux yeux du monde au moment où sa sœur pourrait bien recouvrer sa liberté semblait écrit. Après la série d'événements qui ont marqué sa semaine – l'audience au tribunal, son accrochage avec Will, sa conversation avec Debbie –, la tentation était trop grande pour Joanna. Hier soir, elle a contacté un ancien petit ami qui travaille dans la communication pour la police de Londres. Elle n'en est pas fière, a évité de se regarder dans le miroir ce matin, mais elle l'a fait. Ça lui a coûté six pintes, des heures de flirt, et la promesse d'un dîner, mais elle a réussi, dans les vapeurs de l'alcool, à lui faire chercher l'adresse de Hazel Archer.

Arrivée devant l'immeuble, elle a pris conscience de sa naïveté. La meute de journalistes avait déjà fondu sur la cadette des Flower Girls. Ils rôdent à présent près de la porte, faisant crépiter leurs flashs dès qu'un livreur approche ou qu'un autre résident brave la foule pour sortir de chez lui.

Elle ne sait pas vraiment pourquoi elle est ici, pourquoi elle a voulu connaître l'adresse de Rose. Elle essaie de trouver une réponse depuis qu'elle a pénétré dans l'atmosphère étouffante du café. Elle ne sait même pas ce qu'elle dira à cette femme, si elle se trouve face à elle. Elle a imaginé d'innombrables échanges avec Lila Bowman, dans lesquels elle lui ferait comprendre la gravité de ses actes, lui ferait verser des larmes sincères sur la tombe de Kirstie, la conduirait à s'excuser enfin, encore et encore. Rose, elle, est toujours restée une ombre. Six ans, trop jeune – selon la justice – pour savoir ce qu'est un crime. Un être humain encore en devenir, incapable de développer dans sa tête la volonté de faire le mal.

Joanna a beaucoup lu sur la psychologie criminelle, en particulier dans le domaine des jeunes enfants. Elle a lu Jean Piaget, consulté des ouvrages sur le développement mental des enfants. Elle a cherché à comprendre ce qui a pu mener Lila Bowman à commettre de telles atrocités. Il y a plus d'enfants assassins que la société semble vouloir l'admettre, a-t-elle découvert. Les plus célèbres : Mary Bell, Robert Thompson, Jon Venables. Les moins connus : Jesse Pomeroy, Barratt et Bradley, Hannah Ocuish. Des enfants issus de foyers éclatés, ayant subi d'abominables maltraitances, mais également ceux, dans le même cas que Lila, dont l'acte apparaît comme une aberration au regard de leur environnement social et familial, ne s'explique pas.

Joanna appuie les doigts contre ses paupières closes, s'isolant du brouhaha du café. Elle hume l'odeur du savon sur sa peau, de la douche qu'elle a prise après sa gueule de bois d'hier soir. Elle pense à Rose et à son stade de développement à l'âge de six. Une période où l'ego est tout-puissant. Où le monde entier tourne autour de l'enfant.

Le vrombissement d'un camion la sort de sa méditation. Joanna pousse sa tasse de thé et se lève. En le faisant, elle voit la porte de l'immeuble d'en face s'ouvrir lentement. Hazel essaie de garder la tête baissée, une capuche couvre son casque de cheveux bruns. Mais les flashs se déchaînent dès qu'elle émerge, si bien qu'elle est forcée de lever la tête pour se frayer un chemin. Joanna regarde la scène sans bouger, tétanisée, la bouche ouverte comme si elle s'apprêtait à crier le nom de Hazel, à la retenir avant qu'elle s'engouffre en vitesse dans un taxi. Elle la suit des yeux, l'étudie dans les moindres détails tandis que la voiture s'éloigne dans un crissement de pneus en éclaboussant les paparazzis, qui tentent de capter un maximum d'images de la plus jeune des Flower Girls.

46

Hazel et Max arrivent à la prison et attendent en silence dans le sas d'accueil, sans faire attention aux regards autour d'eux. Ils sont assis sur des sièges baquets fixés au mur de la petite pièce grise, où une lourde porte en métal vert-de-gris les sépare de l'intérieur de l'établissement. Les mains de Hazel sont rouges et froides, et elle frissonne, non pas de froid mais d'appréhension.

Elle imagine sa sœur, se rappelle son visage d'enfant, d'avant leur séparation : sur la plage, ses cheveux blonds fouettant son visage sous le vent, sa bouche dessinant un grand sourire, ses pommettes hâlées. Blanche-Neige et Rose-Rouge. Leur mère les surnommait ainsi. Ses deux princesses. Lila ressemblait à leur père par sa blondeur et sa grande taille, tandis que Hazel était le portrait craché de sa maman, brune et frêle, beaucoup plus posée que son aînée. Cette dernière était gauche, trébuchait sans cesse, renversait des choses et cassait des objets, toujours agitée, débordante d'enthousiasme. Parfois, Hazel et sa mère la regardaient courir dans le jardin sous la pluie, le visage tourné vers le ciel, se délectant de l'eau sur sa peau.

Et maintenant, Hazel est sur le point de la revoir. Après presque vingt ans. À quoi va-t-elle ressembler ? Aura-t-elle encore sa spontanéité d'enfant ? Ou bien ses traits refléteront-ils la haine et le ressentiment qu'elle doit éprouver envers sa cadette ? Lui aura-t-elle pardonné ? Hazel secoue la tête, sent la peur ouvrir ses pétales en elle. Elle serre les poings et respire profondément. Un, deux, trois. Elle est assez forte pour affronter cela. Elle n'a pas le choix.

À côté d'elle, jambes écartées, Max dissimule sa fébrilité derrière une décontraction apparente. Il sent les tremblements de Hazel et consulte sa montre. Il a encore dans la bouche le goût du café avalé à la hâte ce matin, et ces remontées acides qui lui piquent la gorge en permanence. Faute de mieux, il laisse échapper un petit rire.

— Quel endroit sordide, hein ? Comment ça va ? demande-t-il à la jeune femme.

Elle émet un soupir en raclant le sol du bout de sa chaussure. Sa capuche pend par-dessus le col de son manteau, lui donnant l'air encore plus petite, recroquevillée.

— Oh, je suis nerveuse. Terrifiée, même. Je ne sais pas à quoi m'attendre.

— Le plus important, c'est d'essayer d'établir une relation avec Lila. D'y aller doucement, pas à pas. Peut-être bien, dit-il d'une voix plus énergique, que le seul fait de la voir après tout ce temps va réactiver des souvenirs que vous avez refoulés. La mémoire est un mystère. On ne sait jamais ce qui va faire remonter les choses à la surface. Une odeur, un son. Ça fait tellement longtemps… Si vous avez tout enfoui pendant tant d'années, vous pourriez être surprise de ce qui va sortir.

Il s'interrompt, comme s'il venait de s'entendre.

— Je veux dire, Hazel, je ne veux pas que ça vous bouleverse. Je suis sûr… Je sais que ce sera un choc pour vous. Je suis désolé, j'ai mis les pieds dans le plat. Mais je suis tellement convaincu que c'est la chose à faire… Je veux que vous puissiez tourner la page.

Hazel passe la main sur son visage. Quelque part, l'eau coule dans un tuyau avec un gargouillis, au moment où la porte de la prison s'ouvre.

— Je sais, Max. Ne vous inquiétez pas, dit-elle en levant la tête. Bonjour, oncle Toby, fait-elle en le voyant soudain apparaître, le visage pâle.

Il est accompagné d'une gardienne, une blonde massive, la chemise boutonnée jusqu'en haut, dont la couleur rappelle à Hazel celle des huîtres flasques dont le jus coule de la coquille.

— Rose, la salue Toby en avançant, les mains tendues, avant de s'arrêter, comme bloqué par une clôture électrique. Pardon, Hazel. Quel idiot je suis ! Tu as l'air tellement… Ça fait si longtemps.

Il esquisse un sourire, auquel elle répond d'un hochement de tête, avant de lui serrer la main.

— C'est bon de te voir.

Toby lui fait la bise en fermant brièvement les yeux. Ensuite, il se redresse et se tourne vers Max.

— Toby Bowman. Nous nous sommes parlé au téléphone.

— Max Saunders. Merci pour votre aide.

Ils sont de même stature, ont le même âge, observe Toby, mais il est le plus mince des deux, remarque-t-il avec un mélange de satisfaction et d'angoisse. Max arbore un ventre de bon vivant, ce qu'était Toby aussi et, selon toute vraisemblance, ne pourra plus jamais être.

Ils s'évaluent mutuellement, le plus subtilement possible, sous la lumière impitoyable des néons.

Max, l'écrivain, se demande si Toby, l'avocat, a noté cette symétrie.

Chacun sa Flower Girl, songe-t-il.

Une pensée qu'il rejette immédiatement, la trouvant répugnante.

— Lila vous attend, annonce Toby.

— Vous devez passer le portique de sécurité, les informe la gardienne.

— Deux ou trois précisions avant, dit Toby. Lila exige qu'on l'appelle L, désormais. Et aussi…, hésite-t-il, touchant quelque chose dans sa poche et regardant le plafond. Elle est dans un endroit difficile, Rose… euh, Hazel. Elle est incarcérée depuis longtemps. Il se peut qu'elle manifeste de la colère. Je ne dis pas qu'elle sera furieuse contre toi, la rassure-t-il en lui touchant le bras. Mais essaie d'être compréhensive, si tu es gênée par son comportement. Sois patiente. C'est difficile pour L, aussi. Il faut la convaincre. La vision qu'elle a de votre famille – de *notre* famille – n'est pas très indulgente, j'en ai bien peur.

Hazel hoche docilement la tête.

— Je comprends, dit-elle. Je ferai attention.

— Parfait, répond Toby, qui se décale pour la laisser passer.

47

1998

— C'est un acte de barbarie sans précédent. Le 15 juillet de l'année dernière, l'enfant X a kidnappé Kirstie Swann et n'a pourtant cessé de nier sa culpabilité. De plus, elle garde le silence quant au déroulé des événements, si bien que les parents de Kirstie ne peuvent même pas essayer de comprendre le mobile qui a poussé à l'agression brutale de leur fille. À ce stade, j'aimerais dire que, en l'absence d'explication de la part de l'accusée, il nous est impossible, en tant qu'adultes sensés, de comprendre pourquoi sur la terre de Dieu ce crime a eu lieu. Comment une fillette mentalement normale de dix ans, d'une intelligence moyenne, a commis ce crime reste insondable. Ce n'est pas à moi de juger l'éducation qu'elle a reçue. Pour rendre justice au père de l'enfant X, je dois dire qu'il est tout à son honneur de s'être efforcé autant que possible de faire avouer la vérité à sa fille. Mais les habitants de Grassington n'oublieront jamais les circonstances tragiques de la mort de Kirstie Swann. Je suis certain que toutes les personnes ici présentes souhaitent à Mme Swann du courage dans cette épreuve, et que la naissance de son bébé lui apportera un peu de paix et de bonheur. La loi m'oblige, après le verdict rendu par ce jury, qui considère l'enfant X coupable d'enlèvement et de meurtre, de la condamner à la détention, au nom de Sa Majesté, et c'est donc ce que je fais, en toute légitimité. Au vu de la gravité du crime et de sa nature incompréhensible étant donné l'éducation apparemment équilibrée qu'a reçue l'enfant X, je préconise une peine de huit ans minimum, c'est-à-dire au moins jusqu'à l'âge de dix-huit ans. Au terme de laquelle, bien entendu, elle sera éligible à la libération conditionnelle. J'en viens à présent à la demande du groupe Newspaper que soit révélée l'identité de l'enfant X. J'ai longuement réfléchi à cette question. Je suis conscient de l'intérêt national et même mondial qu'a suscité cette affaire. Selon moi, la durée de détention de l'enfant X rend une telle divulgation anodine. De nombreuses années se seront écoulées à sa libération. Je considère également qu'il sera important, pour les spécialistes du droit et ceux qui interprètent la loi, de mettre un nom sur ce visage, lorsqu'ils tenteront de comprendre ce crime. Je décide donc que son identité ne sera pas censurée sous mon jugement, et qu'elle sera rendue publique conformément au processus habituel. Enfin, j'aimerais exprimer ma profonde gratitude et mes remerciements chaleureux aux sept femmes et aux cinq hommes qui ont composé le jury de ce procès. La tâche qui leur a été confiée était des plus terribles, et ils ont accompli leur devoir admirablement et sans faillir. En faisant cela, ils ont dû regarder l'innommable en face et entendre parler de comportements contre nature. Ils ont servi comme il se doit les intérêts de la justice. L'audience est levée.

48

La porte s'ouvre sur une petite pièce au plafond bas, et Hazel aperçoit sa sœur, tête baissée, assise à une table. La lumière qui traverse les fenêtres hautes forme une couronne grise autour de sa tête ; le ciel crépusculaire projette des ombres pareilles à des épines.

Le tonnerre gronde, faisant écho au malaise qui martèle la poitrine de Hazel. Elle cesse de respirer lorsque Lila lève les yeux vers elle. Sa douceur d'autrefois s'est transformée en rugosité. Ses cheveux blonds ont pris une teinte cuivrée, il ne reste plus rien des mèches dorées qui encadraient tendrement son visage. Son teint est gris, des barres violacées soulignent ses yeux, qui sont deux fenêtres étroites taillées dans la pierre d'un donjon.

Toutefois, plus elle l'observe, plus Hazel parvient à lâcher prise et à se détendre. Elle sent la tension de ses épaules, de ses muscles faciaux et de ses doigts se dissiper peu à peu. Tandis qu'elle regarde sa sœur, le moment s'étire, s'affranchit du temps, de la durée. Cela pourrait faire des heures qu'elles sont là sans bouger. Finalement, Hazel s'assied en face de Lila. Ses battements cardiaques ralentissent et sa respiration se stabilise.

Tout va bien se passer, se dit-elle.

Lila a l'air à l'aise malgré ses bras croisés, une jambe sur le genou de l'autre. Hazel ne s'étonne pas de ce langage corporel. Sa sœur est sur ses gardes, elle se protège de ce que sa cadette pourrait lui faire.

Tout va bien, la rassure-t-elle mentalement, *je suis inoffensive.*

Elle décide de parler en premier. Briser le silence sera comme jeter un caillou dans une eau stagnante. Si c'est elle qui crée des ondulations à la surface, elle sera la mieux placée pour voir jusqu'où elles se propageront.

— Merci d'avoir accepté de me voir, dit-elle d'une voix calme, grave et fluide. Cette demande a dû te surprendre.

Lila hausse les épaules, mais Hazel décèle une tristesse furtive dans son regard. Étrangement, elle se détend davantage.

— On n'a pas beaucoup d'occupations, ici, tu sais. Toutes les visites sont les bienvenues.

Le sourire de Lila est acide ; ses mots froids et métalliques. Hazel sent venir l'attaque, mais reste imperturbable. Elle bouge la tête de droite à gauche comme pour faire craquer son cou avant de pénétrer sur le ring.

— Tu es ici depuis quand ? demande-t-elle. À quel moment ils t'ont transférée de...

Dans un instant de panique, elle ne se rappelle plus le nom de l'unité sous haute surveillance.

— D'Oakinghman, se reprend-elle.

— Quand j'ai eu dix-huit ans, Rose, répond Lila. Quel beau cadeau d'anniversaire, hein ? M'envoyer dans une prison pour grandes filles. Avec ma jolie petite chambre, un lavabo et tout. Des barreaux aux fenêtres, bien sûr, et juste un léger risque de me faire doigter dans les douches, mais sinon, du bonheur en barres.

Hazel hoche la tête.

— Tu sais, dit-elle, transperçant sa sœur du regard. Je ne suis pas venue pour m'excuser.

Lila se met à rire, et sa voix résonne comme de la porcelaine se fracassant sur du carrelage.

— D'accord. Évidemment. Pourquoi tu t'excuserais ?

— Je sais que tu es en colère. Contre moi. Contre papa et maman.

— Je n'ai ni père ni mère, la coupe Lila. Toby est ma seule famille. Et même lui se dirige vers la sortie.

Hazel fronce les sourcils.

— Il a un cancer, tu ne savais pas ? cracha Lila avec délectation. Son temps est compté sur cette Terre, à notre Toby. Alors je ferais mieux de m'habituer à ne plus recevoir ses visites. Non pas qu'on ait tant de choses à se dire, lui et moi. C'est du genre : « Tu as obtenu ma libération conditionnelle ? Non. Bon, d'accord. À dans un mois. »

Cette information glisse sur Hazel pour le moment. Elle y repensera plus tard.

— Tu as une audience bientôt, n'est-ce pas ? demande-t-elle. Tu es confiante ?

Lila se penche alors en avant, avec une brusquerie qui ne surprend pas sa sœur.

— Tu te fous de ma gueule ? Confiante ? J'ai eu des milliers d'audiences en dix ans. Je les ai toutes perdues. Si on nous a accordé celle-ci, c'est uniquement à cause de Toby et de ses putains de plans sur la comète.

Elle agite la main près du visage de Hazel.

— Je n'ai pas la moindre idée de ce qui se passe. Je reste assise ici et j'attends qu'on me dise ce qu'il en est. Alors un peu de respect, Rose. S'il te plaît.

Hazel se retient de reculer quand les doigts de sa sœur l'effleurent.

— Je comprends. Je suis désolée. Je voulais juste…

Elle lève le menton et regarde le plafond, cherchant ses mots.

— Et toi, ta vie ? demande Lila d'un acerbe. Mariée ? Des enfants ?

Hazel se crispe soudain.

— Oui, je veux dire… non, pas mariée. Mais j'ai un compagnon – Jonny. Il a une fille, Evie.

— Charmant. Pas d'enfant à toi ?

Hazel remue sur son siège, ignorant la question.

— Écoute, je dois te parler. De ce qui est arrivé. Et… c'est difficile. Parce que… On ne s'est pas vues depuis longtemps. Tu es ici toute seule.

Elle s'interrompt soudain.

— Et donc ?

— Papa et maman. Ne les déteste pas pour toujours, Lila.

Hazel voit sa sœur faire la grimace.

— Désolée. Tu veux qu'on t'appelle L.

Cette dernière hausse les sourcils.

— Je sais qu'ils t'ont laissée tomber. Et je ne comprends pas pourquoi. Ou peut-être que si. Peut-être qu'on le sait, toutes les deux. Mais maman est morte, maintenant. Et papa est méconnaissable. Il est devenu l'ombre de lui-même. Je crois qu'ils ne savaient pas ce qu'ils faisaient à l'époque, pendant le procès et après. Ils étaient terrifiés et angoissés. Et papa était malade du cœur. Ils ont juste…

Hazel baisse la tête.

— Bon, je sais qu'ils ont mal agi. Mais je sais aussi que maman t'aimait. Que papa t'aime encore. À sa façon.

Lila est bien droite sur sa chaise, et sa poitrine se soulève contre le bord de la table. Elle pose les mains à plat devant elle, doigts écartés.

— Je ne crois pas, marmonne-t-elle entre ses dents, le visage dur comme de la pierre, avoir déjà vu un acte aussi égoïste.

Hazel hoche de nouveau la tête. Elle revoit sa mère devant l'évier de leur ancienne maison, avant que tout change. Le soleil luisant sur ses cheveux, les poignets recouverts d'eau savonneuse, un arc-en-ciel au second plan.

— Tu ne te souviens pas ? dit-elle. Comment c'était avant ?

— Non, répond Lila d'une voix faible. Je ne m'en souviens pas.

— La maison, le jardin, le jeu. Tu ne te souviens pas de notre jeu ?

— Le juge a dit qu'on regardait des films violents, lance Lila. Il a dit que mon esprit avait été corrompu par ces images. Qu'elles m'avaient rendue mauvaise.

— Non, on ne regardait jamais la télévision. On jouait dans le jardin, rien de plus. Au soleil. On se courait après sous le grand arbre et ensuite, nos robes étaient toutes collantes de sève à cause des feuilles, et ça rendait maman folle. Tu te rappelles ? Elle nous faisait monter à la salle de bains. Elle nous mettait dans la baignoire et ouvrait la fenêtre, et la brise entrait. On restait là, toutes les deux, dans le bain. Il faisait jour si tard qu'on n'arrivait jamais à dormir. Les heures qu'on passait, allongées dans nos lits, à papoter.

— Ça suffit ! s'énerve Lila en serrant les poings sur la table. Arrête. Qu'est-ce que tu veux ? Tu vas me le dire ?

Hazel se tait, la regarde, et les souvenirs éclatent comme des bulles de savon dans la chaleur de cette pièce exiguë.

Elle sent l'odeur corporelle de sa sœur, son propre parfum qui s'estompe. Elle examine ses ongles, se répète un mantra qu'elle se récitait enfant.

Je suis ici, ça se passe maintenant. Je suis ici.

Plusieurs fois de suite.

— Tu n'as qu'une hâte, c'est de sortir, continue Lila avec un grand geste en direction de la porte, et de leur dire à tous que tu as vu ta méchante sœur et que la mémoire t'est revenue. Et tout va bien, parce que tu n'as rien fait de mal. C'est Lila Bowman qui a tout fait. Cette sale connasse a tué le bébé. Et maintenant tu peux offrir ta version de l'histoire, raconter aux gens tous les détails sordides qu'ils ont envie d'entendre. Aller à la télé, baisser la tête et battre des cils. Pauvre petite Rose. Pauvre fillette innocente piégée dans les jeux pervers de sa sœur. Et tu pourras reprendre le cours de ta vie. Et pendant ce temps ? Je continuerai de croupir ici. Je crèverai ici, tu ne comprends pas ? Je crèverai ici, putain.

— Non, ce n'est pas vrai, lui rétorque Hazel d'une voix ferme. C'est différent, maintenant. Le temps apaise les plaies, tu sais. Et puis… je veux que tu saches que je vais parler pour toi, à ton audience. Si tu le veux. Si tu m'acceptes, je serai de ton côté. À partir de maintenant. Je vais me rattraper. De toutes ces années de silence, cet éloignement. Avant… Je sais que tu es en colère, mais tu dois te montrer un peu compréhensive.

La voix de Hazel se fend légèrement, et Lila se mord la lèvre.

— Soudain, je n'étais plus Rose Bowman après ce qui est arrivé. Ils m'ont tout pris. Ma maison, mon école, mon nom. Tu n'as pas vu comment c'était. La presse, les horreurs qu'ils écrivaient. Les attaques qu'on subissait. On nous jetait des excréments sur la porte. Des bouteilles sur la voiture. Je n'avais que six ans, Lila... L. J'ai seulement fait ce qu'on m'a dit de faire. Et ensuite, quand j'ai été assez grande pour prendre mes décisions, j'ai eu peur. Peur d'être démasquée si je venais ici. Et que ma vie redevienne un cauchemar.

— Me sors pas les violons, je vais chialer, se moque Lila, le visage froid et dur. Égoïste, égoïste, égoïste, scande-t-elle.

— Même récemment, juste avant que cette petite fille disparaisse dans le Devon, j'ai reçu des lettres anonymes. Quelqu'un a découvert qui je suis. On m'a envoyé des mails haineux pour m'effrayer, me menacer. Regarde mon visage. Ces marques, c'est la mère de la gamine qui me les a faites.

Lila reste impassible, inébranlable.

— Ouais, tu as peut-être raison, poursuit Hazel d'une voix plus aiguë.

Il faut qu'elle ramène sa sœur vers elle. Elle la tenait pendant un bref instant, mais elle lui a échappé de nouveau, a replongé au fond de l'eau comme un minuscule poisson.

— C'était peut-être égoïste, oui. Mais..., ajoute-t-elle en montrant la pièce des deux mains. On est ici, L. Et si on n'avance pas, qu'est-ce qu'il nous reste ? Ce sera toujours difficile. D'être toi, et d'être moi. On ne figurera jamais sur la liste des invités d'honneur de la reine, c'est certain.

Lila ne sourit pas, mais son visage s'adoucit. Très légèrement.

— Et au moins, maintenant...

Hazel s'interrompt, reprend son souffle, les cils collés par les larmes.

— Maintenant, on est ensemble. Pas vrai ? Donc, c'est possible, tu ne crois pas ?

Sa sœur baisse la tête dans ses mains, appuie fort sur son front, y laissant des marques blanches.

— Je ne me souviens pas, L. De ce qui s'est passé avec le bébé. Je me rappelle être allée dans le parc. Avoir joué sur le manège, la balançoire, le cheval à bascule. Je sais qu'on est allées sur le talus et qu'on est descendues. Et ensuite, c'est comme un train qui fonce, qui traverse mon cerveau à toute vitesse. Je ne me souviens de rien d'autre. J'ai seulement des flashs de cet hôtel où ils nous ont envoyés. Des gens qui nous crient dessus dans la rue.

Une larme s'écrase sur la table, et la jeune femme l'essuie furieusement, s'en voulant de pleurer.

— Je sais que tu es punie. Je sais ce que tu as enduré. Mais qu'est-ce que j'y peux ? Peut-être que ce n'était pas juste. Mais je ne me souviens de rien. S'il te plaît, L. Laisse-moi t'aider, maintenant. S'il te plaît.

Lila la dévisage pendant de longues minutes. Finalement, elle recule sa chaise et se lève. Elle fait un pas, et, l'espace d'une seconde, Hazel croit que sa sœur va la prendre dans ses bras. Lila remonte son jean sur son corps frêle, tire sur son sweat-shirt gris, plein de taches incrustées, et se dirige vers la porte. Elle frappe deux fois, la porte s'ouvre, et la voilà sortie de la pièce avant que Hazel comprenne que la rencontre est terminée, que sa sœur est partie pour de bon.

49

Hillier repère Karen, la serveuse de *Balcombe Court*, dès qu'elle entre dans le bar. Il fait chaud à l'intérieur, et la policière ôte sa veste en passant devant des murs orange criard, tandis que la musique cogne dans sa poitrine. Lorsqu'elle se hisse sur un tabouret à côté de la jeune femme, elle se sent soudain vieille, a l'impression d'être une relique de quelque chose dont elle-même ne se souvient pas.

— Il fait sombre, ici, dit-elle en montrant son badge. Mon identité, si ça vous intéresse et que vous arrivez à lire. Un verre ? lui demande-t-elle en faisant signe au barman.

— Une vodka orange, merci.

Hillier lui commande sa boisson, ainsi qu'un jus de fruits frais pour elle.

— Merci d'avoir accepté de me rencontrer.

— Pas de souci, répond Karen en sirotant son verre. Même si j'ai déjà parlé à la police. Quand la petite a disparu.

Devant le visage lumineux, les yeux brillants et la peau rebondie de la fille, Hillier prend conscience de ses traits tirés.

— Oui, je sais. Vous avez été interrogée par un de mes collègues après votre service.

— Alors, qu'est-ce que je peux faire pour vous ?

L'inspectrice pousse légèrement son verre.

— Je voulais simplement vérifier le timing avec vous. De ce fameux après-midi. Vous avez dit dans votre déclaration avoir quitté l'hôtel à 15 heures. C'est bien ça ?

— Oui. J'avais pris mon service en début de journée parce que c'était le jour de l'an.

— Et avant de partir, vous avez vu Georgie, c'est ça ?

— Oui. Elle était entrée dans la cuisine pour voir les chatons que j'avais trouvés sur la plage. Les pauvres. Je n'arrivais pas à croire que quelqu'un ait pu les abandonner comme ça. Dans le froid. C'est une honte.

Karen ouvre de grands yeux tragiques.

Hillier sourit.

— Donc, votre… petit ami ? Marek Kaczka…

— Ce n'est pas mon petit ami, l'interrompt fermement la serveuse.

— Alors votre collègue. Marek. Il avait mis la boîte contenant les chatons dans le garde-manger.

— Oui, quand je les ai amenés à l'hôtel. Je leur ai donné du thon en boîte et du lait. Ensuite, Georgie est entrée, elle voulait les voir, alors je lui ai montré où ils étaient, et ensuite je suis partie.

— Et vous êtes certaine qu'il était 15 heures ?

— Absolument. Le service se terminait à 15 heures, et j'avais vu l'heure sur l'horloge de la cuisine.

Hillier la regarde avec intensité.

Karen hoche la tête.

— Je le jure sur la vie de ma mère. L'horloge marquait 15 heures. Si vous me permettez une question, pourquoi vous m'interrogez encore ? La petite fille a été retrouvée, non ? Je veux dire, vous croyez qu'une personne l'avait enlevée ? Pas Marek quand même ? Vous pensez que c'est Marek ?

Elle écarquille les yeux à nouveau.

La policière redescend maladroitement du tabouret et esquisse un sourire.

— On enquête, c'est tout. Merci de m'avoir accordé un peu de votre temps.

— Il ne lui aurait pas fait de mal, ajoute la fille d'un air grave. Ce n'est pas le genre. C'est un type bien. Il ne ferait pas de mal à une mouche. Il est… enfin, c'est pas mon genre, c'est tout. Pas parce qu'il est bizarre. C'était moi, le problème, pas lui. Il a quitté Brixham uniquement à cause des commérages. Vous savez… ce qui lui est arrivé avant. Ce n'est pas juste. Cette gamine était après lui. Elle lui a menti sur son âge et c'est lui qu'on a accusé.

Karen prend un air dégoûté.

— Kaczka a quitté Brixham ? demande Hillier, la bouche sèche. Vous voulez dire qu'il a démissionné de son poste à *Balcombe* ?

L'autre hoche la tête et boit une gorgée à la paille.

— Il a tout laissé tomber il y a deux semaines. Il ne supportait plus d'entendre les gens parler. Mais c'est comme ça, hein ? Quand on est accusé d'avoir fricoté avec des gamines, on se trimballe ça à vie. Je trouve ça triste pour lui, si vous voulez savoir.

— Il est parti où ?

La fille hausse les épaules.

— Aucune idée, répond-elle en évitant de regarder la policière dans les yeux.

— Vous n'êtes pas en contact avec lui ?

— Non.

— Je vois, dit Hillier en remettant sa veste. Bon, merci pour votre temps.

— C'est tellement mort ici. C'est sympa d'avoir un peu d'animation, à vrai dire.

Après le départ de Hillier, dans un claquement de porte provoquant un coup de vent glacial, Karen saisit son téléphone et tape un message. La réponse arrive avant même que la jeune fille ait commandé un autre verre.

50

— C'est le moment, dit Max tandis qu'ils quittent la prison.

Hazel frissonne devant la voiture, attendant qu'il sorte les clés de la poche de son manteau.

— Je crois que c'est le moment, répète-t-il.

Il déverrouille les portières et prend place au volant. Son œsophage le brûle tellement aujourd'hui qu'il arrive à peine à avaler.

— C'est le moment pour quoi ? demande Hazel.

Elle peine à s'ôter de l'esprit le visage enragé de Lila. Comme elle le faisait autrefois, elle tente de ranger ses pensées déplaisantes dans une boîte en Plexiglas imaginaire. Elle les regarde s'entrechoquer dans un bruit de ferraille, se bousculer comme des insectes pris au piège, et qui, ainsi enfermés, ne peuvent plus l'atteindre. C'est en ça que consiste le jeu. Elle peut les regarder bouger, faire du bruit, tout en les maintenant à l'écart, tandis qu'elle reste au calme, en sécurité.

Le jeu.

Il y a tellement de jeux, songe Hazel. Ceux auxquels elles jouaient ensemble enfants. Ceux que sa mère lui a appris. On peut les appeler jeux, mais, au bout du compte, il ne s'agit que de survie.

— Salope ! hurle-t-on d'une voix stridente à l'autre bout du parking.

Elle se retourne brusquement et découvre une femme vêtue d'une veste en jean à quelques mètres d'elle, au visage hargneux.

— Vite, Hazel ! la presse Max. Entrez dans la voiture.

Elle grimpe en vitesse, relève son col par-dessus ses oreilles, baisse le menton. Ils sont partout ces derniers jours. Les démons, les monstres, tapis dans l'ombre. Prêts à bondir sur elle tous crocs dehors, l'écume aux lèvres. Elle les craint avec une telle force que cela lui écorche la peau. Chaque approche, chaque mot, est une brûlure.

Laissez-moi tranquille ! crie-t-elle dans sa tête. *Laissez-moi tranquille !*

— N'y faites pas attention, lui conseille Max d'une voix fébrile. Tirons-nous d'ici.

Hazel garde le silence pendant le trajet. La pluie fouettant le pare-brise et le grincement des essuie-glaces ont un effet quasi hypnotique sur elle. Leur cadence fait écho au rythme de ses pensées.

— J'ai organisé une rencontre, lui annonce Max au bout d'un moment. C'est assez secret, ajoute-t-il avec ironie. Ça se passe comme ça, dans le milieu.

— Quel milieu ? demande Hazel, qui agite la tête de droite à gauche pour effacer l'image de Lila de son esprit, ses paroles, son départ précipité de la salle réservée aux visites.

— Le milieu de l'édition, précise l'écrivain. J'ai obtenu un rendez-vous avec Romilly Harris. C'est un agent littéraire très influent. Une pointure. Elle a lu mon projet et a adoré. Elle veut l'adresser à plusieurs éditeurs. Elle pense que les enchères vont monter. Mais il faut garder le secret, pour le moment. On ne doit pas laisser la presse s'emparer de l'idée.

Hazel regarde à travers la vitre, comme si elle n'écoutait pas.

— Hazel ? fait Max.

Il soupire, regarde le ciel qui s'assombrit.

— Vous savez, ils ne pourront pas vous détester à vie.

— Je n'en suis pas sûre, dit-elle. Ils ont haï Myra Hindley jusqu'à son dernier souffle.

— Mais vous n'êtes pas elle. Ce que Brady et elle ont fait à ces enfants était vicieux. Du sadisme prémédité. Tandis que Lila et vous… Je ne sais pas. Ce n'est pas la même chose. Vous étiez si petite. Je veux dire, vous n'en aviez pas la capacité, hein ? Vous ne pouviez pas comprendre ce qui se passait ? Et ce que Lila a fait, c'était… une aberration, pas vrai ?

Hazel ne répond pas, regarde droit devant elle les feux rouges et verts qui scintillent dans la lumière déclinante de l'après-midi.

— C'est un jeu qui a mal tourné. Et vous n'étiez que spectatrice. De toute façon, vous ne vous souvenez de rien.

Il hausse les épaules, parle à voix basse comme s'il essayait de se convaincre lui-même, déroule le fil de l'histoire dans son esprit.

— Le choc vous a paralysée, vous a rendue catatonique. Vous étiez une enfant de six ans. Les dégâts causés ce jour-là ont eu de graves conséquences sur toutes les personnes impliquées. Mais il est temps d'avancer. Peut-être que les souvenirs vont vous revenir, au moins partiellement. Peut-être qu'un jour…

Toujours mutique, Hazel contemple les rues humides. Elle pense au platane qu'elle voit de la fenêtre de son appartement, à ses feuilles qui descendent en vagues et forment un tapis sur le sol.

— Vous ne croyez pas ? À quoi pensez-vous ? demande-t-il.

Elle hoche la tête, croise les mains sur les genoux.

— En fait…, hésite-t-elle.

— Oui ?

— Je crois… Je crois que ça commence à revenir.

Elle le regarde.

— Quoi donc ? demande-t-il, sentant son pouls battre dans ses tempes. La mémoire ?

— Oui, répond-elle prudemment. Je crois que je commence à me rappeler.

51

1996

Le chat était couché sur le perron de la porte arrière, menant au jardin. Un gros chat roux aux pattes blanches et au museau rose. Il n'appartenait pas aux Bowman. Amy le chassait lorsqu'elle le voyait chez eux. Elle détestait les chats, ils la faisaient éternuer. Celui-là appartenait à leur voisin immédiat. Tous les jardins étaient parfaitement alignés à l'arrière des maisons comme une armée de soldats verdoyants.

L'animal sautait à travers le treillage et avançait d'un pas tranquille jusqu'au perron, où le soleil tombait l'après-midi, créant une zone chaude où il aimait dormir.

Assises en tailleur sur le gazon, Lila et Rose le regardaient. Elles ne bougeaient pas, gardaient les yeux rivés sur le chat, dont les pattes étaient croisées devant lui et les moustaches frémissaient dans la brise.

Au bout d'un moment, Lila tendit le bras, poing fermé. Sa sœur l'imita. Comme marquant la mesure d'un air qu'elles seules percevaient, elles frappèrent du poing une fois, deux fois, trois fois, sur l'herbe avant d'ouvrir la paume simultanément. Les doigts de l'aînée formaient un V tandis que la main de la cadette était plate. Voyant cela, cette dernière hocha la tête et se leva lentement.

Elle traversa prudemment la pelouse jusqu'au chat. Sans faire de bruit, pieds nus sur l'herbe humide. Lila poursuivait sa contemplation silencieuse pendant que Rose soulevait le chat par la peau du cou. Il ouvrit les yeux, surpris, mais ne parvint pas à échapper à la prise de la fillette. Elle fit demi-tour, passant devant sa sœur pour se rendre à l'autre bout du jardin, où se trouvaient les hortensias bleus.

Lila s'allongea sur l'herbe et étira les orteils, le soleil caressant son visage. Tandis que leur mère les surveillait par la fenêtre de la cuisine, elle compta les nuages qui glissaient dans le ciel. Une ombre descendit sur elle quand Rose la rejoignit, avant de s'allonger à côté d'elle sans un mot. Elles s'attardèrent un moment, respirant doucement, puis se levèrent pour aller s'asseoir sur le perron désormais libre.

52

Joanna est assise dans le salon désordonné de Will et Lucy. Ils habitent Hackney, dans une petite maison que Will a pu s'offrir grâce à ses derniers bonus, avec un emprunt modéré. La jeune femme a passé des heures accroupie contre un mur de l'autre côté de la route, à regarder les fenêtres, jusqu'à ce que les lumières commencent à s'allumer. Finalement, Will a ouvert sa porte, a sorti la tête, un verre de vin rouge à la main. Joanna s'est levée, a traversé la rue et s'est arrêtée devant le portail.

— Entre, Jo, l'a-t-il invitée. Je t'en prie.

Ces marches lui ont semblé quasi infranchissables, comme si elle devait escalader l'Everest de son propre ressentiment, de son existence marginale. Will est une des rares personnes qu'elle aime sincèrement sur cette Terre. En dehors de Debbie et de sa famille. Mais elle craignait, en franchissant ce seuil, que manifester son amour l'exposerait fatalement au risque de s'en voir privée. Alors elle a hésité, a pris peur une fois de plus. Finalement, elle a rejeté les épaules en arrière et s'est avancée, car cela devenait pathétique. Elle qui était si forte, si encline à se battre devait se reprendre.

— Dire que tu n'étais jamais venue…, lui dit Will, maintenant qu'elle est assise sur son canapé, sous la fenêtre.

— Je croyais que oui, répond-elle, acceptant le verre de vin qu'il lui tend.

— Non. On t'a déjà invitée. Mais tu étais prise. Je sais… Lucie est à l'étage, elle lit une histoire à Jemina. *Le Gruffalo*. Ça prend des plombes. Tous les personnages ont des voix différentes, explique-t-il, penché en avant, son verre de vin entre les genoux, tandis que la radio est allumée.

Cette maison chaleureuse, aux murs couleur brique, avec ses miroirs anciens, semble profondément familière à Joanna. Elle est encombrée d'objets : peintures aux doigts, livres de recettes, boîtes de haricots Heinz, épices sur les étagères. Soudain, elle se rend compte qu'elle s'y sent comme chez elle. Ce foyer lui rappelle celui de son enfance, quand Debbie et elle rentraient après l'école, jetaient leurs cartables dans l'entrée, et que leur maman leur apportait des tartines de confiture devant la télévision.

Joanna n'a rien de tout cela dans son appartement. Tout y est provisoire, elle pourrait faire ses valises et partir à n'importe quel moment, sans rien laisser derrière elle qui soit susceptible de prouver sa présence sur les lieux, hormis des draps froissés et quelques bouteilles entamées de Grey Goose.

Elle secoue la tête et prend une longue gorgée de vin.

— Qu'y a-t-il ? demande Will.

Elle le regarde.

— Je suis allée la voir. L'autre jour. Rose Bowman.

— Où ça ? Vraiment ? Tu lui as parlé ?

— Non. Elle était en train de partir. C'était plein de photographes. Ils l'assaillaient de toutes parts, prêts à l'engloutir.

Will s'enfonce dans son fauteuil.

— L'audience de Lila est fixée au mois prochain, dit-il. Tu ne répondais pas à tes mails. Je ne savais pas si tu étais au courant. Ça se tiendra à huis clos. On ne pourra pas y assister.

Des rires résonnent à l'étage, et il lève la tête vers le plafond.

— Bon, elle était comment ? Rose ?

Joanna hausse les épaules.

— Je ne sais pas. Différente de Lila. Minuscule. Une capuche sur la tête. Je n'ai pas pu voir son visage. Ça n'avait pas de sens, d'y aller. Mais… j'avais rendu visite à Debbie avant.

— Je sais. Elle m'a appelé.

— Ouais, bon. Elle essaie de tourner la page. Elle dit qu'elle n'a plus l'énergie de se battre pour empêcher la libération de Lila. Elle veut se souvenir de Kirstie en paix. Elle n'a plus l'énergie, répète-t-elle avec un rire désabusé. Alors que moi… il semble que j'ai encore des forces à jeter dans cette bataille. Et aussi j'ai pris de très mauvaises décisions récemment. Je m'excuse. Pour ce que j'ai dit au bar, l'autre jour.

Will hoche la tête, mais ne fait pas de commentaire.

Ils observent un long silence, que viennent briser les pas de Lucy au-dessus d'eux, et les petits cris aigus de Jemina remuant dans son lit d'enfant.

— Comment tu réagirais ? lui demande Joanna. Si quelque chose arrivait à Jemina ?

Will soupire.

— Bon sang, Jo. Je n'en ai aucune idée. C'est trop horrible à imaginer.

— Ouais. Mais c'est bizarre, non ? Tu ne crois pas ? Je ne suis pas mère. Et pourtant, je reste intraitable, je n'arrive pas à laisser couler. Alors que Debbie veut passer à autre chose. Comme si elle avait atteint sa limite.

— Parce que ce combat a été ta vie, ton job, pendant si longtemps, dit Will. Ce qui te faisait te lever le matin. De plus, ajoute-t-il en posant son verre sur le tapis, quantité de gens partagent ton opinion. Ils ne veulent pas que Lila Bowman soit libérée. Ils pensent qu'elle n'a pas été suffisamment punie. Imagine qu'elle récidive une fois dehors. Qu'elle s'en prenne à un autre enfant ?

Joanna fronce les sourcils.

— J'ai l'impression de m'entendre.

— Ouais, je joue l'avocat du diable parce que je ne crois pas que ce soit bon pour toi. Haranguer sans cesse les Bowman, contester les décisions, donner des interviews. Toute cette histoire est en train de te détruire.

Will se lève et va s'asseoir à côté de son amie sur le canapé. Il lui prend la main, mais elle refuse de le regarder.

— Ce n'est pas grave, tu sais. De la laisser sortir. Tu as fait tout ce que tu pouvais pour défendre Kirstie, pour honorer sa mémoire.

Joanna secoue la tête, et des larmes coulent sur ses genoux.

— Je n'ai pas… Il y a toujours plus à faire. J'aimerais tellement pouvoir la ramener. Pour Deb…

— Approche, dit Will, attirant la tête de la jeune femme sur son épaule. Tu as fait tout ce que tu pouvais. Laisse la justice décider, maintenant. Passe-leur le relais. Pense à tout ce que tu as déjà fait pour d'autres victimes, et pour Debbie et Rob. Tout le soutien que tu leur as apporté. C'est inestimable. Mais ça ne mérite pas que tu te tues à la tâche. Que tu te noies dans l'alcool. Tu ne crois pas ?

— Oui, mais quand on a une bonne raison de se battre, c'est presque plus facile, tu ne crois pas ? répond Joanna en lui donnant son verre avant de se laisser tomber contre les coussins, les mains sur le visage. Parce que… qu'est-ce que je vais devenir, maintenant, Will ? Une fois que tout sera terminé. Qu'est-ce que je vais devenir ?

53

Ils sont assis sur des canapés se faisant face. Max d'un côté, Hazel de l'autre, tête baissée, les mains sur les genoux, avec son compagnon qui lui enlace le dos d'un geste protecteur. La pièce est chargée de tension. Jonny a préparé du café, resté sur la table basse sans que personne y touche. L'odeur écœurante sature le salon surchauffé.

Max est sensible aux différents bruits qui résonnent au-dehors : le vacarme de la circulation, le bourdonnement lointain d'un marteau-piqueur. Il joint les mains, essayant désespérément de canaliser l'adrénaline qui monte en lui, de paraître calme et de ne pas effrayer Hazel par son impatience. Encore marquée par sa visite à la prison, elle a le teint blême, les traits tirés. Lorsqu'elle a confié à Max que les souvenirs lui revenaient, il l'a immédiatement conduite chez Jonny. Ils ont bravé l'essaim de paparazzis et de flashs qui grouillaient devant l'immeuble où habite son compagnon, comme devant chez elle. Une fois à l'intérieur, elle a été prise de tremblements, de frissons incontrôlés. Jonny a regardé Max avec inquiétude, a fait asseoir la jeune femme sur le canapé et étalé une couverture sur ses genoux.

— Elle a besoin de se reposer, a dit calmement Max. Elle pense pouvoir se souvenir de ce qui est arrivé ce jour-là. Laissez-la dormir pour le moment. Elle est exténuée. Je reviendrai demain.

Jonny a hoché la tête.

— Vous avez raison.

Après le départ de Max, il a servi un bol de soupe à Hazel et ils ont dîné ensemble en silence. Ensuite, il lui a fait couler un bain et lui a délicatement frotté le dos pendant qu'elle regardait ses genoux.

— Je suis désolée, a-t-elle dit au bout d'un moment. Je suis vraiment désolée de t'avoir impliqué là-dedans. D'avoir entraîné Evie, aussi. Ces gens de la presse. C'est une catastrophe. Tu ne peux pas savoir à quel point j'aimerais que les choses soient différentes.

— Ce n'est pas ta faute, ma chérie, a répondu Jonny, lui soulevant le menton pour la regarder dans les yeux. Tu n'es rien d'autre qu'une victime, dans cette histoire. Mais tout va s'arranger, maintenant. On est sur la bonne voie.

Hazel lui a adressé un sourire triste qu'il n'a pas compris.

— Qu'est-ce que ça veut dire ?

— Tu t'occupes bien de moi, Jonny. Je ne sais pas ce que je ferais sans toi, c'est tout.

— Tu n'auras jamais à faire quoi que ce soit sans moi. Et tu sais pourquoi ?

Elle a secoué la tête.

— Parce qu'une fois que tout ça sera derrière nous, on va se marier. Toi et moi, contre le reste du monde. On ne sera plus que tous les deux. Tous les trois, avec Evie, bien sûr. Et peut-être qu'on aura un bébé à nous, a-t-il ajouté d'une voix plus basse. Qu'en dis-tu ?

Hazel a levé une main couverte de savon et lui a caressé la joue.

— Oui, c'est tout ce que je désire.

À présent, Max la regarde et se demande, non pas pour la première fois, ce qu'une personne peut endurer à elle seule. Quel degré de pression Hazel peut-elle supporter avant de se briser, avant d'avoir besoin d'une aide plus qualifiée que celle que Jonny ou lui-même sont capables de lui apporter ?

— Hazel, demande-t-il gentiment. Vous vous sentez mieux ? Depuis hier ?

Elle hoche la tête.

— Merci de vous être occupé de moi, dit-elle. Je me sentais si bizarre dans la voiture. Comme... en dehors de moi-même. Je n'avais plus les idées claires. Merci de m'avoir ramenée.

Jonny bombe un peu le torse en entendant ces mots. Sa main ne quitte pas la cuisse de Hazel, il caresse la laine de sa jupe de façon répétée.

— Ça n'a pas été de tout repos la nuit dernière, pas vrai, ma chérie ?

— J'ai parlé à mon père, les informe Hazel, au bord des larmes.

— Oh ? s'étonne Max. Comment va-t-il ? Ça a dû lui faire un choc d'apprendre que vous aviez repris le contact avec Lila.

La jeune femme acquiesce, se fend d'un léger sourire.

— Papa va mal. Il n'arrive pas... à gérer la pression. Je me sens tellement coupable d'avoir remué le passé ainsi.

Max a l'esprit en ébullition. Incapable de s'arrêter, il demande :

— Il accepterait d'être interviewé, à votre avis ? Pour le livre ?

La peur se lit sur le visage de Hazel.

— Non ! lâche-t-elle brusquement. Par pitié, ne parlez pas à papa ! Il faut le laisser tranquille. Il ne tolère pas la pression, je vous dis ! Ça pourrait le tuer.

Max se mord la lèvre, recule sur son siège.

— Oui, bien sûr. Ne paniquez pas, Hazel. S'il vous plaît. Je suis là pour veiller sur vous.

Il s'interrompt, comme si une idée venait de le frapper. Un silence tendu emplit la pièce. Il croise les jambes nerveusement, lui sourit timidement, ôte ses lunettes, essuie les verres avec son pull-over.

— Vous avez l'air soucieux, tout d'un coup, Max, remarque-t-elle. Qu'est-ce qui ne va pas ?

— Eh bien… Je viens de penser à une chose. Le fait que la mémoire vous revienne, c'est tout.

— Mais c'est une bonne chose, vous ne croyez pas ? Ça sera utile pour le livre, non ? Pour le contrat d'édition ?

Max hoche la tête, rechausse ses lunettes.

— Oui, oui. C'est bien pour le livre. C'est juste que…

— Quoi ? fait-elle, poussant la main de Jonny et se penchant en avant. Qu'est-ce qu'il y a ? Dites-moi.

Max cligne des yeux et se frotte la nuque.

— C'est juste que… Je viens de me rendre compte que vous pourriez témoigner devant la justice. Si la cour le permet. À l'audience de Lila.

— Et alors ? demande Jonny. Qu'est-ce que ça change ?

Sa compagne s'appuie contre les coussins, comprenant les sous-entendus.

— Hazel ? s'inquiète Jonny. Je ne comprends pas en quoi c'est un problème.

Elle lui répond, tout en soutenant le regard de Max.

— Parce que ma déclaration aura forcément une influence sur le sort de Lila. Sur sa demande de libération.

54

Tandis que le mois de mars approche sournoisement, Toby est assis en face de Lila, qui regarde le plafond et mâche du chewing-gum. À sa désinvolture forcée, il la devine profondément inquiète. Il remue sur sa chaise, essayant d'oublier la douleur dans son bas-ventre. Mais c'est impossible. Il sent le cancer progresser, les nodules se multiplier comme des champignons. Parfois, il sent la maladie grimper dangereusement en lui, serpenter autour de ses organes. Elle fait partie de lui désormais, ils sont indissociables l'un de l'autre. Elle a pris possession de lui, de façon insidieuse, a envahi ses entrailles à une vitesse effarante. Il est émacié, ses joues pendent en formant des plis cireux.

Lors de sa dernière consultation, son opération a été annulée. Le cancer s'est propagé à ses ganglions lymphatiques et à son foie. Mais, alors qu'il regarde ses ongles calcifiés et abîmés, il doit bien admettre qu'il pressentait déjà, même avant cette décision, que ce ne serait pas sur une table d'opération que son corps serait bientôt étendu.

— J'ai vu un arc-en-ciel aujourd'hui. Tu l'as vu aussi ?

Lila continue de regarder le plafond sans un mot.

— Je pense à tout ce qui va manquer, soupire l'avocat en se penchant vers elle. Toi, tu vas me manquer, L. Vraiment.

J'ai le sentiment…, hésite-t-il en tordant la bouche, essayant de trouver les mots. J'ai le sentiment de t'avoir laissée tomber.

Lila se mord sa lèvre, y plante les dents si fort que son oncle s'attend à voir du sang couler.

— Arrête ça, s'inquiète-t-il. Ne te fais pas de mal. Il faut qu'on parle. On doit se préparer pour la semaine prochaine. Pour l'audience. Ta sœur a proposé de parler en ta faveur. Pour t'aider dans ta demande de recours.

Lila lève brusquement la tête.

— Elle a le droit de faire ça ?

— Oui. Ce n'est pas courant. Mais on a fait la demande, et la cour a accepté. Ils ont reconnu que les circonstances étaient particulières. De nouvelles preuves pourraient faire leur apparition et influencer le comité de probation. Un peu de soutien familial ne sera pas de trop. Du renfort. Ce dont tu as été privée pendant toutes ces années. Et d'après ce que Rose a dit quand je l'ai vue ici…

Toby essaie de capter le regard de Lila, mais elle baisse la tête.

— Qu'est-ce que tu en penses ? lui demande-t-il, haussant désespérément les épaules dans le silence de plus en plus pesant. L ? Qu'est-ce que tu en penses ?

Il étudie son visage dur et se demande de nouveau pourquoi elle ne lui parle pas, pourquoi elle n'y met pas du sien.

— Tu pourrais me parler, L ? S'il te plaît ? C'est peut-être la dernière fois qu'on se voit avant l'audience. Il nous reste plein de choses à résoudre. On pourrait essayer d'y parvenir aujourd'hui ?

Il attend, mais aucune réponde ne vient.

— Est-ce qu'elle t'a contactée ? demande-t-il.

— Rose ? Non. Pas depuis sa dernière visite.

— Ni lettres ni rien ?

— Non, dit-elle en ouvrant de grands yeux. Tu lui fais confiance ?

Il réfléchit un instant.

— Je crois qu'elle a peur. Elle est sous le feu des projecteurs depuis ce fait divers dans le Devon. Elle n'a jamais voulu ça, mais elle doit faire avec maintenant, en tirer quelque chose de bien. Je crois que tu comptes pour elle. Si je lui fais confiance ? reprend-il avec un soupir. En toute franchise, je l'ignore. Mais le temps file à toute allure, alors on doit saisir toutes les chances qui se présentent à nous.

— Le temps file pour toi ou pour moi ? demande Lila en clignant lentement des yeux.

Ses cheveux sont gras, sa peau grisâtre. Toby sent son cœur se serrer devant ses poignets décharnés, son pouls palpitant dans ses tempes.

— Pour tous les deux, admet-il doucement.

Lila lève les bras par-dessus sa tête et fait craquer ses articulations.

— Et si je te disais que j'ai la preuve que Rose était impliquée ? lance-t-elle avec désinvolture.

— Quoi ? fait Toby en se redressant. Quelle preuve ? Impliquée dans ce qui est arrivé à Kirstie ? De quoi tu parles ?

Lila hausse les épaules.

— Rien de concret. Mais ça pourrait lui faire du tort. Les gens s'interrogeraient. Sur elle. Sur ce qui s'est passé à l'époque.

— Je veux voir ces preuves. Tout de suite. Pourquoi tu ne m'en as pas parlé avant ? Pourquoi avoir attendu tout ce temps pour parler ?

Toby parle vivement, son sang bouillonne dans ses veines. Il dévisage sa nièce, plonge dans ses yeux noirs, insondables. Soudain, l'espace d'une seconde, une vague lueur y apparaît. Une pointe de tristesse, de désespoir.

— Tu as déjà eu peur ? lui demande-t-elle. Vraiment peur ? Tellement que tu as eu l'impression que tu allais mourir, que ton cœur allait s'arrêter de battre ?

Il se demande où elle veut en venir, plisse le front d'inquiétude. Quelle preuve détient-elle ? Pourquoi est-elle si évasive ?

— Non. Pas vraiment. Anxieux, inquiet. Mais pas terrorisé à ce point.

— Même pas maintenant ? Face à… la mort ? murmure-t-elle comme si, en le formulant, elle risquait de la convoquer.

Toby secoue la tête.

— Je considère la mort comment un phénomène échappant à notre contrôle. J'ai vécu, répond-il avec une moue triste. J'ai fait de mon mieux. Ce qui arrivera… après, je n'en ai aucune idée. Mais je n'ai pas peur.

Lila hoche la tête.

— Mais tu es un homme. Un adulte.

Toby a le cœur brisé en entendant cela, comme si elle n'avait jamais cessé d'être une fillette de dix ans. Comme si elle n'avait jamais quitté ce sentier près du canal, où le vent soufflait dans ses cheveux. Elle n'arrive pas à se voir en adulte. Elle n'a jamais eu aucun baromètre de sa valeur.

— Si tu sais quelque chose, L, insiste-t-il malgré tout, tu dois me le dire. Tu dois te rendre service. Parler ! Nous dire ce que tu sais pour qu'on puisse t'aider. Je ne peux rien faire si tu me laisses dans le noir.

Il se frotte le visage avec agacement.

— Je sais que je suis restée ici tout ce temps, dit Lila. Je ne suis jamais allée à l'école, ni rien. Mais je ne suis pas idiote. Je sais comment fonctionne la justice. Même si je détenais toute la vérité sur cette journée, ça aurait changé quoi, de la raconter ? Ils ne l'auraient jamais arrêtée, jamais. Elle était trop petite. Elle avait six ans. Ils n'auraient rien fait. Et…

— Et quoi ?

Toby a le visage en feu, le pressentiment terrifiant qu'il a fait fausse route pendant toutes ces années. Que sa nièce a été la victime d'un terrible malentendu, d'une injustice totale, et qu'il en est entièrement responsable.

— Et ma mère, ça l'aurait dévastée, ajoute-t-elle avec un air horrifié. Ç'aurait été trop pour elle. Elle était si fragile, maman. C'était impossible. Juste impossible. Comme tout le reste. Tout était impossible.

Lila inspire profondément par le nez, puis rejette les épaules en arrière comme pour chasser ces pensées.

— J'ai envoyé quelque chose à ton bureau, lui annonce-t-elle. Je veux que tu le fasses passer à ce type, l'écrivain qui aide Rose.

Toby se racle la gorge ; la tête lui tourne.

— Considère ça comme une sorte de protection. Promets-moi de ne pas l'ouvrir, ajoute-t-elle.

— Lila… s'il te plaît. Quelle protection ? C'est insensé. Je crois que je t'ai induite en erreur. Je crois que tu as mal compris.

— J'ai très bien compris, lui rétorque-t-elle. Tout. Mais tu dois promettre.

— Écoute, le temps file. Qu'est-ce qu'on peut faire ? Aide-moi. Laisse-moi t'aider.

Juste avant qu'elle baisse de nouveau la tête, il décèle un éclair de peur sur son visage.

— J'annule tout, s'agace-t-il en martelant la table du doigt, la mâchoire serrée. J'annule son témoignage si tu penses que ce n'est pas une bonne idée. On fait marche arrière.

Lila recule sa chaise, et le sourire qu'elle lui adresse alors est si doux et si joli que, l'espace d'un instant, il se croit revenu dans le jardin de Grassington, en train de regarder ses nièces jouer sur la pelouse, courir à travers le jet d'arrosage, le dos moucheté de soleil.

— Merci pour tout, oncle Toby, dit-elle en se levant, avant de se diriger vers la porte et de l'effleurer de ses poings blessés. Je n'oublierai jamais. Promis.

— Lila… s'il te plaît…

C'est trop tard. Toby se retrouve seul dans la pièce, le cœur cognant dans sa poitrine, complètement lessivé. Il songe encore à ces deux fillettes, Rose et Lila, jouant sous le soleil déclinant d'un jour d'été.

Troisième partie

55

1999

Chère Rose,

Ils m'ont dit qu'ils postaient mes lettres, mais maman ne m'a jamais répondu. Est-ce qu'elle est toujours fâchée contre moi ?

Papa ne m'a pas écrit non plus, alors je t'écris parce que tu m'as envoyé cette photo quand je suis arrivée ici et je sais que tu n'es pas en colère contre moi. Comment tu as fait pour l'envoyer ? C'est oncle Toby qui t'a aidée ?

Tu me manques.

Ici, ça va. On nous fait la classe, et le vendredi on nous laisse voir un film. La semaine dernière, on a eu du pop-corn. On travaille sur un projet artistique. À propos des éclairs et de la conduction. On doit faire la maquette d'un orage. Tu te souviens du gros orage qu'il y a eu l'année dernière, quand l'arbre du jardin a cogné contre la fenêtre et qu'on s'est serrées dans nos bras dans le lit parce qu'on avait peur ?

Ici, on n'a pas le droit d'avoir peur. Si tu as peur, tu dois le cacher au fond de toi. S'ils devinent que tu as peur, ils se moquent de toi. Il y a une fille qui pleure tout le temps, alors les autres l'ont poussée contre le mur parce qu'ils savaient qu'elle n'allait pas répéter. Moi, je ne pleure pas. Sauf la nuit, dans mon lit, quand il fait noir et que personne ne peut me voir ou m'entendre. C'est là que tu me manques le plus. Et aussi maman et papa.

La maîtresse est gentille. Plus gentille que Mme Brooking à l'école. Elle me laisse prendre trois livres au lieu de deux à la bibliothèque. J'ai pris Lucas la cata l'autre jour, parce que ça me faisait penser à toi. Mais ensuite ça m'a rendue triste, alors je l'ai rendu. En ce moment, je lis Black Beauty. J'aime assez.

Voilà, j'espère que tu m'écriras. Et que tu viendras me voir.

Bisous,

Lila

P.-S. : Tu joues toujours au jeu ?

56

Hillier sort du métro à la station Clapham South et regarde attentivement autour d'elle. À sa gauche se trouve Clapham Common, où les joggeurs haletants sillonnent déjà le périmètre malgré l'heure matinale. Devant elle sont alignés des commerces : des restaurants de kebab, de poulet frit à emporter, un marchand de journaux et un magasin *Sainsbury's.* Elle consulte son plan de poche et traverse.

Elle prend une rue transversale, déserte, dans laquelle il règne une atmosphère de dimanche. S'y dressent de grandes maisons de style victorien avec de minuscules jardins, des portes d'entrée à vitre colorée toutes identiques, des volets blancs fermés aux fenêtres. Elle repense à son petit sanctuaire de Brixham avec vue sur les collines et le carré de verdure à l'arrière. Elle est partie avant même que le jour se lève. À présent, elle a l'impression de se trouver à mille lieues de chez elle : le trafic est assourdissant et les trottoirs jonchés de canettes de bière vides. Elle ne s'installerait pas dans la capitale même si on lui offrait les trois millions nécessaires pour y acquérir un logement.

Au numéro 90, elle trouve la maison qu'elle cherchait. La porte est rouge vif et le verre teinté bleu cobalt. Le jardin est bien entretenu, bien que peu fourni. Hillier hésite sur le perron et consulte sa montre. Il n'est même pas 8 h 30 et elle se demande s'il ne vaut pas mieux attendre, aller prendre un café dans la rue commerçante avant de venir frapper.

Tandis qu'elle réfléchit, les rideaux de la fenêtre du bas frémissent et, un instant plus tard, la porte s'ouvre. Jane Greenstreet apparaît en bas de survêtement et tee-shirt gris.

— Vous entrez ou pas ?

Dix minutes plus tard, elle pose brutalement une tasse de café devant la policière, éclaboussant le plan de travail de l'îlot central.

— Vous n'allez pas lâcher l'affaire, hein ? demande Jane. Vous avez de la chance que Georgie soit absente. Autrement, je ne vous aurais pas laissée entrer.

— Merci, dit Hillier, qui souffle sur sa tasse, décidée à ne pas se laisser intimider par l'humeur de la femme. Où est-elle ?

Jane hausse les sourcils et rechigne à répondre pendant une ou deux secondes.

— Elle est avec son père chez mes beaux-parents. Il l'a emmenée pour le week-end, mais il y a tellement de choses à trimballer pour Charlie qu'on est restés ici, lui et moi.

Hillier regarde le bébé dans sa chaise haute, jetant méticuleusement ses céréales un à un sur le sol. Elle lui sourit.

— Il est mignon.

Jane soupire, capitule et s'assied en face d'elle.

— Bon ? Qu'est-ce qui vous amène ?

— Je ne lâche pas l'affaire, répond la policière. Parce que je n'arrive toujours pas à comprendre ce qui est arrivé à Georgie. Ni pourquoi vous refusez de nous laisser l'interroger. Comme il se doit, je veux dire.

— J'ai le droit de protéger ma fille, réplique abruptement Jane. Vous pouvez au moins m'accorder ça, après tout ce qu'on a subi.

— Je comprends, bien sûr. Mais ce qui m'échappe, c'est pourquoi votre mari et vous ne vous montrez pas plus… curieux. Si quelqu'un avait voulu faire du mal à mon enfant, je n'aurais de cesse de traquer le coupable, pour obtenir des explications.

— Elle s'est égarée, c'est tout, déclare Jane d'un ton exaspéré. Pourquoi voulez-vous à tout prix trouver une autre explication à sa disparition ?

— Madame Greenstreet, Jane, avec tout le respect que je vous dois, Georgie n'a que cinq ans. Elle est sous votre responsabilité. Pour l'instant, vous ne laissez pas les enquêteurs l'approcher. On ne peut pas lui poser les questions qu'il faut, lui demander si elle a aperçu quelqu'un. Vous faites totalement obstruction, à vrai dire.

Hillier a le souffle court. Elle a besoin de se calmer, avant que la mère de la fillette ne la mette dehors. Elle regarde sa tasse de café et se mord la lèvre.

— Je dis juste que c'est bizarre. Et je n'aime pas ce qui est bizarre. J'aime les choses claires et ordonnées.

Jane Greenstreet la dévisage sans un mot.

— Je vois, répond-elle enfin. Il se trouve que moi aussi.

Elle jette un coup d'œil à Charlie, qui lui adresse un grand sourire sans dents avant de jeter par terre un autre Cheerio.

— C'est pour ça que je ne m'en sors pas très bien avec cette histoire d'éducation. C'est un peu trop désordonné à mon goût. Pas vrai, mon Charlie ?

Elle se lève, puis s'accroupit au pied de la chaise haute et ramasse les céréales.

— Cet après-midi-là, continue l'inspectrice, vous avez dit que Georgie est sortie du bar où vous preniez un verre avec Declan à 15 heures. C'est bien ça ? C'est l'heure à laquelle la serveuse Karen, selon ses déclarations, a vu Georgie entrer dans la cuisine, et le sous-chef, Marek le confirme également.

Jane se raidit et des rougeurs apparaissent sur sa nuque.

— Oui, il était 15 heures. C'est le moment où Charlie se réveille de sa sieste. Au bar, il était dans sa poussette. C'était très calme. Il n'y avait que nous, je crois.

Hillier étudie la mère de famille, s'étonnant de sa nervosité soudaine. Pourquoi a-t-elle rougi comme si elle mentait ?

— Tout le monde s'accorde à dire que Georgie était dans la cuisine à 15 heures. Et tous les gens de l'hôtel étaient présents sur place à la même heure. Mais Karen et Marek se basent sur l'horloge de la cuisine, qui retarde. De trente-trois minutes.

— D'accord, dit Jane, perdue. Et ça change quelque chose ?

Hillier hausse les épaules et prend une gorgée de café.

— Peut-être. Parce que si Karen et Marek estiment que votre fille est entrée dans la cuisine à 15 heures, ça signifie qu'en réalité, c'est à 15 h 30 qu'elle y est entrée. Alors je voulais juste vérifier avec vous l'heure qu'il était selon vous.

Jane se dirige vers la poubelle et y jette les céréales. Elle tourne le dos à la policière pendant une minute et ensuite, laisse retomber les épaules. Quand elle se retourne, son visage est marbré, comme si elle retenait ses larmes.

— Qu'y a-t-il, Jane ? demande gentiment Hillier. Est-ce que vous me cachez quelque chose ?

Jane se passe une main sur le visage et inspire profondément avant de se rasseoir.

— La raison pour laquelle on est venus dans le Devon passer le jour de l'an, c'est que…, commence-t-elle avant de baisser d'un ton en regardant Charlie. C'est que ça n'allait pas très bien entre Declan et moi. En fait, c'était l'horreur. Les disputes. Les nuits blanches. On est à bout. C'est pour ça qu'il est parti chez ses parents. On a besoin de faire une pause. Je ne veux pas qu'on se sépare, mais… Je ne sais pas ce qui est mieux pour les enfants. Soit on se sépare, soit on reste ensemble mais on passe notre temps à se disputer sous leurs yeux…

Une larme coule sur sa joue, et elle regarde son alliance avant de poursuivre.

— On avait réservé ce séjour pour passer des moments en famille. Briser la monotonie du quotidien. Vous ne savez pas ce que c'est que d'être cloîtrée à la maison toute la sainte journée. Avant, j'avais un travail, une carrière. Maintenant, je passe mon temps à faire des lessives et de la compote de pomme. Ça craint. Ne vous méprenez pas, se hâte-t-elle de dire. J'adore mes enfants. Mais parfois on a besoin d'autre chose, vous voyez ?

Hillier hoche la tête, les doigts contractés autour de sa tasse.

— Donc… Le nouvel an. On a commandé une bouteille de vin au déjeuner. Puis une deuxième. Et ensuite, un gin tonic au bar. Une très mauvaise idée, pour finir. Ça a conduit à une nouvelle dispute. Violente. On s'est dit des choses qu'on a regrettées.

Elle laisse échapper un sanglot. Charlie tourne la tête vers sa mère dans un mouvement de sursaut, et celle-ci se dépêche d'essuyer ses larmes.

— Et donc, tout ce temps, on l'a passé à boire et à s'engueuler au lieu de surveiller Charlie. Et de prendre soin de Georgie.

— Arrêtez, Jane, ce qui est arrivé à votre fille n'est pas votre faute, la rassure l'inspectrice.

— Mais si, insiste-t-elle. Si on s'était occupés d'elle correctement au lieu de se bourrer la gueule en milieu de journée, elle n'aurait pas échappé à notre vigilance. À quoi on pensait ? Avec Charlie endormi dans sa poussette. Et une tueuse en série dans l'hôtel, par-dessus le marché. C'est épouvantable !

— Hazel Archer n'est pas une tueuse en série, la corrige Hillier. Écoutez, ce sont des choses qui arrivent. Les enfants partent en vadrouille. On ne peut pas les tenir en laisse.

— Bien sûr que si. Ça s'appelle l'éducation, lui crache presque Jane.

— Vous autoflageller n'arrangera rien. Et ça ne résoudra pas vos problèmes de couple.

Hillier se montre rationnelle, froide. Elle se mord la lèvre, regarde la femme se calmer peu à peu, respirer de plus en plus lentement.

— Donc, ce que vous dites à propos de l'heure, c'est que…

— C'est que je n'ai pas la moindre idée du moment exact où Georgie est partie. 15 heures ; 15 h 30 ; 16 heures. Je n'en sais rien. On se disputait, et soudain, on s'est rendu compte qu'elle n'était plus là.

— Mais pourquoi ne pas l'avoir dit tout de suite ? Que vous n'étiez pas sûre de l'heure qu'il était ?

— Vous imaginez un peu les titres des journaux ? s'exclame Jane. L'endroit grouillait de journalistes. Ça aurait fait leur journée. *Des parents indignes perdent leur enfant.* Pensez aux accusations qu'ils auraient pu porter. Les McCann cloués au pilori pour avoir forcé sur la bouteille pendant que leur fille se faisait kidnapper. Et avec tous les moyens qui ont été déployés pour les recherches. J'ai eu peur qu'on nous fasse payer le prix fort. Declan est sur un siège éjectable dans son entreprise. S'il perd son travail pour comportement irresponsable… C'est déjà tellement difficile. L'emprunt de la maison me donne déjà des vertiges chaque fois que j'y pense. Et les services sociaux, hein ? Je connais une femme qui est arrivée avec une demi-heure de retard pour récupérer ses enfants à l'école et ils les lui ont enlevés. Pour une demi-heure ! Qu'est-ce qu'ils auraient fait en découvrant qu'on avait trop bu et qu'on ne faisait plus attention à elle !

Jane s'interrompt, se passe une main sur le visage. Elle respire, se calme.

— Écoutez, quand Georgie a été retrouvée, j'étais tellement soulagée. Vous n'imaginez pas à quel point. Je voulais simplement tourner la page. On n'a pas bu une seule goutte depuis. On ne peut plus. On veut juste passer à autre chose. Essayer de rester ensemble. Je ne voulais pas qu'on fouille dans notre intimité. Vous comprenez, maintenant ?

Hillier soupire.

— Oui, je comprends. Mais, de mon point de vue, il y a encore des zones d'ombre.

— Elle est en sécurité, dit Jane d'une voix ferme. Et ça ne se reproduira jamais.

— Très bien, répond Hillier dans un murmure. Donc, juste pour être sûre. Quand vous avez appuyé la déclaration de Karen sur l'heure…

— J'ai dit la même chose parce que je ne voulais pas avouer la vérité, admet Jane, l'air honteux. Ça semblait plausible, alors je me suis alignée. Mais si vous voulez l'exacte vérité, je n'ai aucune idée de l'heure à laquelle Georgie a disparu.

57

Hazel se tient devant le juge, tête baissée. Elle porte un chemisier crème à col Claudine. Ses cheveux sont coiffés sur le côté, noirs et luisants comme la tête d'un phoque. Ses mains accrochées à la barre des témoins sont agitées de tremblements.

— Voulez-vous un verre d'eau, mademoiselle Archer ? lui demande gentiment le juge.

La jeune femme hoche la tête, accepte le verre que l'huissier lui tend et manque de le faire tomber. Elle secoue la tête avec gêne.

— Je suis désolée.

L'avocat de Lila, appuyé au pupitre de bois devant lui, lui sourit. La salle d'audience est petite, un seul juge en robe rouge leur fait face. Max et Jonny sont assis au fond de la pièce sur une banquette de feutre vert. Hormis eux, les avocats et les clercs, il n'y a personne, l'audience se passe à huis clos. Une odeur de cirage à bois et de papier jauni flotte dans l'air.

Lila est absente. Fait courant dans un cas de réexamen de décision judiciaire, elle attend le verdict dans sa cellule de prison.

— Mademoiselle Archer, commence l'avocat. C'est un événement rare, comme vous le savez. Mais la cour a reconnu que les circonstances étaient exceptionnelles. L'apport de preuves orales dans ce type audience est tout à fait inhabituel. Mais nous vous avons convoquée ici aujourd'hui pour vous entendre au sujet de votre sœur, Lila Bowman, et vous avez accepté. Peut-être pourriez-vous décrire à la cour votre relation avec votre sœur. Expliquer la raison de votre présence ici, notamment.

Hazel ravale sa salive avec nervosité.

— Je n'ai pas vu ma sœur pendant des années. Nous avons repris le contact récemment parce que… euh, parce que mon identité a été révélée au grand jour. Pour différentes raisons. Alors nous nous sommes dit… Enfin, je me suis dit que le moment était venu de reprendre contact.

Elle inspire profondément, comme si elle sortait d'une longue apnée.

L'avocat hoche la tête.

— Donc, mademoiselle Archer, si nous revenons au crime pour lequel votre sœur a été condamnée, il est apparu que vous n'aviez aucun souvenir de cette journée. Et que – malgré votre présence sur les lieux – étant donné votre jeune âge au moment des faits et le traumatisme causé à juste titre par la nature du crime commis, vous avez refoulé tout souvenir de ce jour et de ses événements tragiques ?

Hazel lève les yeux vers l'avocat.

Le juge avance les coudes sur son bureau et baisse les yeux sur la jeune femme. L'avocat attend, impatient. Un rayon de soleil vient percer la petite fenêtre placée tout en haut de la salle d'audience et illuminer dans l'air des particules de poussière.

— Mademoiselle Archer ? répète l'avocat. Pouvez-vous répondre à ma question ? Avez-vous des souvenirs de ce jour de 1997 ?

Hazel se tait.

Max est au bord de son siège, les paumes sur les genoux. L'avocat se tourne vers le juge avec un petit rire gêné, écartant les mains en signe d'appel à l'aide.

— Mademoiselle Archer ? insiste le juge d'une voix douce. C'est une démarche difficile pour vous, j'en ai conscience. Mais je dois vous demander de répondre à la question de M. Donnelly.

— Oui, répond-elle.

Sa voix est claire malgré son air absent, comme si elle revivait mentalement cette journée, revoyait les branches du saule ployer au-dessus du canal asséché qui serpente à travers les arbres.

— Ce fameux jour de juillet. Ça fait si longtemps. Oui, répète-t-elle.

Tous les regards convergent sur elle. La salle d'audience, presque ensorcelée, se fige dans le silence.

— J'ai des souvenirs de ce jour. En fait, je me souviens de tout, maintenant. C'était le début des vacances d'été. Nous avions six semaines devant nous. Rien d'autre à faire que jouer. Passer du temps ensemble. Nous étions très proches, Lila et moi. Je me rappelle… Si nous étions sages et promettions de ne pas parler aux inconnus, maman nous laissait sortir de notre jardin et longer le sentier du canal jusqu'à l'aire de jeux. Il faisait chaud. C'était une de ces magnifiques journées d'été, éclatante de verdure et de lumière. On entendait les feuilles bruisser dans les arbres, les avions bourdonner dans le ciel. Les oiseaux chanter. On était heureuses. On jouait. On courait ensemble dans le parc. On adorait le manège et la balançoire. Lila me poussait jusqu'à m'étourdir. On s'amusait bien.

Hazel marque un arrêt, reprend son souffle.

— Nous étions des enfants. Des petites filles.

Elle lève la tête vers l'assistance. Jonny la regarde droit dans les yeux, avec une expression qui la rassure, la calme. Elle lui adresse un sourire mélancolique avant de poursuivre.

— Kirstie jouait sur le cheval quand on est arrivées. On a commencé à lui parler, à s'amuser avec elle. Sa maman prenait un café et bavardait avec ses amies, je crois. On n'a pas fait attention. On était dans notre monde. Alors ça n'avait rien d'étrange de nous retrouver soudain près du vieux canal. On jouait souvent là-bas, Lila et moi. C'était au milieu des arbres, ce qui rendait l'endroit idéal pour jouer à cache-cache ou à faire semblant.

Elle hésite.

— Je veux dire… Je sais que les gens ont parlé des films qu'on aurait vus et tout ça. Le juge du procès a dit ça. Je l'ai lu plus tard. Mais ce n'était pas vrai. Vous devez comprendre, le cinéma et la télévision ne sont rien comparé à ce qu'on peut avoir dans la tête. Les saules pleureurs, c'était le décor d'un conte de fées, pour nous. On allait dans une clairière où Lila avait sa propre maison et moi la mienne. Des domaines avec des cinémas, des piscines, des chambres avec des lits à baldaquin. Rien de tout cela n'était réel. Vous comprenez ?

Elle prend une gorgée d'eau. Ses mains ne tremblent plus. Elle est calme. Pendant qu'elle boit, l'avocat intervient soudain, comme s'il émergeait d'un état de transe.

— Et Kirstie Swann. Que lui est-il arrivé cet après-midi-là ?

Hazel penche la tête sur le côté.

— Elle n'est pas tombée, dit-elle prudemment. Elle a été frappée. On jouait au papa et à la maman, et le bébé a été méchant alors elle a reçu un coup. Et ensuite elle est tombée.

Elle promène lentement son regard à travers la salle d'audience.

— C'est le moment où je suis partie en courant, poursuit-elle en agitant la tête. Le sang… je n'ai pas supporté, j'ai eu peur. Je voulais ma maman. Alors j'ai couru. Jusqu'à la maison.

Hazel s'essuie les joues, luisantes de larmes.

— Je vous jure que c'est la vérité. Je le jure sur la Bible. Sur la vie de mon père.

L'avocat la dévisage un long moment avant de sortir de sa torpeur.

— Qui a frappé Kirstie, mademoiselle Archer ? Qui l'a frappée et l'a fait tomber ?

Hazel croise les mains sur ses genoux et prend un air surpris.

— Mais enfin, c'était Lila. Qui d'autre ? C'est pour ça qu'elle a été condamnée.

Elle fronce les sourcils, décontenancée.

— C'est pour ça qu'elle est en prison, ajoute-t-elle.

L'avocat regarde le juge, qui s'est renfoncé dans sa chaise et lève le menton vers le plafond, l'invitant visiblement à poursuivre son interrogatoire.

— Euh… oui, en effet, reprend l'avocat dérouté, s'efforçant de garder son calme. Et… euh… pouvez-vous dire à la cour, mademoiselle Archer, si vous souhaitez vous porter garante de votre sœur, désormais ? Êtes-vous capable d'affirmer que vous ferez désormais partie de sa vie de façon constante, à partir de maintenant ? Que vous lui apporterez le soutien familial dont elle a besoin si elle venait à être libérée ?

Hazel baisse la tête tandis que le soleil reparaît, lustrant son casque de cheveux.

— Vous portez-vous garante de votre sœur ? répète l'avocat après un instant. Estimez-vous qu'une réhabilitation est possible la concernant ?

Un lourd silence s'installe. La salle d'audience est pendue aux lèvres de Hazel, les poitrines se soulèvent et s'abaissent de façon inaudible, et tous les yeux sont rivés sur la jeune femme, qui réfléchit soigneusement à sa réponse.

— Non, répond-elle finalement. Non, je suis désolée, mais je ne peux pas me porter garante de ma sœur Lila. Je pensais pouvoir le faire, mais après ce qu'elle m'a dit lors de ma visite, et maintenant que la réalité des faits m'est revenue…

Elle regarde une à une les personnes qui lui font face, lentement, et cligne des yeux comme si une vitre les séparait.

— Je suis sincèrement désolée, mais je ne peux pas affirmer en mon âme et conscience que Lila mérite d'être libérée.

58

En début de soirée, Max entre dans l'appartement qu'il a loué en Airbnb pour les deux dernières semaines près de Leicester Square. Les fenêtres à guillotine donnent sur Gerrard Place, où les gens flânent avant d'aller au théâtre, cherchent un restaurant, ou fument et bavardent dans le froid, à l'extérieur des pubs. En les regardant, il se repasse dans la tête les événements de la journée, se dit que sa vie est sur le point de changer radicalement, et que ces gens, qui ignorent qu'il les observe, connaîtront bientôt le nom de Max Saunders.

Il lui est apparu, quand Hazel parlait au tribunal – dissipant progressivement le brouillard de sa mémoire – qu'elle avait un don pour ce genre d'arène publique. Elle s'exprime bien, calmement, avec soin, et provoque cette empathie bizarre chez ses auditeurs que peu de gens inspirent mais dont toutes les célébrités rêvent.

Il va dans la kitchenette se servir un verre de vin, et sent déjà, même dans la presse généraliste, le renversement de l'opinion publique. Il sait que plus la personnalité de Hazel sera examinée, plus la situation se normalisera pour elle. Il y a quelques jours, avant même qu'elle rende visite à sa sœur en prison, elle a été contactée par une chaîne de télévision pour une interview dans une matinale, puis par un magazine de mode souhaitant la faire figurer sur une double page. Bien sûr, se dit Max en buvant, elle est extrêmement jolie. Cela aide toujours.

Il apporte son verre au salon, le sirote sur le chemin, grimaçant quand le froid lui serre l'estomac. Il doit répondre aux nombreux mails que lui a envoyés l'agent littéraire Romilly Harris, à propos de son projet de livre. Elle se bat pour faire monter les enchères. Dieu merci, l'audience d'aujourd'hui s'est tenue à huis clos. Si le moindre détail fuite, tout tombera à l'eau. Si des journalistes ont été admis à l'intérieur et ont entendu les déclarations de Hazel, il peut dire adieu à son scoop.

Il se rappelle ensuite le paquet que Toby lui a tendu avec un visage triste, après l'audience. Il fouille dans son sac et le sort. Il déchire l'emballage, en sort une vieille cassette audio à l'étiquette usée. Il inspecte l'intérieur du papier, mais il n'y a aucune note, seulement une carte de visite de l'avocat. Il fait les cent pas dans le salon, les yeux sur la cassette. Dehors, un passant ivre vocifère, mais Max n'y fait pas attention. Il jette l'objet en l'air et le rattrape d'une main.

Demain matin, à la première heure, il ira à Soho pour acheter un lecteur de cassettes. On en trouve encore dans les boutiques vintage devant lesquelles il est souvent passé, en se demandant comment ces gens arrivaient à gagner de l'argent.

Pour l'heure, cependant, il se laisse tomber dans un fauteuil, écoute le brouhaha de la ville, boit, fume, pense à ces deux petites filles, ces sœurs, qu'on croirait aux deux extrémités du bien et du mal.

59

1997

— Il était une fois une pauvre veuve qui vivait avec ses deux petites filles dans une maison à l'orée des bois. Devant la maison se trouvaient deux buissons de roses. L'un donnait des roses blanches, l'autre des rouges, et c'est ainsi que l'on prénomma les petites filles.

— Comme moi, dit Rose, en se montrant du doigt. Rose.

— Oui, répond Amy, assise sur le lit de Lila avec ses deux filles en pyjama. Sauf que vos prénoms sont encore plus jolis. Une des fillettes fut prénommée Blanche-Neige, et elle était blonde comme toi, Lila. L'autre fut prénommée Rose-Rouge et elle était brune comme toi, Rose.

Les lumières du soir projetaient des ombres familières sur les murs de la chambre. De minuscules étoiles se reflétaient sur le plafond. Les sœurs regardaient leur mère, appuyée contre le mur rose pâle, les yeux mi-clos, leur racontant l'histoire de mémoire.

— Blanche-Neige et Rose-Rouge s'adoraient, et elles s'étaient juré de ne jamais se séparer.

— Ça veut dire quoi « jurer » ? demanda Lila.

— C'est une promesse solennelle. Et elles jouaient ensemble dans la forêt. Comme vous deux dans le jardin et près des arbres, derrière la clôture. C'étaient des enfants très sages, elles faisaient tout ce que leur mère leur demandait de faire. Comme vous deux. Vous vous rappelez ?

Les deux fillettes hochèrent la tête. Rose se rapprocha de sa mère pour poser la tête sur ses genoux, tandis que Lila observait en silence depuis son oreiller.

— Un jour, un ours gris arriva devant la maison. Les filles et leur maman eurent très peur. Mais l'ours leur dit de ne pas avoir peur. Il avait juste froid et faim. Alors elles ôtèrent la neige de son pelage et lui donnèrent à manger. L'ours resta avec elles pendant quelques jours. Les petites filles jouaient avec lui et l'aimaient beaucoup.

— J'aimerais bien avoir un ours, dit Lila.

— Maman a dit pas d'animaux, lui rappela Rose.

— Les animaux sont agréables à regarder, mais pas à toucher, dit Amy. Quoi qu'il en soit, quelques jours plus tard, Blanche-Neige et Rose-Rouge étaient dans la forêt quand elles croisèrent un nain qui s'était coincé la barbe dans un rondin. Immédiatement, elles s'agenouillèrent pour l'aider, mais n'arrivèrent pas à le libérer. Alors Rose-Rouge prit les petits ciseaux qu'elle avait toujours sur elle, et lui coupa la barbe. Alors qu'il aurait dû être reconnaissant, le nain se mit en colère et commença à taper du pied en leur hurlant dessus, soutenant qu'elles lui avaient porté malheur en lui coupant un morceau de barbe.

— Comme c'est méchant, jugea Lila.

— Oui, affreux. Alors il ramassa son sac, et les filles virent qu'il était rempli de rubis, de diamants et de perles. Il repartit dans la forêt sans un merci. Quelques jours plus tard, les filles étaient de nouveau dans la forêt quand elles recroisèrent le nain. Soudain, un gigantesque aigle doré descendit du ciel en piqué, saisit le nain entre ses serres et le souleva. Les serres, c'est un peu comme des griffes, précisa Amy en voyant le regard interrogateur de Lila. Rose-Rouge et Blanche-Neige se mirent à courir en sautant en l'air pour essayer de retenir le nain par la queue-de-pie de son manteau. Elles tirèrent et tirèrent encore pour l'arracher aux griffes de l'aigle, et, finalement, il tomba par terre. L'aigle s'envola. Le petit homme se mit encore plus en colère que la première fois. « Pourquoi m'avez-vous tiré si brutalement ? cria-t-il. Vous avez failli déchirer mon manteau tout neuf ! »

Amy regarda ses filles, qui ouvraient de grands yeux étonnés.

— C'est alors qu'un ours sortit des bois, et le nain hurla de peur.

— L'ours ! s'écria Rose.

— Oui, l'ours. Le nain se mit immédiatement à genoux et supplia la bête : « S'il vous plaît, monsieur l'ours, ne me mangez pas. Prenez ces deux filles à la place, elles sont bien plus replètes… »

— Ça veut dire quoi « replètes » ? demanda Lila.

— Eh bien, ça signifie qu'elles sont dodues. Bon sang, toutes ces questions ! Donc, il dit : « Prenez ces deux filles, elles sont plus replètes que moi, ça vous fera un repas plus copieux. » Et savez-vous ce que fit l'ours ?

Les filles secouèrent la tête sous le ciel étoilé de leur chambre.

— L'ours souleva sa grosse patte et frappa le nain, qui s'écroula. Du sang coula de sa petite tête méchante, tachant la terre du même rouge que les roses du buisson rouge.

— Oh, maman ! murmura Lila. C'est affreux…

— Non, pas vraiment, ma chérie. Parce que, ensuite, l'ours se transforma en prince. Bien entendu, il s'agissait de l'animal avec lequel elles étaient devenues amies. Et il leur raconta que le nain était un très méchant homme qui l'avait transformé en ours des années auparavant et lui avait volé tout son trésor. Le trésor que le nain transportait dans son sac. À présent, le nain était mort, le sortilège rompu, et il pouvait redevenir prince.

— Mais le nain était mort, dit Lila d'une voix angoissée.

— Oui, mais l'ours s'est transformé en prince. Il épousa Blanche-Neige, et Rose-Rouge épousa son frère. Et ils vécurent heureux dans un grand château avec toutes les jolies choses qu'ils avaient reprises au nain.

Amy baissa la tête. Voyant que Rose avait fermé les yeux, elle se dégagea délicatement, la prit dans ses bras et la porta dans son lit. Elle ouvrit la porte de la chambre, faisant entrer la lumière du palier. Avant de sortir, elle se retourna et remarqua que Lila avait les yeux ouverts et tournés vers le plafond.

— Tout va bien, ma chérie ? Ne t'inquiète pas. Ce n'est qu'une histoire.

— Elle est triste.

— Bonne nuit, Lila. Fais de beaux rêves.

Après le départ de sa mère, Lila resta ainsi de longues minutes avant de se tourner vers sa sœur.

— Rose ? Tu es réveillée ? Tu as aimé cette histoire ?

Sa sœur ne répondit pas.

— Il n'aurait pas dû tuer le nain, je trouve, pas toi ?

Rose garda le silence, car elle dormait déjà à poings fermés.

60

Assises dans leur cellule, Lila et Fritz fument, une canette vide à leurs pieds en guise de cendrier. Une chanson de Patsy Cline tourne dans le lecteur cassette.

Elles sont silencieuses, perdues dans leurs pensées et les vapeurs de l'herbe. La tête contre le mur, les yeux clos, Lila tente de broyer la colère qui la ronge de l'intérieur pour en faire quelque chose de digeste. Le cannabis l'aide à transformer l'image de Rose en bouillie informe.

Depuis qu'elle a parlé à Toby après l'audience, le nombre de fois où il a tenté de la rappeler est passé à deux chiffres. Mais Lila refuse de lui parler. À quoi bon ? Il aurait dû se douter que sa sœur ferait ça. Tout comme elle-même aurait dû s'en douter en apprenant qu'elle souhaitait la voir. Elle s'en veut encore d'avoir laissé sa curiosité l'emporter. Et ensuite d'avoir planté Rose dans la salle des visites. C'est probablement ce qui a favorisé sa cruauté. Sa sœur n'a jamais aimé qu'on l'abandonne.

Lila pense à Toby et au vide qu'il laissera dans sa vie. Elle aimerait lui parler. Elle en brûle d'envie, et l'amertume qu'elle ressent la rend malade. Mais ça ne rime à rien. Il voudra s'excuser, et elle n'est plus en mesure de supporter la tristesse de cet homme. Elle est persuadée qu'il ne passera pas le mois. Il est temps qu'il s'accorde une pause, qu'il vive ses derniers jours en paix, sans avoir à se faire un sang d'encre pour elle, jour après jour.

Elle peut se débrouiller toute seule. Elle a ses copines, ici. Sa routine. Qu'allait-elle faire à l'extérieur ? Se faire embaucher chez *Sainsbury* ? Et, quoi qu'on dise, elle connaît la chanson. Chacun sa merde. Cette merde vaut bien quelque chose.

Au bout du couloir, une fille pousse un cri. Un fracas métallique résonne jusqu'à la cellule. Lila ouvre les yeux.

— Ta gueule, murmure-t-elle.

Elle plane et veut s'attarder dans les limbes, là où les choses ont du sens, où il faut chaud et où l'avenir ne lui balance pas sa main à la figure.

Elle sent le poids de Fritz, roulée en boule au bout du lit comme une pelote de laine effilochée. Lila a conscience qu'elles seront bientôt séparées. Cela peut durer encore des années ou des mois, mais, à un moment donné, sa codétenue obtiendra la libération conditionnelle ou sera transférée dans une autre prison, et Lila se retrouvera seule à nouveau. C'est ainsi depuis ce jour où on l'a arrachée à ses parents et à sa sœur pour la jeter dans une cellule. La seule personne présente était l'assistance sociale. Cette conne dont elle a oublié le nom. Elle n'a même pas parlé à l'enfant, de toute façon, mais l'a laissée assise là, sur le lit dur, à attendre que sa maman vienne lui expliquer ce qui se passait, et qu'on la ramène à la maison.

Personne n'est venu.

Personne ne vient jamais à votre secours dans la vie, on est seul jusqu'au bout. Du premier au dernier jour.

Lila tire une autre bouffée, et Fritz lui tape le genou.

— Quoi ?

— Pourquoi tu écoutes cette soupe ?

Lila ne répond pas, elle se rappelle sa mère, derrière l'évier, remuant les hanches en rythme, écoutant Patsy Cline chanter « I'm crazy ».

Ils étaient tous cinglés. C'était ça, le problème.

— Ça m'aide à réfléchir, c'est tout.

Fritz hoche la tête et se tait.

— Tu vas la revoir ? demande-t-elle au bout d'une minute.

Lila sait de qui parle son amie, mais se refuse à prononcer son nom. Et refuse de l'entendre.

— La connasse revient la semaine prochaine.

Lila lâche son mégot dans la cannette et la secoue, éteignant le joint dans un crépitement.

— Pour la dernière fois, putain. C'est la dernière fois que cette connasse m'approche.

61

Hazel affiche un air surpris lorsqu'elle ouvre à Hillier. L'annonce de son nom dans l'interphone l'a tellement prise au dépourvu qu'elle a appuyé sur l'ouvre-porte sans réfléchir. Elle regrette maintenant son impétuosité, et fait un pas en arrière pour que la policière franchisse le seuil.

— Bonjour, dit-elle, reculant dans l'appartement comme un gladiateur dans l'arène. Qu'est-ce que je peux faire pour vous ?

— Merci de me recevoir, mademoiselle Archer, répond Hillier, qui s'empresse d'entrer dans le salon comme si elle craignait que la jeune femme ne change d'avis.

— Euh… pas de problème. Asseyez-vous, je vous prie.

Elle lui désigne le canapé.

— Merci. Je pourrais avoir un verre d'eau, s'il vous plaît ? J'ai marché depuis le métro et je meurs de soif.

— Oui, bien sûr.

Hazel quitte le salon pour aller dans la cuisine.

On se croirait dans un lieu inhabité, pense Hillier. Elle parcourt du regard les surfaces et les murs, cherchant des preuves du passé de la fille, de sa personnalité. Un des murs est couvert d'étagères mais il n'y a ni photos ni cadres, excepté un unique tableau. La policière l'examine. Il est petit, représente une femme aux cheveux bruns, vêtue d'un pull-over rouge, sur un fond vert foncé. La femme a les mains levées au niveau des joues et la bouche ouverte comme pour crier. L'expression de ses yeux est si intense que Hillier a l'impression d'entendre ce cri, d'éprouver la douleur qui se cache derrière.

— C'est ma mère qui l'a peint, lui apprend Hazel en lui tendant un verre d'eau. Il y a des années, quand j'étais petite. J'ai toujours adoré ce tableau. Quand elle est morte, mon père me l'a donné. Je ne voulais rien d'autre.

— Je n'y connais pas grand-chose à l'art, admet Hillier, mais c'est saisissant.

En même temps, elle se demande ce qui peut tant lui plaire dans cette œuvre et lui donner envie de la regarder quotidiennement alors qu'elle ne véhicule que panique et terreur.

— Oui, reconnaît Hazel, le regardant comme si elle le découvrait. Je l'apporterai chez Jonny.

Elle s'assied sur un fauteuil club en cuir à la gauche de Hillier.

— On va se marier, annonce-t-elle avec un léger sourire. Il m'a fait sa demande hier. Ces derniers jours ont été forts en émotion. Il y a eu l'audience pour ma sœur… Vous en entendrez parler bientôt. Je crains que Lila n'obtienne pas une réponse favorable à sa demande de libération.

— Ah, je vois, dit Hillier en haussant les sourcils, mais en gardant un ton neutre. Félicitations pour vos fiançailles. Les choses se passent vraiment bien pour vous.

— Je crois qu'il comptait me faire sa demande au nouvel an. Mais avec la disparition de Georgie… Enfin, vous savez.

— En effet, dit l'autre, qui prend une gorgée d'eau. Je peux ?

Elle montre sa veste et, après un hochement de tête de Hazel, l'enlève et la pose soigneusement à côté d'elle.

— Vous avez vu Georgie récemment ? lui demande la jeune femme. Elle va bien ?

— Oh, oui. Elle se porte comme un charme. Elle est complètement remise, sauf pour son orteil, évidemment. Elle est assez vite sortie de l'hôpital.

— Tant mieux. Et… Est-ce qu'elle se souvient de ce qui est arrivé ? Ça doit être traumatisant pour une fillette de son âge.

— En effet. Elle se souvient de bribes. Pas de tout. Seulement de bribes.

— Oh, c'est bien. Je suis contente. Ses parents ont dû avoir tellement peur.

— Oui, répond Hillier, s'enfonçant avec décontraction dans le canapé. Bon, dites-moi ! Vous faites la une des journaux, en ce moment.

Hazel rougit.

— Je ne peux pas dire que ça m'enchante. C'est très pénible, en fait.

— J'imagine. Tous les projecteurs sont braqués sur vous, en tout cas.

Le visage de la fille s'assombrit.

— C'est beaucoup de pression. Ça me met très mal à l'aise… Pour Jonny et Evie, ce n'est pas évident non plus.

— J'imagine.

— Bon, qu'est-ce qui vous amène ? demande Hazel en remuant nerveusement sur son siège. En quoi puis-je vous aider ?

— Ah, oui ! Désolée, j'avais presque oublié, dit Hillier, sortant de sa veste un petit carnet qu'elle se met à feuilleter, son stylo dans la bouche. Ah, voilà. L'histoire des horaires. De l'après-midi où la petite a disparu.

Elle se tait un instant, lit ses notes.

—Oui ? dit Hazel.

—Attendez. Voilà. Il a été établi qu'elle est allée dans la cuisine et a disparu de là à 15 heures. Où étiez-vous à cette heure-là, mademoiselle Archer ?

Hazel fronce les sourcils.

—Je crois que… Je vous l'ai déjà dit. Je prenais le thé avec Jonny dans le salon de l'hôtel.

—Vous en êtes sûre ? Ce n'était pas plus tard ?

—Je crois. C'est difficile de s'en souvenir très précisément, après tout ce temps.

—Oui, je comprends. Et vous êtes restés ensemble jusqu'à 16 heures ? poursuit la policière sans ciller.

Elle perçoit une hésitation furtive sur le visage de Hazel, qui secoue la tête avant de répondre.

—J'étais avec lui tout le temps. On est montés dans la chambre à 17 heures et c'est à ce moment-là que le directeur de l'hôtel a frappé à notre porte pour nous dire qu'une petite fille avait disparu.

Hillier tapote son stylo sur son carnet.

—Ah, oui. C'est vrai. Mais vous êtes certaine que ce n'était pas plus tard ? Même une demi-heure plus tard ? Faisait-il sombre dehors, quand vous êtes montée dans votre chambre ? Vous vous rappelez ?

Hazel croise les bras.

—Non, je ne me rappelle pas.

—Non. Bon. Pas de problème.

Hillier se lève.

— C'étaient juste quelques questions avant de boucler l'enquête, dit-elle en ramassant sa veste. Et M. Newell ? Il confirmerait les faits ? Que vous étiez ensemble tout l'après-midi ? Que les horaires sont ceux que vous avez indiqués ?

— Évidemment, répond froidement Hazel. Il l'a déjà fait lorsque vous nous avez questionnés à l'hôtel. Et sa version serait la même aujourd'hui.

— C'est votre fiancé, maintenant, hein ? dit Hillier avec légèreté.

— Oui. Ce sera tout ?

— Oui, c'est tout. Merci d'avoir répondu à mes questions, mademoiselle Archer. Sacrée coïncidence, vous ne trouvez pas ? Ce qui est arrivé à la fillette…

— Les tout-petits ont tendance à s'échapper, je suppose.

Hillier lui lance un regard dur.

— On dirait qu'ils s'échappent beaucoup quand vous êtes dans les parages, sauf votre respect.

Hazel se raidit.

— Je crois que vous feriez mieux de partir.

Hillier sourit, puis se dirige vers le couloir, et regarde la photo de Hazel et Jonny accrochée au mur. Elle tapote la vitre au niveau du visage de l'homme.

— Jolie photo. Il m'a l'air d'un type bien.

— Au revoir, madame l'inspectrice, lui dit Hazel devant la porte.

— Prenez soin de vous, mademoiselle Archer.

Hazel ferme la porte derrière la policière et reste un long moment dans le couloir avant de retourner au salon.

62

Max traverse Soho, un casque sur les oreilles. Le baladeur Sony est dans la poche de sa veste, le volume au maximum. Au début, il n'y a que des parasites. Ensuite, les voix de deux petites filles emplissent sa tête.

Il s'arrête. Il s'allume une cigarette tout en s'adossant à un mur tapissé d'affiches. En écoutant, il se laisse tomber, s'assied sur un seuil, la tête dans les mains. Quand l'enregistrement se termine, il souffle la fumée, regarde le ciel en plissant les yeux.

Ensuite, il rembobine.

Joanna court sur Shaftesbury Avenue, regrettant d'avoir pris ce chemin, où elle doit slalomer entre les touristes qui flânent et les employés de bureau qui lambinent. Mais elle adore ce quartier de Londres. Elle aime le mélange des langues, la façon dont les Londoniens marchent tête baissée, alors que les touristes lèvent les yeux. Elle adore même les monticules d'ordures et de détritus dans les égouts, ce sentiment que tout est mis en ordre, classé, nettoyé.

Il fait beau ce matin, et elle inspire l'air frais à pleins poumons. Elle continue par Soho, traverse Leicester Square, passe devant un homme recroquevillé sur un seuil, casque sur les oreilles, pense déjà au *latte* et au sandwich à la saucisse qu'elle commandera quand elle aura couru ses dix kilomètres.

Le nouvel an semble si loin, maintenant. Depuis quelques mois – depuis sa visite à Debbie et sa mise au point avec Will –, elle doit bien admettre qu'elle se sent mieux. Ni indifférente ni dégagée de toute responsabilité, mais délestée d'un petit bloc de glace. Elle respire mieux. Elle dort mieux également, après des années de sommeil troublé.

Ils ont pris en charge différents dossiers à l'association. Un sujet environnemental qui l'a réellement accaparée, et un autre cas impliquant un détenu condamné à mort en Jamaïque. Ces affaires l'ont détournée un peu du cas de Kirstie. Sa nièce est encore dans ses pensées, mais de façon moins viscérale. Joanna a même réussi à se sortir de la tête la date du verdict.

Peut-être se trompait-elle pour de bon pendant tout ce temps, pense-t-elle en coupant par Chinatown, humant les odeurs de poulet croustillant et de nouilles. Peut-être serait-il bon de se confier. De consulter un thérapeute, un professionnel susceptible de l'aider à donner au drame de Kirstie une place dans sa vie qui soit moins douloureuse, moins intrusive, moins envahissante.

Est-elle prête à accorder son pardon ? Elle chasse cette pensée de son esprit et la jette par terre tout en foulant le trottoir pour la piétiner. Non, conclut-elle à la façon dont elle accélère. Elle s'imagine face à Lila Bowman et se voit encore lui hurler au visage, la mettre à genoux pour qu'elle exprime des regrets. Mais, songe-t-elle en ralentissant devant le cinéma Curzon avant de tourner sur Frith Street, à quoi cela l'avancerait ? Ferait-elle vraiment une chose pareille ? Ne lui demanderait-elle pas plutôt, calmement, comment elle a pu en arriver là ? Si elle aurait préféré que les choses se passent autrement ? Si la fillette de dix ans qu'elle était autrefois a survécu en elle ou si elle s'est éteinte à jamais ?

Pourra-t-elle un jour tourner la page des Flower Girls ? Redevenir celle qu'elle était avant d'entendre le nom de Lila Bowman ? Cette étudiante au regard pétillant, des rêves plein la tête ? Elle avait toujours pensé qu'elle accomplirait de grandes choses, qu'elle aiderait les gens. Elle ne s'était jamais imaginée croupissant dans une mare de colère et de vitriol.

Joanna lève la tête vers le ciel bleu, légèrement strié par les traînées blanches des avions qui le traversent. Elle remarque un marchand de journaux et se rend compte qu'elle a soif. La sueur perle sur son front, elle n'a pas froid, pour la première fois de l'hiver.

La clochette sonne quand elle pousse la porte, et, soudain, c'est comme si l'univers lui riait au nez. Là, étalé sur toutes les couvertures, se trouvent des photos et des gros titres concernant les Flower Girls. L'audience pour le recours demandé par Lila Bowman a eu lieu hier et le verdict va tomber d'un jour à l'autre.

Elle ne peut donc jamais y échapper. Cette injustice la fait bouillonner de colère. Les images dansent sous ses yeux, et elle chancelle dans le magasin. L'image de sa sœur enceinte sanglotant à l'enterrement de Kirstie ; du policier à la mine sombre portant son minuscule cercueil ; du bedonnant Toby Bowman entrant dans la salle d'audience, faisant tomber des papiers ; du juge baissant les yeux puis donnant des ordres affectant toutes les personnes présentes excepté lui ; de Debbie, de nouveau, tapotant sa cigarette au-dessus du cendrier, mains pâles et visage blême, le visage creusé par la fatigue ; des bruits de Jemina jouant à l'étage dans son petit lit ; et, finalement, de Rose Bowman, le visage dissimulé sous sa capuche, sortant sous la pluie.

Ça la frappe de plein fouet, avec la violence d'un grand huit au moment de descendre en piqué. Toutes ces images. Les vingt dernières années de sa vie.

— Vous allez bien ? lui demande le vendeur derrière son comptoir. Vous avez besoin d'un remontant ?

Joanna tourne un regard enflammé vers lui.

— Oui, répond-elle. J'ai besoin de quelque chose.

À cet instant, elle sait exactement ce qu'il lui faut pour aller mieux.

Elle sait exactement ce qu'elle doit faire.

63

L'air du Devon est sec et givré quand Karen attend dans le square devant l'immeuble. Les tours ont été construites avant sa naissance, si bien qu'elle ne les a jamais trouvées incongrues, avec leurs lignes grises, austères et faméliques se découpant contre la voûte du ciel, avec le grondement de la mer en fond sonore.

Elle aperçoit enfin la silhouette familière de Marek, qui sort d'un pas gauche, les mains sous les aisselles.

— Tu as mis des plombes, se plaint-elle. Je gèle.

— Désolé, marmonne-t-il avant de s'asseoir sur le banc à côté d'elle et d'allumer une cigarette qu'il lui passe sans avoir pris une bouffée. Il y a du nouveau ?

— Non, répond-elle, soufflant la fumée dans l'air glacial. C'est calme. La policière ne s'est plus manifestée depuis la semaine dernière. Tu dors où, au fait ? Il faut que tu le dises à ta famille.

— Pas question, répond Marek. Dès qu'elle saura où je suis, maman risque d'appeler la police, et je n'ai pas besoin de ça. Elle ne m'a jamais pardonné pour cette petite pute de Brixham. Sérieusement, même la police a compris que c'étaient des conneries. On lui donnait vingt ans. Mais maman, c'est « Oh, la honte, l'humiliation... » Je déteste cet endroit.

— Ouais, ça craint…

— Merci de m'avoir mis au courant, au fait. Pour la police. C'est sympa.

Elle hoche la tête, fait tomber la cendre sur le sol.

— Il y a peut-être un boulot pour moi à Londres. Dans un hôtel près de Heathrow, annonce-t-il avec un haussement d'épaules. Au moins, ce sera loin d'ici. Je perds rien à tenter ma chance.

— Alors tu pars ?

— Peut-être bien.

Marek feint un regard désinvolte vers la balançoire, sous laquelle les boîtes vides de préservatifs, les cannettes de Tennent's Extra et de vieux journaux jonchent le sol.

— Je ne retourne pas à Balcombe. Pas question, avec cette inspectrice qui fourre son nez partout. Qu'est-ce qu'elle a dit, déjà ?

— Elle a posé des questions sur les horaires, rien de plus. À quelle heure j'ai quitté mon service. À quelle heure la gosse est entrée dans la cuisine. Ça n'avait pas de sens, si tu veux mon avis.

— La petite est sortie de l'hôtel par erreur et s'est perdue, dit Marek en reniflant. Mais si je traîne par là-bas, ils vont pas me louper.

— Présomption d'innocence, lui rappelle Karen avec un rire incrédule.

— Ouais, mais pas pour les gens comme nous. Elle m'a soupçonné dès qu'elle a su que j'étais polonais et que j'avais déjà eu affaire à la police. C'est toujours pareil, ici.

Marek jette un regard furtif au profil de Karen tandis qu'elle tire sur sa cigarette.

— Tu pourrais venir à Londres avec moi, propose-t-il. Si tu voulais. C'est pas comme si t'avais encore un boulot.

— Je pouvais pas rester à l'hôtel sans toi, répond-elle. C'était un job de merde.

— Alors viens à Londres.

Karen regarde Marek, ses joues rougies par le froid, ses yeux brillants. Elle se met à rire.

— Et laisser tout ça ? Non.

Elle se lève et se poste devant lui, donne des petits coups de pied contre ses baskets.

— Je peux pas laisser mon père, tu sais bien.

— Alors c'est fini ?

Elle fourre les mains dans ses poches et dirige son regard vers le littoral, le bord des falaises où les nuages sont bas dans le ciel.

— J'y vais. En ville. Pour voir ce qui se passe.

— D'accord, dit platement Marek. À plus.

— Ne fais pas la tête.

Elle baisse les yeux vers lui, mais il ne répond pas.

— Bon, comme tu veux. À plus.

Elle traverse la rue vers l'arrêt de bus solitaire, dont la lumière lugubre vacille dans la pénombre.

Quelques minutes plus tard, le bus arrive et elle monte, s'assied devant, la tête enfoncée dans le col de sa veste. Elle ne regarde pas Marek entrer de nouveau dans l'immeuble, et ne remarque pas Hillier, assise de dos sur un banc, dans un coin sombre du parc, attendant en silence.

64

La femme assise en face de Max au restaurant *The Ivy* lui fait penser à un chien de chasse. Elle a un long nez, un menton plus long encore, et son buisson de cheveux blonds, qui lui effleure les épaules, lui évoque la laine d'un mouton fraîchement tondu. Il lui sourit amicalement pour chasser cette image et incline la tête.

— On trinque, Romilly ?

— Oui, et le champagne me paraît de circonstance. Qu'en dites-vous ?

— Formidable. Vous savez, dit Max une fois que le serveur a pris leur commande et s'est retiré discrètement, votre appel m'a enchanté. Avec toute l'attention que suscite Hazel ces derniers temps, et la façon dont la presse s'est emparée de l'histoire, c'était un peu écrasant. Votre appel, c'est un miracle tombé du ciel. Santé, ajoute-t-il en levant la flûte en cristal qu'on vient de lui tendre.

— C'est dans ces situations que je suis la plus utile, dit la femme. Au cœur de la tempête, les gens perdent facilement leurs repères. Ils ont besoin d'une boussole, de quelqu'un pour les guider et leur présenter les différentes options. C'est notre rôle chez Harris Associates. On s'occupe de calmer le vacarme, de choisir les bonnes solutions, pour que nos clients puissent se concentrer sur l'essentiel et agir efficacement. Oh, juste la salade du chef, répond-elle sans tourner la tête vers le serveur reparu à leur table. Sans vinaigrette.

— Le canard pour moi, dit Max, qui lève son verre une seconde fois. Merci.

— Par exemple, poursuit Romilly, rien que cette semaine, j'ai reçu des producteurs de Netflix qui souhaitaient discuter d'un documentaire sur les Flower Girls, centré sur Hazel, évidemment. Vous avez vu celui sur Amanda Knox ? Il a grandement contribué à son succès dans l'opinion. Bon, je pense toujours qu'elle est coupable, mais ce n'est pas la question. C'est ce que pense le public qui compte. Si Hazel emporte une empathie semblable, on pourra même envisager des contrats pour le cinéma. Avant ça, bien sûr, il y a le projet de livre à vendre au plus offrant. Et ensuite, une fois que vous l'aurez écrit – le plus tôt sera le mieux, soit dit en passant –, on s'adressera aux médias pour une adaptation en série télé.

— Fabuleux ! dit Max.

— Oui, c'est une excellente nouvelle. On a beaucoup de chance.

La conversation s'interrompt quand les plats arrivent.

— Et Hazel, dit Romilly, inspectant sa salade à la manière d'un expert en extermination de nuisibles. Comment gère-t-elle la situation ? Toute cette attention ? Est-elle assez solide, selon vous ?

Max hoche la tête.

— Hazel va bien. Je suis navré qu'elle n'ait pas pu se joindre à nous aujourd'hui. Elle vient de se fiancer. Ça l'a prise au dépourvu, je crois. J'ai une chose à dire sur elle, toutefois : sous ses dehors vulnérables, elle est solide comme un roc. Et elle a Jonny pour la soutenir.

— Bien sûr, mais il faudra agir vite, Max. Une fois le verdict rendu, tout ça sera du domaine public. Pour le moment, nous avons Hazel. Mais il faut lui faire signer un contrat. C'est vital. Sans elle, honnêtement, nous n'avons rien d'autre que ce qui est déjà connu. Vous êtes certain qu'elle est avec nous ?

— Oui, oui, répond Max, se hérissant légèrement, pris de picotements dans la nuque. Hazel dépend de moi pour la conseiller. Elle est vulnérable. Je ne crois pas qu'elle sache exactement comment gérer tout ça. C'est là que nous intervenons, Romilly. Ne vous inquiétez pas pour elle.

La table vibre sous le téléphone de Romilly. Elle lève une main pour s'excuser de prendre l'appel.

— D'accord, merci. J'y serai.

Après une brève conversation, elle sourit à Max, tire son sac sur ses genoux.

— Je suis désolée, mais je vais devoir vous laisser. Il y a une urgence au bureau.

Elle se lève et fait un geste en direction de la table.

— Je vous invite. C'était un plaisir de vous rencontrer.

Max se lève à son tour, sa serviette à la main.

— Merci infiniment, Romilly. Le plaisir était partagé. Et ne vous en faites pas pour la signature du contrat.

Il lui fait la bise en posant les mains sur ses épaules.

— Ce n'est qu'une formalité, ajoute-t-il. J'ai déjà gagné la confiance de Hazel.

Il la retrouve l'après-midi même dans une librairie de Piccadilly Circus. Elle arrive main dans la main avec Jonny, et ils se retirent dans un café, au dernier étage de l'immeuble. Hazel regarde autour d'elle, perçoit les murmures étouffés des autres clients, qui reconnaissent en elle la plus jeune des Flower Girls. Elle s'assied, dos à eux, et relève son col.

— Commandons du gâteau, dit Max. Nous avons des choses à fêter.

— Ah oui ? Quoi donc ? demande Jonny.

— La célébrité, la gloire et tout ce qui va avec. Harris Associates est impatient de signer avec vous. Avec nous. Ils ont des projets en pagaille : Netflix, Amazon, un documentaire. Même Hollywood nous appelle ! On aura vendu les droits à Reese Witherspoon avant que vous ayez pu dire *Gone Girl*.

Hazel se tait, affiche un visage inquiet.

— Qu'y a-t-il ?

Elle tourne la tête vers Jonny, qui l'enlace par les épaules.

— Je ne sais pas. Tout va si vite. Je me sens un peu dépassée.

— Il ne faut pas vous inquiéter, la rassure Max avec conviction. Je suis là, non ? Et Jonny aussi. Comme je l'ai toujours dit, tout est une question de perception. Les gens ne savent pas quoi penser jusqu'à ce qu'on leur dise ce qu'il faut croire. Si la version officielle dit que vous êtes totalement innocente, les gens l'accepteront.

— Je *suis* totalement innocente, s'agace Hazel.

Le souvenir de l'enregistrement brûle le crâne de Max comme un tisonnier. Il se force à le chasser de son esprit. C'est sa chance. Sa chance de faire quelque chose de sa vie.

— Oui, oui, je sais.

Il déglutit, puis baisse un peu la voix. Il a bu trop de champagne au déjeuner et son gosier est en feu. Il a besoin de se concentrer.

— Je faisais allusion à ce qui est véhiculé par les médias. Bon, si tous les journaux vous disent que la Terre est plate – tous les articles, tous les experts, toutes les émissions télé –, vous finissez par y croire, non ? Et si toutes les photos de la Terre montrant une planète ronde sont retirées, si bien qu'on n'a plus aucune preuve du contraire ? Les gens ne peuvent pas s'accrocher à une idée si elle n'a pas de fondement. Le livre servira dans un premier temps à vous dépeindre telle que vous êtes, c'est-à-dire comme une jeune femme charmante, belle, vulnérable. Ensuite, il s'agira de consolider cette image avec un maximum d'informations, jusqu'à ce que tous les moteurs de recherche, toutes les informations disponibles, racontent la même chose, et que vous ne soyez plus associée à votre sœur.

Max hausse les épaules et baisse les yeux sur la table devant eux.

— C'est ça, le principe, conclut-il.

Jonny hoche la tête et masse l'épaule de Hazel, qui semble se détendre, et regarde le comptoir de gâteaux et de muffins.

— Au fait, je vais rendre visite à Lila mercredi.

— Quoi ? s'exclame Max, s'attirant un regard foudroyant de la vieille dame assise à la table d'à côté. Mais pourquoi ?

— J'ai besoin de tourner la page une bonne fois pour toutes. De lui dire adieu.

— C'est une très mauvaise idée, la prévient l'écrivain en chuchotant. Avant, je vous aurais dit le contraire, je vous aurais encouragée. Mais maintenant, depuis l'audience… Elle vous déteste à cause de vos déclarations devant la cour. Forcément. Elle sait qu'elle ne sortira pas. Pour être honnête, je suis étonné qu'elle ait accepté de vous voir.

Hazel pince légèrement les lèvres.

— Oui, elle a accepté. Vous pensez vraiment que je ne devrais pas y aller ?

— Je me fais du souci pour vous, Hazel, c'est tout. Si on commandait des rafraîchissements ? J'ai un peu chaud, pas vous ?

— Voyons voir, dit la jeune femme, qui pose les coudes sur la table avec un petit sourire, puis serre fermement les poings.

— Qu'est-ce que vous faites ? demande Max en la dévisageant, tandis que sa tête se met à vibrer.

— C'est un jeu auquel Hazel jouait quand elle était petite, explique Jonny.

— Ah ?

Max a la bouche soudain très sèche.

— J'y jouais avec ma mère et ma sœur, explique-t-elle. Quand l'une de nous deux refusait de faire quelque chose que nous avait demandé maman, on y jouait. Pierre, feuille, ciseaux. Vous connaissez ? Vous faites comme ça trois fois, ajoute-t-elle en agitant le poing dans l'air au-dessus de la table. Les ciseaux coupent la feuille, la feuille couvre la pierre, et la pierre écrase les ciseaux. On y joue ?

Max est pris d'un rire nerveux.

— Mais, bon sang, pourquoi ?

— Non, vous avez raison, se reprend Hazel en fronçant les sourcils d'une étrange façon avant de lever vers lui de grands yeux ronds. C'est une idée stupide. Je perdais chaque fois, de toute façon.

— Et ce gâteau, alors ? propose Jonny avec un rire gêné.

— Attends, l'arrête Hazel en posant la main sur la sienne. D'abord, il faut qu'on lui dise.

Max les regarde l'un après l'autre.

— Quoi donc ? demande-t-il.

Il se sent de plus en plus mal. Il fait trop chaud dans ce café, le calme est pesant. Il la voit lui sourire, voit sa façon de l'observer comme si elle le connaissait intimement, comme si elle s'abreuvait de ses peurs et de ses incertitudes les plus profondes. Il est saisi de nausées intenses, et pour la première fois en sa compagnie, sent un léger frisson lui parcourir lentement la colonne vertébrale.

— Romilly Harris, commence Hazel. De Harris Associates.

Il sait ce qu'elle s'apprête à dire. Il le voit soudain avec une clarté terrible : il a été dupé, a laissé son avidité et son ambition le contrôler et le transformer, au point qu'il ne se reconnaît plus.

— Je viens de lui parler. En fait, on l'a rencontrée en personne, dans son bureau.

— Vous avez signé le contrat, murmure Max dans un souffle, la gorge nouée.

— On veut vraiment vous remercier, Max. Pour tout ce que vous avez fait pour nous. Mais je vais avoir besoin d'un véritable agent. Avec tout ce qui se passe pour moi maintenant. Vous êtes seulement écrivain, non ? Romilly… C'est elle qui détient la clé de tout. Je suis désolée, je sais que vous pensiez qu'on ferait ça ensemble…

Hazel laisse sa phrase en suspens et baisse les yeux.

— Romilly dit que vous serez rémunéré pour la note d'intention que vous avez rédigée. Et que vous pourriez être choisi pour l'écrire, ajoute Jonny. Vous savez, comme nègre.

Hazel hoche la tête.

— En tout cas, je suis certaine que vous allez figurer dans les remerciements, dit-elle. Mais je sais que ce n'est pas important pour vous. Je sais que vous avez fait tout ça dans mon intérêt. C'est ce que vous avez toujours dit, non ?

C'est pour ça que nous vous sommes si reconnaissants. Sincèrement.

Max a blêmi. Il sent sa poitrine se serrer, a du mal à respirer.

— Ça ne va pas, Max ?

Soudain, la voix de Hazel est très lointaine.

— L'enregistrement..., dit-il. Je l'ai écouté. Quelqu'un m'a envoyé la cassette.

— Quelle cassette, Max ? Je ne comprends pas. Quelle cassette ?

Ensuite, la librairie disparaît, et la dernière chose que Max voit est le visage de Hazel au-dessus de lui, avant que tout devienne noir.

65

Chère Lila,

Cela fait longtemps que je songe à vous écrire. J'ai même envisagé de venir vous voir. Mais les instances supérieures ont probablement jugé – à raison – que ce n'était pas une bonne idée. Toutefois, pendant de longues années, je vous ai écrit des lettres dans ma tête. Je n'ai cessé de réfléchir aux mots que j'utiliserais. Je cherchais ceux qui vous feraient le plus souffrir.

Je rédige enfin cette lettre aujourd'hui. Mais, finalement, ce n'est pas tout à fait celle que j'avais imaginée.

Depuis votre première demande de probation, je n'ai jamais été très loin de la prison où vous êtes détenue. Je me suis acharnée à clamer votre culpabilité. Et j'ai fait campagne et combattu pour que vous restiez derrière les barreaux.

J'ai réussi à y contribuer.

Je ne prétends pas que le mérite n'en revient qu'à moi. Mais, grâce aux actions que ma famille et moi avons menées, le pays, la classe politique et la presse n'ont jamais pu oublier le crime que vous avez commis en 1997, lorsque vous avez tué ma nièce, Kirstie Swann.

Kirstie est née le 1er septembre 1994. Le saviez-vous ? C'était un jeudi. Mais sans doute est-ce un détail dérisoire pour vous.

Ma sœur Deborah est une meilleure personne que moi. Depuis toujours. Quand nous étions enfants, c'était toujours celle de nous deux qui avait le plus d'amis. Je traînais derrière elle, voulais m'intégrer, et je gênais un peu. Était-ce comme ça, pour Rose et vous ? À vrai dire, je n'ai pas envie de le savoir. Debbie est une femme bien et elle me le prouve encore maintenant, alors qu'elle ressent une douleur plus intense que la plupart des gens ne connaîtront jamais.

Alors, me direz-vous, pourquoi vous écrire après tout ce temps ? J'ai vu la semaine dernière que c'était un jour important pour vous au tribunal. Nous ne connaissons pas encore le verdict. Je pense que vous le connaissez. Serez-vous libérée, Lila ? Aurez-vous le droit de respirer l'air dont vous avez privé ma nièce ? Ou resterez-vous enfermée pour une durée indéterminée, avant que nous recommencions le processus ?

Ce que je souhaite est impossible. Ce que je souhaite ne peut être réalisé, et c'est pour ça que je suis dans cette situation actuellement, partagée entre colère et ressentiment, incapable de sortir de ce cycle infernal.

Ce que je souhaite, c'est que vous n'ayez jamais commis cet acte.

Toutes les querelles qui ont opposé, au fil des ans, vos avocats et ceux de ma famille, consistaient à définir si votre punition était à la hauteur de votre crime.

Mais, en fait, à quoi bon ?

Même durant le procès, nous avons discuté du mobile de votre crime. L'avez-vous prémédité ? Était-ce un accident ? Avez-vous vu quelque chose qui a altéré le fonctionnement de votre cerveau ? Ou bien le mal était-il simplement en vous ? Chacun avait son opinion. Son point de vue. Toutes les possibilités ont été examinées. Et nous ne connaissons toujours pas la vérité.

Pendant longtemps, cela m'a apporté une consolation. L'idée que vous connaissiez la vérité, et qu'un jour vous nous la diriez. Vous nous révéleriez enfin pourquoi vous avez fait ça, et tout irait mieux. La mort de Kirstie trouverait une explication.

Mais vous ne l'avez jamais dit.

Ainsi, pendant des années, j'ai tout enfoui en moi, à l'instar de ma sœur. J'ai enfoui mes sentiments en moi, le plus profondément possible, de façon à pouvoir vivre ma vie. J'ai dirigé ma colère contre vous, et cette colère me permettait de survivre.

Mais, récemment, Debbie m'a confié qu'elle n'arrivait plus à vous haïr et je n'ai pas compris. Elle m'a dit vouloir se souvenir de sa fille telle qu'elle était. Non comme l'objet d'une croisade, mais comme un joli bébé que nous adorions tous.

Et c'est sans doute juste, car c'est ce qu'elle ressent. La maman de Kirstie.

Et moi, dans tout ça, qu'est-ce que je deviens ?

Nous ne pouvons pas remonter le temps pour que vous n'ayez jamais assassiné Kirstie. Et vous n'expliquerez jamais votre geste. Toutes les autres personnes impliquées ont décidé de pardonner pour s'en sortir. Même votre

sœur ouvre son cœur à la presse et à la justice. Même elle cherche un apaisement.
Pour être honnête, Lila, je me sens pieds et poings liés. Parfois, j'ai l'impression d'accéder à une certaine forme d'apaisement. À d'autres moments, j'ai envie de venir vous faire mal pour me venger de tout ce que vous nous avez fait subir, à ma famille et moi.
Mais je ne le ferai pas.
Et je n'arriverai pas à vous pardonner non plus.
Tout ce que je peux faire, Lila Bowman, est vous dire, dans ce qui se rapproche le plus d'un face-à-face, que je ne vous pardonnerai jamais ce que vous avez fait.
Mais que je vous laisse poursuivre votre route.
Si je continue à vous détester comme je l'ai fait pendant toutes ces années, ça finira par me détruire. Or j'ai beaucoup à offrir. Plus que vous ne serez jamais capable d'offrir, j'en suis sûre.
Alors, bonne chance, Lila Bowman. Je me retire, je m'en remets à la justice à partir de maintenant. Qu'elle seule décide si vous méritez de sentir l'air frais sur votre visage. Je pense que vous ne le méritez pas, mais il m'est déjà arrivé de me tromper par le passé.
Bien à vous,

Joanna Denton

66

15 juillet 1997

Le portail cognait à un rythme régulier dans la brise. Amy le regardait depuis la fenêtre de la cuisine où elle se tenait, immobile, stoïque, malgré le soleil qui lui brûlait le visage à travers la vitre.

Les filles revinrent du canal en courant. Elles avaient détalé comme si un loup les pourchassait. Elles entrèrent par la porte de derrière, passant devant leur mère, postée devant son évier. Amy tourna la tête vers le son de leurs voix qui résonnait à l'étage. Lila pleurait. Il faudrait qu'elle aille voir ce qui n'allait pas, se dit-elle. Mais la chaleur de l'après-midi entravait ses mouvements, l'engluait au sol comme de la mélasse, coulait en elle et se solidifiait à ses pieds. Respirer lui était difficile, ses poumons étaient en feu.

— Je suis désolée ! entendit-elle l'une des filles crier.

Rose, peut-être. Sa voix était plus aiguë, avait encore un timbre de bébé. Amy plissa le front. Il fallait vraiment qu'elle aille voir ce qui n'allait pas.

Elle se tourna, bougea un pied, le fit glisser sur le linoléum, ses orteils nus collant à la saleté. Du coin de l'œil, elle aperçut quelque chose de sombre près de la porte, une mare de rouille. Elle avança péniblement l'autre pied et se baissa vers la tache.

Elle se redressa, fronça les sourcils, tira la porte. Une autre tache de couleur s'étalait sur le perron. Elle puisa en elle le peu d'énergie qu'il lui restait et sortit dans le jardin. Sur l'herbe, largement espacées, se trouvaient d'autres empreintes rouge sang.

Sans même s'en rendre compte, Amy était déjà au portail, tirait la poignée avec une rapidité surprenante, l'ouvrant à demi. Elle se glissa lentement dans l'embrasure et franchit les limites du jardin. Un gazouillement solitaire accompagna sa marche lente sous les branches longeant le canal, ses pieds glissant sur le paillis et le gravier.

En avançant, Amy sentit son cœur cogner contre sa poitrine. C'était une sensation inédite pour elle. Pendant des mois, elle avait été comme morte, remplie de coton hydrophile imbibé de tristesse. À présent, cependant, à mesure qu'elle suivait les taches de couleur, elle sentait de nouveau le sang circuler dans ses veines, dans ses artères, redonner vie à ses membres.

Parvenue au bout du chemin de taches, elle baissa les yeux sur la petite fille morte, la regarda longuement. Ses yeux étaient noirs, fixes et froids. Le sang séché avait formé une croûte à la racine de ses cheveux, la peau autour de son lobe d'oreille était en bouillie, comme du porridge coagulé. Ses membres étaient disposés en étoile, les mains tournées vers son visage. Amy l'examina soigneusement, embrassa du regard les moindres détails.

Un bruissement au bout du sentier lui fit lever la tête. De l'autre côté du portail, se balançant sur ses orteils, se trouvait Rose.

Elle se tenait là, les extrémités des doigts posées sur le bois pour garder l'équilibre, ses cheveux noirs reflétant la lumière du soleil perçant à travers les arbres.

Amy regarda sa fille, s'abreuva de sa beauté, de son obéissance tiède et paisible, de sa fiabilité à toute épreuve.

Elle lui adressa un sourire, un vrai, qui illumina son visage, lui creusa des rides aux coins des yeux. Un sourire maternel, songea-t-elle. Et Rose le lui rendit, hocha rapidement la tête, puis retourna en vitesse de l'autre côté du portail.

L'oiseau au-dessus d'Amy s'envola, fouettant les branches de ses ailes, la faisant sursauter, cligner des yeux. Elle sentit l'air lui caresser la peau, les poils se hérisser sur ses bras tandis qu'elle s'interrogeait de nouveau sur le bébé qui gisait sur l'herbe. Elle se demanda par quel moyen on avait abîmé et brisé son petit corps de cette façon.

Amy fit alors demi-tour vers le jardin en pensant à ses filles, et en particulier à sa petite Rose-Rouge. Son petit trésor.

Toujours si soucieuse de faire plaisir.

67

Le lieutenant Mike Gordon est à son bureau lorsqu'on l'informe que Lorna Hillier est en bas et souhaite s'entretenir avec lui. Quelques minutes plus tard, elle entre, trempée par l'averse.

—Je vous le jure, dit-elle en s'installant en face de son supérieur, je vais partir vivre près de la Méditerranée un de ces jours. Ce temps…

Elle secoue la tête comme un chien émergeant de l'eau.

—Hillier, dit-il. Qu'est-ce qui me vaut l'honneur ?

—Vous ne m'offrez pas une tasse de thé ?

Gordon lui adresse un regard lourd de mépris, incline la tête et attend.

—Bon, c'est non, de toute évidence. Pas de problème. De toute façon, je venais juste vous voir pour régler certains points concernant l'affaire Greenstreet.

—Quelle affaire Greenstreet ? fait l'autre d'un ton las. Pour autant que je sache, le dossier est clos.

—Euh… oui, officiellement. Mais il se trouve que, lui annonce Hillier les yeux brillants, j'ai de nouvelles preuves. Des preuves que Hazel Archer est impliquée dans l'enlèvement de Georgie.

Gordon se penche en avant.

—Quelles preuves ?

— L'horloge de la cuisine retardait. Karen Page, la serveuse, affirme que la fillette est entrée dans la cuisine à 15 heures. Ce que confirme Marek, le sous-chef. Au fait, ils ont tous les deux démissionné de leur poste à *Balcombe Court*, ce qui m'a paru suspect au début, mais je les ai entendus discuter l'autre soir, et je ne crois pas qu'ils aient quoi que ce soit à se reprocher.

Hillier parle rapidement, ses pensées se bousculent, et soudain elle s'interrompt, comme si la conclusion était évidente.

— L'horloge ? s'impatiente Gordon.

— Ah, oui, l'horloge. Donc, Karen et Marek sont convaincus que Georgie était dans la cuisine à 15 heures, mais, en réalité, il était 15 h 30 : l'horloge retarde d'une demi-heure.

La policière ouvre les mains. *CQFD.*

Gordon la dévisage.

— Ce jour-là, le soleil a commencé à se coucher peu avant 16 heures. La nuit tombait déjà. Georgie a dit qu'il faisait noir quand elle s'est perdue en sortant de la cuisine. Ça n'aurait pas été le cas s'il avait été 15 heures.

Hillier adresse à Gordon un hochement de tête, l'invitant à tirer les conclusions qui s'imposent. Comme il ne dit rien, elle soupire bruyamment.

— Georgie a été libérée, non ? Celui qui l'a enlevée l'a laissée partir. C'est ce qui me trouble depuis le début. Étant donné que la plupart des maltraitances se passent à l'intérieur du cercle familial, j'ai d'abord soupçonné Jane et Declan. En me disant qu'ils n'avaient pas pu aller jusqu'au bout car il s'agissait de leur fille. C'est pourquoi j'ai rendu visite à Jane.

— Vous êtes allée parler à la mère de Georgie ? s'inquiète Gordon, la sueur perlant sur son front.

— Oui. On avait trouvé bizarre qu'elle se montre aussi évasive, vous vous rappelez ? Eh bien, elle a admis ne pas se souvenir de l'heure à laquelle leur fille leur a échappé parce que son mari et elle étaient ivres et en pleine dispute. Elle se sentait tellement coupable, et avait tellement peur qu'on prévienne les services sociaux, qu'elle a voulu oublier toute l'histoire une fois Georgie retrouvée saine et sauve.

— Et vous la croyez ?

— Oui. Même si elle a menti sur les horaires. Ou plutôt, elle n'a pas dit la vérité sur le fait qu'elle n'en savait rien. Donc, ensuite, j'ai pensé : bon, qui d'autre pourrait la laisser partir ? Laisser partir un enfant après avoir pris le risque de l'enlever ? Pas Marek. Quoi qu'il en dise, il en pince pour les très jeunes. Mais c'est le genre de personne qui irait jusqu'au bout s'il se lançait, à mon avis. Je ne l'imagine pas laisser partir Georgie.

— Donc, comme vous ne l'imaginez pas la laisser partir, vous en déduisez qu'il n'a pas commis d'enlèvement ? résume Gordon avec stupéfaction.

— Absolument, persiste Hillier.

— Bien. Donc, si j'ai bien compris, vous êtes allée voir Jane Greenstreet de votre propre initiative ?

— Sur mon jour de repos, oui.

— Vous avez fait d'autres visites ? demande-t-il d'une voix grave.

— Seulement à Hazel Archer…

Le lieutenant se couvre le visage des deux mains.

— Hillier, c'est de la folie !

Elle s'immobilise, le souffle court.

— Quoi ?

— Pour l'amour du ciel, Lorna ! Georgie Greenstreet a été retrouvée saine et sauve. Elle s'était perdue et réfugiée dans une caverne. Pourquoi voulez-vous que ce soit plus compliqué que ça ?

La policière croise les bras, l'air sévère.

— La seule personne présentant le profil psychologique pour avoir laissé Georgie partir – après l'avoir enlevée – est Hazel Archer.

Gordon prend une minute pour se calmer et, lorsqu'il reprend la parole, c'est d'une voix glaciale.

— Très bien, Hillier. Allez jusqu'au bout de votre raisonnement. Expliquez-moi pourquoi.

— Parce que, continue-t-elle lentement, elle a un passé. Kirstie Swann.

— Le crime a été imputé à sa sœur, lui rappelle Gordon.

— Ah oui ? Archer n'a jamais été jugée.

Le lieutenant pince les lèvres.

— Donc, elle a un passé, martèle Hillier. Prouvé ou pas. Elle était dans les parages, non ? Elle n'a jamais nié avoir été présente pendant le meurtre de la petite Swann.

— Alors pourquoi maintenant ? Pourquoi attirer l'attention sur elle, après toutes ces années ?

Elle hésite un moment, regarde le plafond comme si elle cherchait les bons mots.

— Bon, je ne sais pas, admet-elle. Peut-être qu'elle a fait une sorte de dépression nerveuse. Peut-être qu'elle a lu des choses sur Lila Bowman dans la presse, concernant les demandes de probation ou je ne sais quoi. Peut-être qu'elle n'a jamais vraiment affronté la réalité de ce qui s'est passé en 1997. Alors elle a fait une sorte de crise. Elle a enlevé Georgie, dans quel but, je l'ignore, je ne suis pas une psychopathe, et ensuite, juste au moment où elle allait faire du mal à l'enfant, elle s'est comme réveillée, elle a vu ce qu'elle était en train de faire. Elle a pris conscience que s'il arrivait quelque chose à l'enfant, elle serait le suspect idéal. Alors elle n'a pas pu aller jusqu'au bout. Elle a paniqué et laissé la fillette partir.

Hillier se renfonce dans sa chaise, lasse et triomphante.

Son supérieur fulmine sans rien dire.

— J'ai vu un tableau dans l'appartement de Hazel, qu'a peint sa mère, ajoute-t-elle. C'est une véritable explosion émotionnelle. Quelle était leur relation, exactement ? Pourquoi les parents n'ont plus jamais revu Lila Bowman ? Ça n'a pas de sens. Comment peut-on abandonner son propre enfant ?

Elle regarde Gordon droit dans les yeux. Au bout de quelques longues secondes de silence, ponctué par le tic-tac de l'horloge, elle baisse les yeux.

— C'est bon, Hillier, dit enfin le lieutenant. Je comprends. Vous voulez être reconnue pour le travail capital que vous accomplissez.

— Ce n'est pas ça, chef.

— Mais si, c'est tout à fait ça. Vous traversez le pays en tous sens, bien décidée à trouver n'importe quelle preuve pour étayer votre théorie sur Hazel Archer. Mais, comme vous l'avez vous-même admis, ça ne colle pas. Pourquoi est-ce qu'elle aurait délibérément attiré l'attention sur elle ? Elle a vécu cachée pendant presque vingt ans. Pourquoi voudrait-elle attirer l'attention à elle aujourd'hui ? Et… Non, laissez-moi finir, insiste-t-il en empêchant d'un geste de la main Hillier de l'interrompre. Admettons que vous ayez raison, et qu'elle a effectivement enlevé la petite. Comme c'est pratique, n'est-ce pas, qu'elle soit sortie de cet état second dont vous parliez tout à l'heure, juste à temps pour ne pas la tuer ? Tout ce que vous avancez n'est que théorique, il n'y a aucune preuve. Et la question la plus importante à laquelle vous n'avez pas répondu est : pourquoi Georgie n'a rien dit ? Elle aurait pu balancer Archer, si c'était elle, non ? Ce ne sont que des suppositions, Lorna. Suivez mon conseil. Retournez à Brixham. Retournez à vos montagnes de paperasse. Je vous en prie, si vous tenez à votre carrière, passez à autre chose.

— Georgie n'a jamais rien dit parce qu'on ne lui en a pas laissé la possibilité ! Nous lui avons à peine parlé. Sa mère nous a chassés avant qu'on n'ait pu l'interroger correctement, on ne lui a pas permis d'identifier qui que ce soit.

Hillier agrippe les accoudoirs de sa chaise, l'air profondément convaincu.

— Hazel Archer est un danger pour les enfants. Il faut la faire enfermer. Je n'en fais pas une obsession, contrairement à ce que vous pensez. Je souhaite juste ce qui est bien. Elle est en liberté et constitue une réelle menace pour les enfants, pendant que sa sœur croupit en prison. Ce n'est pas juste.

Gordon jette un regard vers la porte, se demandant pendant combien de temps encore il va devoir écouter cela.

— Bon, d'accord, quelles sont vos preuves ?

Le visage de Hillier se crispe.

— Quelles sont-elles ? répète-t-il.

Elle laisse retomber les épaules.

— Je suis dans la police depuis quinze ans. Si ça ne développe pas votre instinct, je ne sais pas ce que ça fait.

— Ça ne se passe pas comme ça, Lorna, vous le savez bien. Il nous faut plus. Vous êtes la première sur les lieux, c'est vrai. Mais ensuite la situation évolue. Les premières impressions ne font pas tout.

— Je ne suis pas d'accord. Les impressions sont essentielles dans ce job. C'est là qu'est la vie. Ça n'arrive pas juste quand vous débarquez avec vos rapports, vos prévisions et vos projections. C'est là ! répète-t-elle en braquant le doigt devant elle. C'est dans le pub, dans l'aire de jeux, dans l'hôtel. Et je suis la première sur les lieux. Je vois les choses quand elles sont encore brutes. Je fais ça depuis longtemps. Et je sais que Hazel Archer est coupable. Je sais qu'elle est dangereuse. J'ai regardé cette fille droit dans les yeux. J'ai vu où elle habitait. Cette femme ne tourne pas rond. Je le sais.

Elle s'arrête de parler, respire lourdement, les lèvres serrées comme pour endiguer le flux de mots.

Gordon soupire de nouveau et tourne sa chaise vers la fenêtre. Il prend alors un ton mielleux, de persuasion.

— Écoutez, je vois bien que vous êtes passionnée, Hillier. Et je vous en remercie. Votre travail, quand vous arrivez sur un lieu, est crucial pour nous autres qui arrivons après. Nous dépendons de vous, vraiment.

Il se tourne pour lui faire face, avec un regard doux.

— Vous êtes un bon flic. J'en suis convaincu. Mais…

— Mais ? dit-elle d'un ton amer.

— Mais vous n'avez pas de preuve. Que va faire le procureur de ce que vous m'avez dit aujourd'hui ? Il n'aura rien à présenter à la cour hormis votre instinct.

— Je le sais, monsieur.

Il secoue la tête, songeur.

— Elle n'a vraiment rien dit de plus ? La fillette ?

— Parce que Jane Greenstreet lui a ordonné de se taire. Une fois Georgie en sécurité, Jane a eu peur. Peur que son mari ne perde son emploi, qu'ils n'arrivent plus à rembourser leurs crédits. Ils avaient bu. Ils s'étaient disputés. Elle a cru que les services sociaux s'en mêleraient. Je me répète…

Hillier se lève et se poste devant son supérieur, mains derrière le dos, pieds écartés. Elle ramène un pied à côté de l'autre, dans une manœuvre rappelant le salut militaire.

— Laissez tomber, chef. Je vois bien que je perds mon temps ici.

Elle est sur le point de partir, la main sur la poignée de la porte, quand Gordon l'interpelle.

— Hillier, je suis désolé. Sincèrement.

Elle le regarde, assis derrière son bureau en bras de chemise. Dehors, la pluie continue de fouetter les vitres, et elle s'apprête à y retourner.

— C'est moi qui arrive en premier, répète-t-elle à voix basse avant de fermer la porte derrière elle.

68

Les voilà de nouveau face à face, dans la petite pièce au plafond bas et aux fenêtres hautes. Cette fois-ci, il n'y a pas d'orage au-dehors pour les interrompre. La prison semble plongée dans le silence, les murs et le plancher traversés d'un bourdonnement sourd. Lila observe sa sœur de l'autre côté de la table, et malgré ce qu'elle a dit précédemment à Fritz, elle doit se forcer à ravaler l'angoisse qui lui tapisse la gorge.

Elle considère le calme de Hazel comme une provocation délibérée. Celle-ci porte une marinière et un jean de marque – Lila le devine à la démarche fière et confiante qu'il donne à sa sœur. Elle n'est pas maquillée, ses cheveux noirs sont bien peignés, invariablement coiffés sur le côté, et ses yeux noisette la transpercent.

— Merci d'avoir accepté ma visite, dit-elle.

Rien qu'en entendant le son de sa voix, Lila sent la colère monter en elle comme de la bile et doit tousser, une main devant la bouche, avant de prendre le verre d'eau croupie posé devant elle, et auquel elle n'a pas porté une seule fois les lèvres durant toutes les visites de Toby.

Elle est incapable de parler. Incapable de dire quoi que ce soit sans trahir sa colère ou s'effondrer de chagrin. Alors, comme d'habitude, elle se tait, regarde sa sœur et attend.

Hazel incline la tête.

— Tu es très en colère, n'est-ce pas ? Oh, Lila. Je le vois. Je vois à quel point tu es en colère. Tu es ma sœur, après tout.

Lila sent ses mains trembler et les immobilise en les joignant sur ses genoux. Elle se concentre sur le cou de Hazel, sur la petite croix argentée logée dans sa clavicule, sur la pâleur de sa peau, les fines veines cheminant au-dessous tels des cours d'eau.

Elle respire. Elle attend.

— C'était toi, n'est-ce pas ? continue Hazel. Qui m'envoyait les mails anonymes, les fleurs mortes, les cartes. Avant ce qui s'est passé dans le Devon. Tu organisais tout d'ici, hein ? Tu les faisais envoyer par un de tes potes, en utilisant des adresses que je ne pouvais pas reconnaître. Pour me faire peur. Pour me punir.

Lila ne bouge pas, garde le menton baissé.

— Tu as même posté une de nos cassettes à cet écrivain, Max, n'est-ce pas ? Il a dit l'avoir écoutée, juste avant de mourir, le pauvre. Un des enregistrements qu'on a faits ensemble, quand on jouait à notre jeu. Je me suis toujours demandé pourquoi la police ne les avait pas utilisés dans ton procès. Pourquoi ils ne les ont jamais confisquées comme le reste de tes affaires. Ils n'ont pas dû se soucier d'un tas de cassettes sur lesquelles on avait écrit « Spice Girls ». Tu avais dû les prendre avec toi à Oakingham. C'est malin, Lila. Très malin. Tout ce temps, enfermée ici, à manigancer ta vengeance.

Hazel hausse un sourcil vers sa sœur.

— Et tu sais comment je l'ai deviné ? Que c'était toi qui m'envoyais toutes ces choses méchantes ? Que tu avais gardé les bandes exprès ? Hein ? Je l'ai deviné, parce que j'aurais éprouvé exactement la même chose à ta place. J'aurais eu envie de te faire souffrir. C'était drôle, non, comment maman nous montait l'une contre l'autre ? Dans le jeu.

Lila jette un regard furtif à sa sœur avant de se focaliser de nouveau sur la croix argentée.

— C'était ce qu'elle faisait, tu te souviens ? Pierre, feuille, ciseaux. Celle qui perdait devait se charger du sale boulot. Et je perdais toujours. C'était toujours à moi de le faire. Tout ce qu'elle désirait. Tu étais plus grande, tu savais. *D'instinct*. Tu savais ce que je choisirais et tu te débrouillais pour gagner, chaque fois.

Hazel se met à rire.

— Mais j'ai grandi. J'y vois plus clair, à présent. Mon instinct s'est développé avec le temps. Tu ne crois pas ?

Du coin de l'œil, Lila voit Hazel poser une main sur sa poitrine, mimant la souffrance. Elle a envie de pousser cette main. D'enfoncer les ongles dans cette peau comme Jane Greenstreet l'a fait à sa sœur. Lila a vu les légères cicatrices sur ses joues. Elle a envie de les rouvrir.

Elle a envie de la voir saigner.

— Mais, maintenant, c'est fini, dit doucement Hazel, effleurant la table du bout des doigts.

Lila aperçoit alors l'éclat d'un solitaire à son doigt et se raidit malgré elle.

— Oh, tu as remarqué ? fait Hazel en levant la main sous la lumière du néon. Jonny m'a fait sa demande. Elle est jolie, non ? ajoute-t-elle avec désinvolture, jetant un coup d'œil furtif à la main de Lila, aux tatouages qui font le tour de deux de ses doigts comme des serpents vert émeraude. Vraiment jolie.

Elle s'arrête de parler. Lila doit réprimer le cri qui menace de sortir de sa gorge. L'envie de se lever et de foncer dans le mur de béton, de se fracasser le crâne contre les briques. Un son à peine audible s'échappe de ses lèvres, le plus léger des gémissements, un souffle.

Hazel tressaillit, à la manière d'un chat voyant une souris sortir d'une plinthe. Son visage s'éclaire ensuite d'un sourire.

Lila se concentre de nouveau sur sa respiration. Elle pense à Fritz, assise en haut dans sa cellule. À la salle de gym où elle ira tout à l'heure, pour marteler le tapis de course, soulever des poids et évacuer par la sueur tout le poison dont son corps s'est empli à nouveau. Le visage de Toby surgit à son esprit. Bientôt, le cancer va l'emporter, et il l'aura abandonnée, comme tous les autres. Un sanglot douloureux se forme dans sa poitrine, et une fois de plus, elle le retient.

Oh, Toby, pense-t-elle.

Elle n'aurait jamais dû accepter cette visite. Ni la précédente. Mais elle avait besoin de savoir si sa sœur avait changé. Si par sa vie, si belle, si chanceuse, si merveilleuse, elle s'était rachetée. Cette vie, Lila en a été privée, à jamais. Elle n'en a pas connu un seul jour.

En fait, elle constate que Rose est restée exactement la même. Par le cœur et l'esprit, la même petite fille qui marchait à côté de sa grande sœur, qui obéissait toujours sagement à sa mère. La petite Rose-Rouge. Courant après son aînée. En voulant toujours plus.

Elle s'est tue jusqu'à présent. Mais ça suffit, il faut qu'elle parle. Lila lève la tête.

— Ce que tu as dit, au tribunal. Tu te souviens de ce qui s'est passé, Rose ?

Hazel ne dit rien dans un premier temps, ses lèvres sont pincées. Mais ensuite elle ne peut résister.

— Je me suis toujours demandé pourquoi tu n'en as jamais parlé. Pourquoi tu ne t'es jamais défendue… Hein, pourquoi ? insiste-t-elle d'une voix mielleuse. Pourquoi tu n'as jamais dit la vérité ? Sur ce qui est arrivé à Kirstie.

— Ton âge te protégeait, répond Lila. Ça aurait rimé à quoi ?

Hazel fronce les sourcils.

— Peut-être. Mais toi ? Pourquoi tu n'as pas essayé de t'en sortir ?

Lila regarde le plafond et le visage de Toby lui apparaît de nouveau.

— Tu sais très bien pourquoi.

— Non, je ne sais pas, dit sa petite sœur d'une voix soudain suraiguë.

— Tu ne comprends pas, hein ? Tu n'as jamais compris.

— Quoi ? s'agace Hazel d'un ton cassant. Qu'est-ce que je ne comprends pas ?

— Et maman ? Il t'est arrivé de penser à elle ?

Un sourire fugace traverse le visage de Hazel.

— Je veillais sur toi, poursuit Lila. Sur vous deux. Et quand cette chose est arrivée, j'ai su. J'ai su ce qu'il fallait faire. Ce que je devais sacrifier. Pour elle. Pour maman.

— Tu n'as jamais veillé sur moi ! proteste Hazel. C'est une blague ! En me faisant perdre au jeu chaque fois ?

— Si, insiste son aînée en se penchant en avant. J'ai fait tout ce que maman voulait. Accompli toutes les missions qu'elle nous confiait. Tout. Tu ne te rappelles pas ? Tu ne peux pas avoir oublié, Rose. Elle était assise dans la maison dans un état d'hébétude, dans une sorte de coma. Et on passait sur la pointe des pieds, pour ne pas faire de bruit. Et quand elle se mettait en colère, je te faisais sortir, dehors, n'importe où.

Pour prendre tous les coups. C'était moi qu'elle enfermait dans notre chambre… Mais ensuite…

Lila doit s'arrêter, a du mal à respirer.

— Ensuite, quoi ? Hein, quoi ?

Lila se frotte les yeux avec colère, retire une main pleine de larmes.

— Je t'ai vue changer, Rose. Je t'ai vue l'observer, l'étudier. Comme si… tu…

Les lèvres de Hazel sont blêmes. Elle ne dit rien.

— Comme si tu apprenais à l'imiter. Je ne comprenais pas ce qui se passait. Mais, soudain, tu es devenue différente. Plus dure. Comme avec le chat par exemple…

— Ça faisait partie du jeu, la coupe l'autre, d'une voix grave et sèche.

— Oui, admet Lila avec un hochement de tête. Mais maman ne nous avait rien demandé cette fois-là. C'était ton idée, tu te rappelles ?

La poitrine de Hazel se soulève et s'abaisse rapidement. Elle frotte le diamant à son doigt, puis lève les yeux au plafond comme si elle avait aperçu quelque chose, la tête inclinée d'un côté, semblant écouter des instructions imaginaires, attendre un signe.

— Rose, tu te rappelles ?

Hazel revient alors vers Lila, plonge ses yeux dans ceux de sa sœur. La pièce palpite au rythme de leurs respirations.

— Tu as tué la petite fille, dit prudemment Lila. Tu l'as fait. Tu l'as emmenée loin. Tu l'as frappée et elle est tombée. Sa tête a saigné et elle s'est arrêtée de pleurer. J'ai eu peur du silence et du sang, alors j'ai couru et je t'ai attendue près de notre portail. Un peu plus tard, tu es revenue avec des taches de sang sur les doigts et de la peau sous les ongles. C'est ce qui s'est passé, Rose. C'est exactement ce qui s'est passé. Exactement comme tu l'as raconté au tribunal la semaine dernière, d'après ce que Toby m'a rapporté. Sauf que tu as inversé les rôles. Et le destin, ou la loi, ou je ne sais quel système pourri dans lequel on vit, fait que tu t'en es sortie. Et que c'est moi qui ai tout pris. Je n'ai rien dit. Je n'ai rien dit parce que j'aimais maman. Je savais qu'elle n'aurait pas supporté de te perdre. Pas sa petite Rose-Rouge.

Elle éclate d'un rire glacial et ne cache plus ses larmes.

— Et le plus improbable dans l'histoire, continue-t-elle, c'est que je t'aimais, toi aussi. J'aimais notre monde, nos jeux et les choses qu'on inventait, qu'on créait à partir de rien. C'était tellement unique, tellement précieux. Rose ? Regarde-moi. Ça a été les plus beaux jours de ma vie.

Hazel regarde sa sœur, dévastée, le visage maculé de larmes. Elle continue de se taire.

— J'ai passé toutes ces années ici à penser à toi. À espérer que tu me contactes. Qu'on en parle ensemble. Que tu me dises que tu étais désolée. Mais rien de tout ça n'est arrivé. Personne n'est venu. Vous m'avez laissée pourrir ici. Je me disais, bon, quoi que tu aies fait, Rose, tu n'as pas dû le faire exprès. C'était une erreur. Maman était malade dans sa tête et elle a nous a détraquées. Mais on l'aimait, non ? Elle nous montait l'une contre l'autre. J'en ai conscience, maintenant. Mais quand ils m'ont emmenée, j'ai vu son expression au poste de police. J'ai vu comme son cœur était brisé. Je ne pouvais pas la priver de toi aussi. Elle en serait morte. Et je ne voulais pas qu'elle meure. Parce que je l'aimais. Et je sais qu'elle m'aimait aussi. Je le sais. Il me reste au moins ça.

Lila se gratte le nez et frotte ses joues humides comme pour les nettoyer.

— Mais ensuite vous êtes tous partis, vous m'avez laissée. Il fallait qu'elle m'abandonne, hein ? Parce que j'avais compris ce que vous étiez, toutes les deux, et qu'elle le savait. Alors il fallait renoncer à moi. M'abandonner. Dieu seul sait ce que papa savait ou pensait. Parfois, je me dis que je le déteste plus que n'importe qui au monde…

La voix de Lila devient traînante, son visage froid.

— Tu savais exactement ce que tu faisais. Et tu le sais encore.

Le regard de Hazel est fixe, vide de tout remords.

— Mais tu étais ma sœur. Et tu l'es toujours.

— Alors pourquoi, réagit enfin Hazel d'un ton amer, tu m'as laissée en plan la dernière fois que je suis venue ? Tu sais à quel point ça m'a fait mal ?

Lila se fend d'un sourire grimaçant.

— Ah, oui, chère petite sœur. Tu détestes qu'on te laisse seule, hein ? Tu as besoin qu'on te supplie. C'était une erreur de ma part, de toute évidence. Mais j'ai reçu mon châtiment juste après, n'est-ce pas, au tribunal ?

— Tu m'as laissée là. Assise toute seule comme une sorte de *paria*.

Les yeux de Hazel sont en feu, elle les ferme brièvement, respire par le nez.

— De toute façon, dit-elle, croisant les mains sur ses genoux puis jetant un coup d'œil latéral à la caméra fixée dans un coin de la pièce et qui pivote discrètement, tout ce que tu as dit, tout ce que tu affirmes là, ce sont des mensonges. Et tout le monde le sait. C'est pour ça que tu n'es jamais sortie d'ici. Pas parce que tu me protèges. Mais parce que tu reçois la punition que tu mérites pour ce que tu as fait.

Hazel se lève lentement.

— Je n'ai rien, Rose, l'implore Lila. Rien. Vous m'avez tous abandonnée. Ma famille. Vous m'avez laissée partir et vous n'avez jamais essayé de me sauver. Presque vingt ans, Rose. Entre quatre murs, sans personne. Je vous suis restée fidèle. Par pitié, accorde-moi au moins la vérité, maintenant. Ici, dans cette pièce, entre nous. Je ne le répéterai à personne, je le jure. Mais dis-la-moi !

Elle se cogne la poitrine.

— Donne-moi au moins ça. Je t'en supplie.

Ses poings sont serrés, son visage déformé par le désespoir.

Hazel consulte sa montre.

— Je ferais mieux de partir, dit-elle. Je crois que tu as des projets de toute façon. Toby dit que tu prépares un diplôme. C'est vraiment bien, Lila. Tu as peut-être un cours, maintenant ? Et tu fais de l'exercice, visiblement. Tu vas à la gym, ici ?

Lila la dévisage. Elle se mord les joues jusqu'au sang pour s'empêcher de pleurer de nouveau. Elle ravale sa salive et regarde le lobe d'oreille de Hazel, orné d'un petit diamant, à côté de la tache de rousseur qu'elle se souvient d'avoir caressé par une nuit d'orage pour endormir sa sœur.

Elle ouvre la bouche pour parler, mais aucun son n'en sort, et au bout d'un moment Hazel tourne les talons et quitte la pièce.

69

Hazel est allongée sur le lit king-size au cadre de cuivre qu'elle partage avec Jonny dans son appartement.

Leur appartement désormais.

Elle l'entend faire revenir des oignons dans la cuisine. Le bruit des casseroles et les odeurs de viande rôtie, de légumes caramélisés et d'ail flottent dans l'air. Ce sont des parfums réconfortants. Étendue sur le lit, elle savoure le confort douillet de leur espace, la présence de son compagnon à quelques mètres, la promesse d'un repas partagé, d'un verre de vin, de tout ce qui les attend encore. Leur avenir ensemble.

— C'est prêt, l'appelle Jonny en passant dans le couloir, un grand plat de service dans les mains. Tu viens ?

Hazel descend du lit et le suit dans la salle à manger, où la table a été dressée avec des couverts en argent, des sets et une bougie blanche. Hazel met de la musique avant de s'installer, regarde par la fenêtre les rues humides, les capots de voitures luisants, la nuit froide qui se reflète dans la vitre et se mêle à la lumière chaleureuse de l'appartement.

— Merci, mon amour, dit-elle en s'asseyant.

Jonny lui remplit son verre de vin blanc et ils trinquent en se souriant, satisfaits.

— À nous, trinque-t-il. Après toutes ces épreuves.

— À nous.

— Tu as vu les fleurs que Romilly a envoyées ? dit Jonny, tournant la tête vers le buffet où trône un vase contenant un énorme bouquet de roses. Pour te féliciter de cette émission télé et de toutes les interviews que tu as données à la presse cette semaine.

— C'est gentil de sa part.

— Au fait, j'ai oublié de t'en parler, mais Evie vient ce week-end. Maintenant que tu es installée, je l'ai appelée, pour qu'elle passe du temps avec nous. Qu'elle apprenne à te connaître. Elle a recommencé à se plaindre, à tout mettre sur le dos de sa mère. Mais, finalement, elle a accepté. Je crois qu'elle est impressionnée par la couverture médiatique que suscite ton histoire. On dirait que tous les gosses de l'école s'intéressent à elle à cause de ça. Elle dit que si tu pouvais faire le « One Show », elle t'aimerait pour toujours. Ce sont ses mots.

Il lui sourit, puis se coupe un morceau de poulet.

— Alors merci pour ça, ajoute-t-il.

— Je suis vraiment ravie, Jonny. C'est une fille en or.

Ils mangent en silence pendant un moment.

— Il s'est passé tellement de choses ces derniers jours. J'ai l'impression qu'on ne s'est pas vus depuis des lustres, reprend Jonny, qui s'éclaircit la voix. Je me disais, l'autre jour… Est-ce que la police s'est de nouveau manifestée depuis le Devon ? Cette inspectrice ?

— Pourquoi tu me poses la question maintenant ? demande Hazel d'un ton neutre.

— Comme ça. Je me demandais, simplement. Avec toute la publicité que tu as eue, elle aurait pu chercher à entrer en contact avec toi. Pour t'interroger une nouvelle fois, à propos de la disparition de Georgie.

Hazel soulève sa fourchette et tranche sa carotte.

— Il se trouve qu'elle est venue me voir. Je n'en ai pas parlé parce que c'était vraiment ridicule. C'était un jour avant qu'on signe le contrat. Le jour où Max est mort d'une crise cardiaque.

Elle croque une carotte et continue de parler en mâchant.

— Elle m'a posé des questions sur l'heure qu'il était quand on prenait le thé à l'hôtel ce fameux jour. Tu sais, après notre balade sur la plage ?

— Ouais, dit Jonny après une gorgée de vin. On est rentrés et on a pris le thé ensemble dans le salon. Et ensuite on est montés se changer pour le dîner.

— C'est ça. Elle m'a harcelée avec ça, comme si c'était d'une importance capitale. Alors je lui ai simplement répondu qu'on était ensemble tout le temps.

— Ce qui est vrai.

— Oui. Enfin, sauf quand tu es allé prendre cet appel, tu te rappelles ? dit Hazel en levant les yeux vers lui. Tu t'es absenté un certain temps. Pour ce coup de fil du boulot. Tu es sorti et, à ton retour, tu n'avais plus ta veste et ta chemise était trempée par la neige.

— Ah oui ? dit-il. Tu es sûre ? Je ne m'en souviens pas.

Il tend la main pour prendre le sel.

— Oui, je m'en souviens très bien, insiste Hazel, qui lui sourit puis porte de nouveau le verre à ses lèvres. On n'a jamais retrouvé ta veste, d'ailleurs ?

Jonny perd son sourire et secoue la tête de façon à peine perceptible.

— Mais je n'en ai pas parlé, poursuit sa compagne avant de mordre dans sa cuisse de poulet. À quoi bon ? La petite s'était simplement perdue, non ?

— Oui, dit Jonny, les yeux sur son verre.

— Juste une chose, mon chéri, continue doucement Hazel.

Il se tait, ne cille pas.

— Si ça se produit de nouveau, assure-toi d'aller jusqu'au bout.

Il lève brusquement la tête vers elle.

— Tu as eu de la chance cette fois-ci, mon amour. Tu n'en auras pas une deuxième fois.

Elle se penche en avant, monte le son de la musique, et la mélodie de « La plainte de Didon » emplit la pièce.

— Donc, tout va pour le mieux, conclut-elle en lui caressant le bras. On est pareils, toi et moi. Je l'ai su dès l'instant où on s'est rencontrés. Toi, moi et Evie. Tous les trois. Tous ensemble. Et aussi…

Jonny écarquille les yeux.

— Aujourd'hui, j'ai appris, lui annonce-t-elle les yeux brillants, qu'on allait avoir un bébé.

Jonny laisse échapper un son entre le rire et le cri. Il croise finalement son regard.

— Un bébé ? répète-t-il d'une voix tremblante. On va avoir un bébé ?

Hazel hoche la tête, lui sourit.

— Oui, mon chéri. Un bébé à nous.

Elle tend le bras et lui tapote le dos de la main.

— Alors il n'y a aucun souci à se faire. N'est-ce pas, mon amour ?

— Non, répond-il en essuyant une larme sur sa joue. Vraiment aucun souci.

Hazel soupire, tandis que la musique prend de l'ampleur, puis elle se touche le ventre, sent la vie germer à l'intérieur.

Son propre enfant, sa propre fille.

Son petit trésor à elle.

Remerciements

Le terme « remerciements » semble impliquer un signe de tête reconnaissant alors que, dans mon cas, j'aimerais plutôt serrer chaleureusement chaque personne dans mes bras.

L'écriture des *Sœurs du mal* s'est apparentée à un marathon, et c'est Arielle Feiner, mon merveilleux agent, qui m'a tendu la bouteille d'eau et les remontants.

À quelques mètres de la ligne d'arrivée, lorsque j'avais perdu tout espoir d'achever l'écriture de mon livre, elle m'a redonné la foi, et m'a convaincue que le parfait éditeur existait quelque part. Et c'est précisément ce qu'a été Raven Books. L'enthousiasme, la joie de vivre et la coolitude générale de tous ceux que j'ai côtoyés dans cette maison ont fait de tout le processus éditorial un agréable moment.

Un grand merci à Alison Hennessey pour avoir cru en ce livre et en moi, et pour m'avoir accueillie à bras ouverts dans la famille Raven. Merci également à Marigold Atkey pour sa fabuleuse efficacité et son caractère délicieux. Merci à Ros Ellis, Rachel Wilkie, Lilidh Kendrick, Lisa Finch, Sarah Knight et Fabia Ma, la *dream team*.

Merci également à Molly Jamieson et Georgie Le Grice chez United Agents et à Eleanor Jackson chez Dunow, à Carlson et Lerner pour leurs suggestions et leur aide tout au long de l'année.

Je remercie tout spécialement Renne Jarvis, un véritable pilier dans ce projet. Ses idées, ses notes et son soutien m'ont aidée à ne jamais abandonner et à franchir plus d'un ravin béant sur le chemin de cette histoire.

Merci à tous ceux qui m'ont prodigué leurs conseils avisés sur les prisons et les procédures de police. En particulier Elizabeth Watts, Lisa Kinchin et Karen Veitch.
Je tiens aussi à remercier mes amis du Singapore Writers' Group et tous les gens pleins d'idées, de suggestions et de positivité qui m'ont inspirée. Merci à Lisa Beazley, Jo Furniss, Grace Coleman, Elin Daniels, Heidi Perks, Dawn Goodwin, Moyette Gibbons, Alex Clare, Julietta Henderson et Catherine Bennetto. À Alex, George, Antonia, Susie et Cate pour tous les cafés, les conversations et les verres de vin.
À Laura Bell pour les magnifiques photos.
À Fran Rittman et Lynda Woolf pour m'avoir permis de ne pas perdre la raison.
À mon père et ma mère pour m'avoir toujours écoutée et avoir lu mes centaines de brouillons… Vous avez beau être loin, je vous sens toujours près de moi. Je vous aime du fond du cœur.
Et enfin, je remercie Tom, Connie et India pour m'avoir fait rire, m'avoir suggéré des titres géniaux et m'avoir stimulée. Je n'aurais pu rêver plus belle famille.

Achevé d'imprimer en mai 2021
Par CPI Brodard & Taupin à La Flèche
N° d’impression : 3043161
Dépôt légal : juin 2021
Imprimé en France
38122135-1